KB250520

무 상 검

無 常 劍

무상검 9

일묘 新무협 판타지 소설

초판 1쇄 찍은 날 § 2003년 12월 18일
초판 1쇄 펴낸 날 § 2003년 12월 28일

자은이 § 일묘
펴낸이 § 서경석

편집장 § 문혜영
편집책임 § 장상수
편집 § 김희정 · 김민정
마케팅 § 정필 · 강양원 · 이선구 · 김규진 · 홍현경

펴낸곳 § 도서출판 청어람
등록번호 § 제1081-1-89호
등록일자 § 1999. 5. 31
어람번호 § 제2-0301호

주소 § 경기도 부천시 원미구 심곡1동 350-1 남성B/D 3F (우) 420-011
전화 § 032-656-4452 팩스 § 032-656-4453
E-mail § eoram99@chollian.net

ⓒ 일묘, 2003

값 8,000원

ISBN 89-5505-928-0 04810
ISBN 89-5505-395-9 (SET)

※ 파본은 본사나 구입하신 서점에서 교환하여 드립니다.
※ 저자와 협의하여 인지를 붙이지 않습니다.

일묘 新무협 판타지

FANTASTIC ORIENTAL HEROES

무사임

無常劍

9 ◆ 불완전한 각성

도서출판
청어람

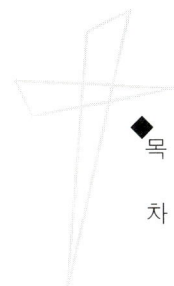

◆목

차

◆ 第一章
익숙지 않은 것

익숙지 않은 것

잠에서 깨어났을 때 유검은 살아오며 가장 아름다운 아침을 보았다.
눈 그친 바깥 세상은 은빛으로 변해 있었다.

햇살은 수많은 파편으로 나누어져 동굴 안으로도 쏟아져 들어오고
있었다.

꺼져 가는 모닥불 옆에는 형언하기 힘들 정도로 아름다운 한 소녀가
태어날 때 본연의 모습 그대로 웅크린 채 누워 자고 있었다. 다우였다.
검댕이가 묻은 채 잠들어 있는 그녀의 얼굴은 더없이 평화스러워 보였
고 좋은 꿈을 꾸는지 입가에는 미소를 머금고 있었다.

그런 그녀의 모습을 한참 동안이나 바라보던 유검은 약간 고개를 갸
우뚱거렸다.

"생전 처음 보는… 사람 같군."

그림 속 세상에 형체 없는 나로서 존재하는 것 같았다. 아니, 모든

것은 실재하나 오로지 자신만이 허상으로 존재하며 그 모든 것을 단지 지켜보기만 하는 것 같았다.

오감은 생생하기 이를 데 없으니 꿈은 아니었다.

유검은 그녀의 흐트러진 머리카락 속으로 오른 손가락을 집어넣었다. 그리고 손끝을 세워 그녀의 등 쪽을 향해 쓸어 내렸다. 마치 흐르는 시냇물에 손을 담근 듯 칠흑같은 검은 머리카락이 부드럽게 흘러 빠져나갔다.

그렇게 몇 번 손가락 빗으로 머리카락을 빗기고 나서 손이 목을 지나 부드럽게 융기한 가슴에 이르자 그 주위를 맴돌다 한 손바닥으로 그녀의 왼쪽 가슴을 움켜쥐었다.

깨어난 오감으로 느껴지는 그녀의 부드러움과 따뜻한 체온, 그리고 뛰는 심장의 박동은 그녀가 분명 존재하고 살아 있음을 느끼게 해주었다.

"역시 허상은… 아니구나."

유검은 옷가지 속에 묻혀 있는 한천검을 집어 들고 천천히 몸을 일으켰다.

동굴 밖으로 나가 보니 눈으로 덮인 은빛 세상은 눈이 부실 지경이었다.

"좋은 아침이구나."

중얼거리며 유검은 하늘을 올려다보았다.

구름 한 점 없는 깨끗하고 푸른 하늘이었다.

검을 든 채 무아지경에서 하늘을 바라보던 유검은 한순간 무엇을 깨닫고 충격을 받았다.

하늘은 여태까지 보아오던 '푸른 하늘'이 아니었다. 청년의 꿈을 담고 있는 하늘도 아니었으며, 광활하기 그지없는 하늘도, 구름 한 점 없는 깨끗한 하늘도 아니었다.

단지 '하늘'이었다.

어떤 생각과 감정과 느낌에도 오염되지 않는 순수한 하늘 그 자체였다. 아직 세상을 알기 전 아무 생각 없이 순수한 눈으로 바라보던 그 하늘이었다.

유검은 경이 속에 중얼거렸다.

"내가 찾던 검은… 어디에나 있었구나."

피부로 젖어드는 차가운 바람 속에서 유검은 천천히 한천검을 들어 올렸다.

검끝이 하늘로 향하자 파란색 화폭이 금방이라도 반으로 갈라질 것만 같았다.

검을 든 유검의 시선은 청정 무구하기 짝이 없었다. 어디에도 두려움은 있지 않았다.

본래 유검은 스스로 능력을 금제하고 싶어했다. 낙양을 두 조각 내는 일 같은 것이 또다시 벌어질까 두려웠던 것이다.

금강불괴의 상태가 되어온 세상이 솜털처럼 여겨질 때 참을 수 없는 그 가벼움은 모든 것을 파괴하고 싶은 욕구를 낳기도 했다. 어떤 이유를 댄다 하더라도 감당할 수 없는 능력에 대한 두려움이 마음 깊은 곳에 있었다.

하지만 이젠 그러한 두려움의 빛은 사라져 흔적조차 찾아볼 수 없게 되었다.

다우와 함께 한 어젯밤, 유검은 그녀의 가슴속에서 하늘을 보았다. 그리고 나와 너를 구분할 수 없는 그 사랑 속에서 두려움은 사랑의 반대가 아닌, 부재에 불과함을 알았다.

사랑의 빛이 가슴 깊은 곳까지 비춰들자, '나' 라는 의식이 소멸되며 그와 함께 모든 두려움도 아침 이슬처럼 사라져 버리고 말았던 것이다.

하지만 인간의 마음으로 되돌아오려는 원습(原習)이 남아 있어 완전히 그 상태에 머물지는 못했다.

몇 가지 질문과 답이 마음속에서 오갔다.

'난 무엇을 해야 하지?'

'아무것도. 단지 존재하면 된다. 더도 말고 덜도 말고 너 자신으로 존재하라.'

'아무것도 할 일이 없단 말인가? 밥 먹는 것조차도?'

'행위에 대한 것이라면 모든 것이 자유다. 스스로의 의지로 선택하고, 그 결과에 책임을 져라.'

하얀 빛살들이 내놓은 답은 아니었다.

마음 깊은 내면의 근원에서 들려오는 목소리였다.

유검은 홀로 중얼거렸다.

"세상을… 모두 베어버려도 상관없다는 건가? 책임만 진다면?"

휘이익―

검이 창천을 갈랐다.

유검은 여전히 멀쩡한 하늘을 보고 고개를 저었다.

"뭐든 벨 수 있을 것 같았는데… 하늘은 안 갈라지는군."

목표를 바꾸었다.

유검은 몇 걸음 걸어나가 눈에 덮인 집채만한 바위를 향해 검을 겨누었다.

한 걸음 홀쩍 바위를 향해 뛰어나가며 검을 위에서 아래로 단순히 내려쳤다. 태산압정 초식이었다. 누군가 유검이 검을 펼치는 모습을 보았다면 바위가 이미 반으로 갈라진 것을 보았을 것이다.

그런데 뛰어나간 발은 하필 눈으로 덮인 웅덩이를 밟았고, 유검은 그 자리에서 꼬꾸라지고 말았다.

유검은 머리에 묻은 눈을 떨고 일어나 바위를 노려보다 그 자리에서 가부좌를 틀고 앉았다.

"흠……!"

한천검을 한참 동안 들여다보다 중얼거렸다.

"익숙지 않다는 건가, 무언가를 파괴한다는 게……?"

눈을 돌려보니 지나가던 산토끼 한 마리가 두렵지도 않은지 말똥거리는 눈으로 자신을 올려다보고 있었다.

"……?"

에이취—

유검은 재채기를 하며 한 손에 토끼의 귀를 잡아 쥐고 동굴 안으로 들어왔다.

옷가지로 토끼를 묶어두고 모닥불 가에 앉아 남은 나뭇가지를 쑤셔넣었다. 온기는 추위로 얼어붙은 몸을 따뜻하게 녹여주었다.

따스했다. 만약 금강불괴인 채였다면 추위를 느끼지 못했을 것이고, 모닥불의 고마움도 몰랐을 것이다. 세상의 먼지 하나라도 스스로에겐 위대하다. 분명한 존재 가치가 있으며, 단지 인식하느냐 인식하지 못하느냐의 차이만 있을 뿐이다. 그 점을 새로이 자각할 수 있었다.

유검의 시선은 다우에게로 돌려졌다.

그녀는 자신에게 어떤 의미일까? 라는 생각이 떠오르려다 희미하게 사라져 버렸다. 그리고 푸른 하늘이 아닌 그냥 '하늘'을 보았을 때처럼 그냥 '다우'를 보았다.

유검의 눈에는 아름다운 다우, 청순한 다우, 귀여운 다우, 가련한 다우, 얄미운 다우, 속 썩이는 다우, 철없는 다우, 맨날 울기만 하는 다우, 무슨 일을 벌릴지 모르는 불안한 다우 등은 없었고, 단지 '다우'만 있었다.

'꽤 안 좋은 의미도 많았군.'

어떤 의미에서 유검의 눈은 무심(無心)하기 그지없었다.

다우가 꿈결에 몸을 뒤척였다.

대리석 같은 두 다리가 살짝 벌어지자 유검의 두 눈이 커졌다.

가끔 찾아오는 행운은 삶의 보석.

궁극의 경지를 맛보며 깨달음을 얻은 유검이 고개를 황급히 돌리는 따위의 어리석은 짓을 할 리는 없었다.

"으음……."

다우가 잠에서 천천히 깨어났다. 잠결에 눈을 비비며 일어나다 유검의 시선이 자신의 아랫도리를 향해 있는 것을 보았다. 아직 인생의 깨달음을 얻지 못한 그녀가 태연할 수 있을 리 없었다.

다우는 깜짝 놀라 황급히 양 손바닥으로 가슴을 가리고 다리를 웅크렸다.

"뭐, 뭘 보는 거야! 이 바보!"

"응? 아… 어제는 경황이 없어 보지를 못했다. 그래서 우연히 찾아온 행운에 감사하며……."

"뭔 바보 같은 소릴 하는 거야! 빨리 고개를… 아!"

소리 지르다 그녀는 순간 아랫배에서 밀려오는 고통에 신음 소리를 삼켰다.

"어디 아프냐?"

그녀가 아미를 찌푸리며 고통스러운 표정을 짓자, 유검은 걱정스러운 얼굴로 그렇게 물었다.

"아, 아무것도 아니야."

"아무것도 아니라니. 무지 아파 보이는데? 대체 어디가 아픈 거냐?"

"아, 아무것도 아니랬잖아!"

다우는 꽥 소리를 질렀고 그 덕분에 통증이 가중된 듯 더욱 몸을 웅크렸다.

"저, 저쪽을 보고 있어. 제발……."

신음 소리를 참으며 그렇게 말하곤 이어 손가락으로 동굴 쪽을 가리켰다.

의아해하던 유검은 갑자기 뭔가를 깨달은 듯 탄성을 질렀다.

"아……!"

째려보는 다우의 눈빛에 돌아앉으며 중얼거렸다.

"익숙지 않은 게… 또 하나 있었군."

땅—!

날아오는 장작에 뒤통수를 얻어맞았지만 유검은 다우에게 항의하지 않았다. 참으로 현명한 태도였다.

다우는 조심조심 옷을 챙겨 입은 후, 면벽에 잠겨 있는 유검에게로 고개를 돌렸다.

그의 뒷모습을 바라보다 문득 자신이 눈물을 흘리고 있음을 자각했다.

손가락으로 눈물을 닦아내며 생각했다.

'후회… 하는 걸까? 혼례식도 없었고… 겨우 이런 동굴이었으니까.'

유검에 대한 감정은 진짜 사랑이 아닐지도 모른다는 의심이나, 혹은 진짜로 사랑하는 사람은 나중에 다시 나타날지도 모른다는 그런 놓친 가능성에 대한 아쉬움 때문일지도 모른다.

'쳇, 그럴 리가 없잖아!'

다우는 고개를 저었다.

어젯밤 함께 서로의 존재를 느끼며 껴안고 있었던 것을 떠올리기만 해도 가슴은 설레이고 행복감이 밀려왔다. 그런데 후회라니, 있을 수 없는 일이었다.

'음… 뭐, 상관없어.'

다우는 눈물을 닦아내곤 두 주먹을 불끈 쥐었다.

'흥, 좋아. 이제부터 전쟁이야. 앞으로 주도권을 쥐려면 단단히 마음먹어야 해! 약해지면 안 돼! 힘내라 다우!'

몇 번 웃는 얼굴 연습을 해본 다음 동굴 안쪽을 향해 면벽하고 있는 유검을 향해 말했다.

"이제 됐어! 돌아봐도 돼~"

언제 화냈었냐는 듯 밝은 목소리였다.

유검은 그녀의 손짓대로 얌전히 모닥불 가로 다가가 앉았다.

"오라버닌 내 거야. 그러니까 다른 여자랑 바람피우면 안 돼! 알겠지?"

"흠… 근데……."

"왜, 불만있어?"

"불만은 없어. 근데 둘 중 하나만 선택하지 않겠나?"

"…뭘?"

"아름답거나 귀엽거나 둘 중 하나만 말이다."

"…응?"

"얼굴이랑 말투가 안 맞는 것 같아."

다우는 무슨 말인지 몰라 멀뚱한 눈으로 무심해 보이는 유검의 얼굴을 바라보았다.

다우의 긴 머리카락은 간간이 밖에서 불어오는 바람에 흩날리고 있었다.

모닥불에 비친 그녀의 얼굴은 아름답기 그지없었다. 그린 듯한 아미에 긴 속눈썹, 가슴 떨리게 만드는 커다란 두 눈동자, 그 아래 콧날과 조그만 입술… 갸름한 턱… 뭐라 형언키 어려운 아름다움이었다.

게다가 가는 목 아래 터질 듯한 가슴과 잘록한 허리의 몸매를 가졌으며, 드러난 살결은 거짓말처럼 매끄럽고 부드러워 옥으로 빚어진 것 같다.

사내라면 천상의 선녀를 대하듯 당장이라도 무릎 꿇고 경배를 드리거나, 미친 척 짐승처럼 덮쳐 보고 싶어질 정도로 아름답고 매혹적인 모습의 소녀.

그것이 현재 다우의 모습이었다.

그런데 다우는 그런 자신의 모습은 전혀 자각 못하고 있었다.

다우는 남자들이 자신만 보면 넋을 잃는다는 사실은 알고 있었지만, 그런 그들의 행동은 두려움의 대상이었을 뿐이니 자신이 지닌 매력에 대한 자각이 없는 것도 무리는 아니었다.

또한 단순히 친동생처럼 스스럼없이 대하는 유검의 행동도 한몫을

했다.

유검이 말했다.

"그러니까 지금의 모습일 땐 말이다. 즉, 아름다운 모습일 땐… 설마 너 지금 스스로 아름답지 않다고 생각하는 거냐? 얼굴 표정이 왜 그래?"

"그, 그게… 그렇게 말하면 조금……."

"물론 사람마다 아름다움을 보는 기준이 달라. 하지만 너의 경우 아름답지 않다고 생각하는 사람은 백만 명에 하나도 찾기 어려울걸? 그러니까 대충 아름답다고 치자."

"…대충? …그래."

다우는 기뻐해야 할지 화를 내야 할지 몰라 떨떠름하게 대답했다.

유검은 차분히 말을 이어 나갔다.

"아름다운 사람을 미녀라고 하지. 미녀는 대개 말이야, 일단 우아하게, 그리고 자존심도 세우면서, 콧대를 세우고 튕겨야 뭔가 어울려 보이는 거야. 조금 가까이 다가가기 힘든 그런 분위기도 풍겨야 하구 말야."

"그런… 가?"

"응. 그러니까 그렇게 귀여운 말을 할 때는 어린 모습으로 하던가, 아님, 지금의 모습일 경우라면 방금 말한 것처럼 우아하게 해야지. 그래야 뭔가 어울려 보일 것 같아. 이런 충고는 너를 위해서 하는 것이다. 선택권은 물론 너에게 있어."

다우는 머리를 긁적거리다 물었다.

"그럼… 음, 오라버닌 내… 거다! 바람피우지 마! 이렇게?"

"그래도 뭔가 이상한데?"

"오라버닌… 음… 우아하게라면… 뭐라고 말해야 하지?"

"애당초 말의 선택이 틀린 건 아닐까?"

다우는 모닥불을 보며 턱을 괴고 한참을 생각하다 반색하며 외쳤다.

"아, 맞아!"

"뭐 좋은 말이 생각났어?"

"쳇, 오라버니가 먼저 말해야 하는 거였어. 넌 내 거야! 바람피우면 죽어! 이렇게……. 그럼 난 흥! 하고 코웃음만 치는 거지. 어때? 그럴 듯하지?"

"아… 그렇구나. 역시 똑똑하네."

"헤헤."

유검은 다우의 머리를 쓰다듬어 주었고, 다우는 기뻐하며 웃었다.

그러다 다우는 팔짱을 끼고 아미를 찌푸렸다.

'아냐, 뭔가… 이상해. 뭔가…….'

상황이 이상하다는 것은 눈치 챘지만 그것이 무엇인지는 금방 깨닫지 못했다.

*　　　　*　　　　*

수증기가 자욱했다.

자연적으로 발생된, 보기 드문 노천 온천가에 한 소녀가 수건으로만 몸을 가린 채 다가와 조심스레 발끝을 넣어보고 있었다.

화였다.

그녀는 생각보다 물의 온도가 뜨거운지 아미를 찌푸렸다.

"내게 왜 이런 호의를 베푸는지는 모르지만……."

천천히 발끝부터 물속으로 집어넣었다.

가슴 부위까지 물에 잠기자 그제야 화는 천천히 바위에 몸을 기대었다.

긴장이 풀어지고 기분 좋은 노곤함이 밀려왔다.

몸의 이완에도 불구하고 흩날리는 눈발을 응시하는 그녀의 단아한 얼굴은 무표정하기만 했다.

미래에 대한 불투명, 그것이 짙게 그녀의 마음속에 드리워져 있었던 것이다.

한 사람의 얼굴이 떠올랐다.

유검이었다.

인정하긴 싫지만 그는 자신을 두 번이나 구해주었다. 세 번째는 안 되는 것일까?

원망인지 기대인지 알 수 없는 혼란된 감정에 입술을 깨물었다.

문득 다른 사내의 얼굴이 나타났다.

냉혹하기 그지없는 눈, 무표정한 얼굴, 사람을 죽이면서 눈 하나 깜짝하지 않을 듯 보이는, 그리고 상상을 초월하는 무공을 지닌 사내…….

자신을 납치했을 뿐 아니라 마치 짐짝처럼 취급했다.

거침없이 자신의 음부에 손가락을 넣어, 처녀인지 확인했으며 그러면서도 눈에는 일말의 감정조차 없었다.

수치심은 증오로 변했다.

철썩—

그녀의 두 주먹이 수면을 때렸다. 입술을 깨문 그녀의 입가엔 가는 핏줄기가 흘러내리고 있었다.

화는 아미를 찌푸렸다.

"아… 입술을 깨물고 말았네."

그녀는 투덜거리다 온천 속으로 느긋이 몸을 뉘었다.

언젠가 유검이 자신을 구하러 왔을 때 편안히 잘 있었노라고 한마디 해 주려면 일단 온천욕은 제대로 즐겨야 하는 것이다.

"저 정도면……."

노천 온천이 내려다보이는 한 절벽 위에서 신무룡은 입을 열었다.

"아름다운 편인가?"

회오는 합장하며 말했다.

"보는 사람에 따라 다르겠지요. 현재 저분 여 시주는 아름답습니다. 하지만 십여 년 전에 저 여 시주는 갓난아기였을 것이며, 삼십 년 후에 저 여 시주는 노파가 되어 있을 것이며, 백 년 후에는 백골이 되어 있을 것입니다. 어떤 모습을 보느냐는 보는 사람에 따라 다르겠지요."

"그대는 어떻지?"

"빈승에게 저분 여 시주는 빈 대나무로 보입니다. 동시에 부처로 보이지요."

"내겐……."

신무룡은 무감정하게 말했다.

"단지 물체로 보인다. 그건 왜일까?"

회오는 미소를 지으며 오히려 되물었다.

"그러한 의문이 든 까닭은 무엇입니까? 단순히 물체로 보인다면 그런 의문이 들 리가 없지 않습니까?"

신무룡의 검미가 꿈틀거렸다.

"그대는 기보를 얻었을 때 그 내력을 알고자 하지 않는가? 그와 같

은 의문이 든 것이 무에 대단하다는 거지?'

차갑기 그지없는 말투였다.

하지만 그의 평소 언행에 비춰본다면 오히려 과민한 반응.

회오는 대답하지 않고 단지 사죄하는 듯 고개만 숙여 보였다.

신무룡은 자욱한 수증기를 꿰뚫어 화의 얼굴을 쏘아보며 말을 이었다.

"난 태양검의 최고 경지에 이르렀다. 이에 다른 힘을 얻을 필요성이 있을지, 굳이 모험을 걸어 저 여인에게 내재된 상화지기를 얻을 것인지 중대한 결단을 내려야 한다."

신무룡은 회오에게로 시선을 돌렸다.

"만약 모험을 걸어야 한다면… 이왕이면 덤이 있는 게 좋겠지. 그렇지 않은가?'

회오는 역시 대답하지 않고 합장한 채 고개만 숙였다.

신무룡은 이어 물었다.

"기재들의 준비는?'

"본교의 기재들은 차질없이 진행되어 가고 있으며, 무림맹의 기재들은… 약간의 소란은 있었습니다만 재빠른 조치 덕분에 별다른 지장은 없습니다."

"소란?'

"그 유검이란 자가 청안신마로 변장해 무림맹의 기재들을 모아둔 장원에 나타났다고 하더군요."

유검이란 말이 나오자 그의 눈에 처음으로 사람의 감정이라 할 만한 광채가 번득였다.

"그자는… 내 몫으로 남겨."

신무룡은 서둘러 말을 바꾸었다.

"아니다. 그가 본교의 행사에 방해되는 것으로 보일 경우 총력을 기울여 제거하라."

회오가 깊숙이 허리를 굽혀 복종의 뜻을 표하며 물러날 때 신무룡이 혼잣말하듯 중얼거렸다.

"저 여인… 유검과 어떤 관계인가?"

＊　　　＊　　　＊

"와—! 귀엽다. 어디서 잡았어? 날 위해 잡아온 거야?"

다우는 토끼를 꼭 껴안고 있었는데 귀여워 죽겠다는 듯 연신 뺨을 부비며 그렇게 울었다.

유검은 눈으로 뒤덮인 주위를 두리번거리며 말했다.

"아침 식사야. 소중히 다루렴."

다우는 흠칫하며 토끼를 등 뒤로 감췄다.

뽀드득 소리를 내며 눈길을 걸어가고 있는 유검의 뒷모습을 보며 다우는 까닭 모를 불안을 느꼈다.

유검이 뭔가 달라졌음을 감지했다. 조금 전에도 그렇고 지금의 말투도 그렇고… 언뜻 예전에 보았던 신무룡의 무감정한 눈이 그림자처럼 스쳐 지나갔다.

'아냐, 달라!'

하지만 뭐가 다른지 알 수가 없었다.

다우는 걸어가고 있는 유검을 불렀다.

"오라버니……."

"응?"

유검은 돌아보다 불안해하고 있는 다우의 모습을 보고 의아해했다.

다우는 머뭇거리다 조심스레 입을 열었다.

"오라버니… 맞어?"

무슨 말인지 몰라 유검은 한참 동안 다우의 얼굴만 바라보았다.

다우는 그런 무심한 유검의 눈을 지켜보다 양손으로 치마 끝을 살짝 들어 올렸다.

"음?"

유검의 두 눈이 동그래지며 눈길이 다우의 드러난 다리로 향했다.

다우는 그런 유검의 모습을 확인하고서 미소를 지었다.

"오라버니 맞구나. 흐음~"

유검은 미간을 찌푸리며 물었다.

"뭘 실험한 거냐?"

"아무것도~"

유검은 고개를 갸웃거리다 말했다.

"그나저나 어젯밤 우린 어디까지 걸어온 걸까. 도무지 방향을 짐작할 수가 없군."

"흥, 길을 잃었다는 거네."

"근데 왜 걷자고 한 거니? 난 이제 능력을 금제하지 않는다. 그러니 널 안고 경신술을 펼치면 금방이라도……."

"…바보!"

"…춥지 않어? 네 손가락에 끼어 있는 반지의 풍환을 불러내면……."

"싫어!"

"……."

다우는 유검의 곁으로 폴짝 뛰어가 손을 내밀어 그의 손을 잡았다.

바람이 불 때면 소나무 위에 쌓인 눈이 흩날리며 눈보라를 연상케 했다.

저 멀리 안개에 갇힌 듯 눈 덮인 산들, 어디선가 들려오는 산새 소리, 부서지는 햇살들… 아름답기 그지없는 정경이었다.

유검은 힐끔 다우를 훔쳐보았다.

바람에 머리카락이 흩날리고 있었는데, 추위에 뺨은 홍조가 어려 있었고 무엇이 그리도 신기한지 보는 것마다 감탄하고 탄성을 내지르고 있었다. 토끼를 안은 채 눈길에 발목까지 푹푹 빠져 가며 힘들게 걸으면서도 재밌는지 웃고 있었다.

유검은 문득 깨달았다. 다우의 손은 꽉 쥐면 부서져 버릴 듯 부드럽기 그지없음을.

정오가 지날 무렵 유검은 다우와 함께 일월교의 장원 근처에 다다를 수 있었다.

언덕 위 작은 소나무 뒤, 다우는 아침 식사가 될 뻔했던 귀여운 토끼를 풀어주고 나서 장원 안을 내려다보았다.

곧 의아해하며 중얼거렸다.

"눈이 와서 그러나? 돌아다니는 사람들이 없네?"

"그렇구나."

"일단 가까이 가보자!"

다우가 언덕 아래를 내려가려 하자, 유검이 불렀다.

"다우야."

"응?"

"사람들은 일월교를 마교라 부른다. 강호인들은 무림맹을 만들어 서로 대립하고 싸우며 피를 흘린다. 입이 있으니 서로가 할 말은 있겠지만 어차피 별것 아니겠지. 그러니 차라리 어느 한쪽을 이 세상에서 소멸시켜 버리는 게 낫지 않을까?"

"우와~ 무림지존이라도 된 것 같은 말투네."

"아니면… 차라리 은거해 버리는 게 나을까? 아무 간섭도 하지 않고 말이다."

"쳇, 산속으로 들어가 정말로 도사가 되려는 거야? 글고 화 언니는? 여문 언니는? 기재들은? 안 구해낼 거야?"

"흠… 물론 이번 일은 끝내야지. 아, 은자 빚도 갚긴 해야겠구나. 낙양 사람들에게 뭔가 해줄 건 해줘야겠고……."

"은자… 빚?"

"아, 말을 미처 못했구나. 은자 빚이 조금 있다."

"얼만데?"

"은자로 사백만 냥 정도."

다우는 감이 안 오는지 어리둥절하더니 점차 눈과 입이 커져 갔다.

"사, 사, 사, 사……."

"자자, 깊이 숨을 들이마시며 심호흡을 해봐. 그리고 천천히 발음해 보렴, 그럼 조금 쉬울 거야. 나도 그랬어."

"사, 사백만 냥이라니!"

퍽―!

다우의 고사리 같은 손이 유검의 왼쪽 얼굴을 강타했다.

"아프잖아. 여자가 그렇게 함부로 사람을 치면 안 돼!"

다우는 꽥 소리를 질렀다.

"이 바보! 그걸 왜 이제 말하는 거야!"

"걱정 마라. 친구에게 빌린 거니까 천천히 갚아도 돼."

"그래도 언젠가는 갚아야 할 거잖아! 떼먹을 거 아니잖아!"

"그야… 그렇지."

다우는 한참 동안 멍하니 하늘만 올려다보았다. 곧 체념한 듯한 얼굴로 한숨을 길게 내쉬며 유검에게 물었다.

"은자… 뭘로 벌 거야?"

"음? 걱정하지 말아라. 어떻게든 잘될 거야."

다우는 또다시 소리를 꽥 지르지 않을 수가 없었다.

"이 바보! 어떻게 걱정 안 할 수가 있어!"

언덕 아래를 내려가 일월교의 비밀 장원 대문 앞에 당도할 때까지 다우는 안색을 굳힌 채 침묵을 지키고 있었다.

유검은 내심 의아해했다.

'그렇게도 걱정이 되는 걸까? 은자란 사람들이 만들어놓은 환상에 불과한 것, 당장 먹고사는 데 걱정할 게 없다면 굳이……'

사백만 냥이란 천문학적인 액수를 별것 아닌 양 취급하는 자신이 오히려 상리(常理)에서 벗어나 있음을 자각하진 못했다.

장원 안에서 인기척은 느낄 수 없었다.

안으로 들어가 보니 연무장과 전각의 지붕 등이 내리는 눈에 하얗게 변해 있을 뿐, 발자국 등 사람이 돌아다닌 흔적은 전혀 찾아볼 수가 없었다.

황무지처럼 횅해 보이는 광경이었다.

유검은 슬쩍 몸을 띄웠다. 십여 장 상공에서 아래로 사방을 훑어보았으나 사람들이 움직이는 흔적을 찾아볼 순 없었다.

유검은 의아스러웠다.

절정고수 한 명이 움직이는 것도 아니고 단 하루만에 그 많은 사람들이 갑자기 사라지다니? 한밤중엔 폭설까지 내렸다. 그 상황에서 관에 넣어진 기재들이라는 골치 아픈 짐을 끌고 이렇게 아무런 흔적도 없이 감쪽같이 사라질 순 없는 노릇이었다.

몸을 날려 기재들을 가둬두었던 동굴로 가보았지만 역시 텅텅 비어 있었다.

다시 다우에게 와 말했다.

"할 수 없다. 일단 전각들이나 하나하나 뒤져 보자꾸나."

다우는 힘없는 말투로 대꾸했다.

"그래."

"아참, 너 어린 모습으로 바꾸는 것이 어떠냐? 지금의 모습으로 누군가를 만난다면 상당히 귀찮아질지도 모르잖아."

다우는 퉁명스럽게 대꾸했다.

"안 돼. 아기에게 영향을 줄지 모른단 말야."

"흠… 그런가?"

무심코 대꾸하며 고개를 끄덕이다 유검은 그 자리에서 꼬꾸라지고 말았다.

눈 덮인 대지를 손바닥으로 짚으며 천천히 고개를 들어 다우를 보았다.

다우는 그런 유검을 뒤돌아보며 아미를 찌푸렸다.

"뭐야, 그 뜻밖이라는 얼굴은? 아기에 대해선 전혀 생각조차 못해 봤다는 얼굴이잖아."

유검은 너무 놀라 말대꾸조차 하지 못하고 있었다.

다우의 얼굴이 점차 차갑게 굳어져 갔다. 아미는 위로 한껏 치켜졌다.

"…정말이구나. 한 번도 생각조차 안 해본 거였어!"

저렇게까지 화나 보이는 다우는 처음이었다.

유검은 그제야 자신의 실수를 깨달았다. 이마엔 식은땀이 폭포수처럼 쏟아졌다.

"자, 잠깐만 다우야. 잠시 내게 해명할 기회를 다오."

다우는 아무런 대꾸 없이 몸을 홱 돌리더니 성큼성큼 안으로 걸어갔다.

"아기가 생길 가능성, 내가 아버지가 되는 것에 대해 생각 못해본 것이 아니다. 다만 무상검 궁극의 경지에 이른 나의 눈으로 볼 때……."

퍽—!

눈 뭉치가 날아와 입을 틀어 막았다.

*　　　*　　　*

쿠웅—!

"미안, 졸고 말았어."

백몽추가 머리 위에 난 혹을 어루만지며 사과하자 초영영이 아미를 찌푸리며 말했다.

"큰 소리 내면 안 돼."

"응, 알아."

제갈소혜가 말했다.

"자, 조용히 하고 감시에 열중하자. 추워도 조금 참고."

커다란 대청이 내려다보이는 전각 안 중심 대들보 위, 세 쌍의 눈동자가 반짝거리며 아래를 내려다보고 있었다.

제갈소혜가 말했다.

"다시 말하지만, 이 장원은 완전히 빈 것처럼 보이지만 그럴 리는 없어. 어딘가에 비밀 통로가 있을 거야. 사람들은 그곳으로 사라진 거지. 아무래도 이 전각이 제일 수상해 보여. 그러니까 여기서 기다리며 지켜보다 보면 반드시 꼬리를 드러낼걸?"

초영영이 말했다.

"혹시 함정이 숨어 있는 것은 아닐까?"

백몽추 역시 한숨을 쉬며 우려를 나타내었다.

"우리 내공을 회복한 것도 얼마 되지 않았는데, 괜찮을까?"

제갈소혜는 입술을 깨물다 말했다.

"나 역시 위험하다는 건 알지만… 그렇다고 그냥 아무 일도 않고 있을 수만은 없지 않겠어? 진 소저가 무림맹에 지급으로 연락을 했으니 반드시 고수들이 올 거야. 그전에 조그만 단서라도 찾아놓자. 그게 우리가 할 수 있는 최선이야."

무림의 오룡삼봉이란 단순히 뛰어난 후기지수 이상의 의미를 지녔다. 각자 자기 문파의 명예를 짊어지고 있는 것이다.

'그 명예에 맞는 행동'이란 것이 겨우 세 명으로 마교의 동정을 감시하려는 이런 무모한 짓을 하게 된 동기였다.

아침 일찍 장원에 왔으나 아무도 없었다. 그래서 중앙에 세워진 이 전각의 대청으로 와서 대들보 위에 숨어 있었던 것이다.

세 여인은 침묵 속에서 누군가를 감시하는 것에 익숙하지 않았다.

아무런 변화도 보이지 않는 대청 안을 한없이 내려다보는 일은 고역이 아닐 수 없었다.

먼저 입을 연 것은 백몽추였다.

"근데… 그 사람은… 어디로 간 걸까?"

"응? 누구? 아, 그 사람?"

초영영은 무심코 반문하다 아미를 찌푸렸다.

"너, 그 사람 행동 보지 않았어? 우릴 안중에도 두지 않았다구. 그런데 왜 자꾸 생각하는 거야?"

"아니, 그게 아니라……."

백몽추는 다시 한숨을 내쉬었다.

"휴우~ 우리 꽤 인기있는 편 아니었어? 그런데 그 사람은 왜 우릴 거들떠도 안 보는 걸까?"

듣고만 있던 제갈소혜가 한마디했다.

"사람 나름… 이란 거겠지."

이어 차갑게 말했다.

"들어봐. 우리에게 잘 보이고 싶어 안달하는 청년 영웅들이 얼마나 많아? 뭐, 우릴 좋아하지 않는 사람 하나 있다고 해서 신경 쓸 건 없지 않겠어?"

초영영이 맞장구쳤다.

"맞아. 게다가 그 사람은 거만하기 짝이 없구! 뭐, 그만한 무공을 지녔으니까 그럴 만도 하지만."

"성격은 어떨까?"

"음… 여자한테 분명 냉혹할걸? 어제 행동을 보면 알잖아. 음… 사실 그 사람에게 호감이 안 간다면 거짓말이겠지. 얼굴은 그럭저럭 보기 나쁘지 않고… 단 한 수에 마교 녀석들을 굴복시켜 버렸으니까. 또 말은 얄밉게 해도 우릴 구해준 건 사실이잖아."

"하긴, 멋지긴 했어."

제갈소혜의 말에 초영영이 뜻밖에도 동의했다.

"사실 난 안긴 적도 있었어. 감기 걸려 몽롱해져 버려서… 꿈인 줄 알았는데… 사실은 안겨서 이기어검술로 허공을 날고 있었던 거야! 진짜로!"

백몽추가 눈빛을 반짝이며 물었다.

"기분이 어땠어?"

"뭐, 상상하는 그대로야."

"쳇, 으스대기는… 그러면서 싫은 척 온갖……."

"착각하지 마. 그땐 그냥 일어난 일에 불과해. 그리고 그 사람 소문 못 들었어? 무림공적이 되어 있다잖아. 그러니 애당초 혼례라던가 그런 건 불가능하니까 꿈 깨!"

"누가 혼례까지 생각해? 네가 그걸 꿈꾼 거 아냐?"

"어쨌든 집안에서 허락해 줄 리 만무하니까 아무 의미 없어."

제갈소혜가 시선을 먼 곳으로 돌리며 혼잣말로 중얼거렸다.

"그래도 입맞춤… 정도는 괜찮지 않을까?"

다른 두 여인은 놀라 그녀를 바라보았다.

"너……!"

제갈소혜는 당황하며 변명했다.

"그, 그냥 상상일 뿐이야. 내가 내 맘대로 상상만 하는데 문제될 거 있어?"

백몽추는 시선을 대청 아래로 돌리며 조그맣게 혼잣말로 중얼거렸다.

"고강한 무공에 무림공적, 그리고 멋지지만 여자에겐 냉혹… 인 건
가?"

그 말에 초영영이 투덜거리듯 말했다.

"쳇, 비운의 영웅이 될 만한 조건은 다 갖췄네. 일상을 벗어나 뭔가
짜릿함을 느끼고 싶은 여자라면 한 번쯤 꿈꿔 볼 만한 상대라는 거군.
특히 지금처럼 심심할 때는."

제갈소혜가 목소리를 낮췄다.

"쉿! 조용히 해봐!"

전각을 향해 다가오는 두 사람의 인기척이 들렸다. 은밀히 움직이는
것이 아니라, 마교의 장원임에도 일상사처럼 말하고 떠들고 있었기에
쉽게 눈치 챌 수 있었다.

한 여인이 먼저 대청으로 들어왔다.

다우였다.

그녀는 주위를 두리번거리며 중얼거렸다.

"암만 봐도 우리가 묵었던 이 전각이 제일 수상해."

유검이 식은땀을 주르륵주르륵 흘리며 그녀를 뒤따라 다니며 말을
걸었다.

"다우야, 넌 지금 심각한 오해를 하고 있어. 내가 아기는 물론 너와
의 장래에 대해 생각 안 해 볼 리가 있겠니? 만약 그랬다면 난 인간이
아니다."

다우는 탁자 위에 놓여진 꽃병을 수상쩍은 눈으로 쩌려보다 힐끔 뒤
돌아보며 말했다.

"누구세요? 절 아시나요? 왜 제게 말을 거는 거죠?"

유검은 자신을 모른 척 멀뚱한 얼굴로 반문하는 그녀의 태도에 말문이 막혀 식은땀만 흘렸다.

다우는 유검의 위아래를 요모조모 살피다 아! 하고 감탄사를 터뜨리며 말했다.

"알고 보니 오라버니였구나."

유검은 다행히 다우가 기억 상실증에 걸린 건 아니구나 싶어 안도했다.

"그래, 나야 나. 이제 기억나는가 보구나. 하하……."

"좀 전의 일은 잊었으니까 신경 쓰지 마."

유검은 역시 다우는 마음이 넓구나, 라며 감탄했지만 미소를 짓진 않았다. 여자의 말을 곧이곧대로 받아들일 만큼 어리석진 않았던 것이다.

그럼에도 반사적으로 참인지 묻는 말이 튀어나오고 말았다. 남자의 오래된 원습 중의 하나였다.

"정말로?"

그 대가는 참혹하기 그지없었다.

다우는 수상하기 그지없는 꽃병을 째려보며 말했다.

"응, 정말이야! 난 괜찮아. 남자는 본래 그렇다는 거 아니까. 뭐, 실컷 농락하고 사창가에 팔아넘긴다 해도 속은 내가 바보지 뭐."

"……."

다우는 두 주먹을 불끈 쥐고 미소를 지으며 말했다.

"흠… 좋아! 기루에 가더라도 열심히 일할게. 은자 빚이 사백만 냥이나 되니까 부지런히 일해야겠다. 오라버니도 먹여살려야 할 테구 말야. 도박 빚을 지면 언제든지 와. 몸 팔아서 모은 돈 다 줄 테니까. 아참, 아기 옷 사 입힐 돈만은 남겨줘. 아기가 너무 불쌍하잖아. 대신 날 때리고 욕하는 건 괜찮아. 그건 각오하고 있으니까."

그러면서 활짝 웃는다.

다우는 남자에게 속아 버림받았지만 그래도 꿈과 희망을 잃지 않는 비운의, 그리고 한없이 착하기만 한 여인을 확실하게 연기하고 있었다.

그리고 유검은 그런 그녀를 불행하게 만든 용서받지 못할 악당이 되어 있었다.

유검은 비 오듯 식은땀을 흘리면서도 내심 중얼거렸다.

이럴 때일수록 당황해선 안 된다.

보다 현명한 태도로 지금의 사태를 풀어 나가야 한다.

함부로 말대꾸를 하다간 그녀의 감정을 건드려 헤어날 길 없는 억측과 비난의 미로 속으로 빠져들고 말 것이다.

보다 현명해져야 한다.

그렇게 단단히 마음을 먹고 차분한 어조로 그녀를 불렀다.

"음… 다우야."

"어머? 벌써부터 언성을 높이는 거야?"

차분한 어조는 그녀에 의해 고함으로 바뀌고 말았다.

"뭐, 상관없어. 지금부터 익숙해져야 할 테니까. 맞아! 머리채를 끄집어당기는 것도 해봐. 미리 당해봐야 나중에 안 놀라잖아……."

그녀의 어거지에 유검은 당황하지 않았다.

'그래, 일단 그녀의 의사를 존중해 주자.

내심 그렇게 중얼거리며 다시 입을 열었다.

"언성을 높인 건 미안하다. 하지만……."

"아, 참!"

다우는 탁자 위에 놓여진 차 주전자 하나를 집어 들며 눈빛을 반짝였다.

"맞아, 술 따르는 연습도 미리 해둬야겠네. 아… 바쁘다, 바빠!"

다우는 정말로 누군가 옆에 있는 것처럼 얌전히 앉아 술을 따르는 시늉을 했다.

말뿐 아니라 이젠 시각적인 효과까지 노리는 것이다.

"……"

유검은 그제야 인정했다.

그녀의 마음을 풀어주기 위해 자신이 할 수 있는 일은 아무것도 없다는 것을.

그것은 물론 절망이라 불리운다.

대청의 대들보 위, 제갈소혜가 침울한 어조로 말했다.

"여자에게 냉혹… 과는 거리가 있는 것 같군."

초영영 역시 차마 보기 민망한 듯 눈길을 돌리며 중얼거렸다.

"비운의 영웅… 과도 거리가 있어 보여."

세 여인은 숨어 있는 기척을 들키지 않게 하기 위해 내공을 이용해 목소리가 멀리 퍼져 나가지 않게 했다. 소리를 한정시킨다는 점에서 전음과 비슷하지만, 내공의 소모는 훨씬 덜했다.

백몽추는 두 눈을 동그랗게 뜨고 있었는데 한참 후에야 더듬더듬 말문을 열었다.

"저 사람… 우리가 말하던… 그 사람 맞어?"

"아마도……"

제갈소혜는 냉정하게 대답했다.

"물론 저렇게까지 나쁜 놈인 줄은 몰랐지만."

백몽추는 의아해하며 그녀를 돌아보았다.

"정말… 로 그렇게 생각하는 거야?"

순진하고 아무 생각 없는 거친 사내라면 몰라도 같은 여자끼리 숨은 진실을 몰라볼 리는 없다. 다우의 말이 진실이라고 곧이곧대로 받아들일 여자는 없는 것이다.

물론 세 여인은 다우의 어린 모습만 보았을 뿐이라 누구인지 알아보지는 못했다.

제갈소혜는 흠칫하며 대답이 없었고, 초영영이 투덜거리듯 말했다.

"나쁜 놈이었으면 하는 거겠지. 희망 사항을 말해 버린 거야."

"…왜?"

"생각해 봐, 어차피 현실적으로 이뤄지는 건 불가능, 상상으로 만족해야 하는데… 그럴 바엔 착한 녀석보단 나쁜 놈이 낫지 않겠어?"

"……?"

제갈소추는 서둘러 화젯거리를 바꾸려는 듯 대청 아래를 가리키며 말했다.

"가만, 저 여자를 봐봐."

초영영이 투덜거렸다.

"…왜? 예쁘단 건 알고 있어. 나도 눈이 있으니까. 쳇, 저런 미인을 곁에 두고 있으니까 우리가 눈에 들어오지 않는단 거네."

백몽추는 고개를 갸웃거리며 말했다.

"근데… 사람 맞어? 여우가 둔갑한 것 아냐?"

초영영은 더 이상 보기 싫다는 듯 눈길을 돌렸다.

제갈소혜가 눈빛을 빛내며 말했다.

"잠깐! 뭔가 이상해. 아무리 아름답다고 해도… 같은 여자인 나까지 가슴이 두근거려. 너희는 어때?"

"그러고 보니……."

"뭔가 이상하지 않아?"

초영영이 고개를 갸웃하며 되물었다.

"미혼… 술?"

"미혼술로 보기엔 이상한 점이 많지만… 어쨌든 수상한 건 사실이야!"

제갈소혜는 침중한 어조로 말을 이었다.

"혹시 저 여자… 마교에서 보낸 게 아닐까? 그러니까……."

"…미인계?"

초영영은 아래를 내려다보며 냉정히 말했다.

"늦었어. 이미 넘어간 것 같군."

제갈소혜가 아미를 찌푸리며 말했다.

"무림공적이긴 해도… 저자가 이대로 마교로 돌아서 버린다면 큰일이야. 저 녀석의 무공을 생각하면……."

세 여인은 묵묵히 아래를 내려다보았다. 세 쌍의 눈동자에는 무림의 장래를 우려하는 근심이 가득했다.

묵묵히 침묵을 지키고 있던 백몽추가 혼잣말처럼 중얼거렸다.

"혼자라면 몰라도… 세 명이면 약간은 승산있지 않을까?"

"뭐가?"

"미인계 말야."

"……."

세 여인의 눈동자가 일시에 반짝거렸다.

그녀들은 곧 무림을 위해, 가문을 위해, 대의 명분을 위해 미인계를 펼친다는 숭고한 자기 희생의 환상에 매력을 느껴 즉시 검토에 들어갔다.

　초영영이 먼저 손을 들었다.

　"휴, 아무래도 승산이 없어 보여."

　제갈소혜도 고개를 절레절레 저었다.

　"나도 그래. 미인계라… 우리가 할 수 있을까? 그런 흉내도 내본 적 없잖아. 게다가 어제 저 녀석의 태도를 보면 도무지 가능할 것 같지가 않아."

　백몽추가 의외로 발끈해 소리쳤다.

　"포기하지 마! 물론 우리를 거들떠도 보지 않는 저 녀석 때문에 사실 우린 자존심에 상처를 받았어. 하지만 무림의 대의를 생각하면 우리의 기분 따윈 아무것도 아니잖아."

　그 열기에 다른 두 여인도 마음이 흔들렸다.

　다시 쑥덕쑥덕 회의에 들어갔다.

　잠시 후, 세 여인은 어느 정도 마음을 굳힐 수 있었다.

　제갈소혜가 먼저 차분히 말했다.

　"먼저 저 녀석의 성격을 파악해 보자. 그럼 분명히 파고들 틈이 보일 거야. 저긴 한 명이고, 우린 세 명이야. 반드시 승산은 있어."

　백몽추 역시 주먹을 불끈 쥐며 동의했다.

　"그래, 질보단 양이라구!"

　"그런 말은 하지 마. 우리가 비참해지잖아."

　초영영이 그렇게 투덜거리고 나서 다시 열정에 가득한 눈으로 주먹을 불끈 쥐어 보였다.

"어쨌든 해보자! 불가능해 보이는 걸 성취해 냈을 때 보람있는 거니까."

"좋았어!"

그렇게 세 여인은 반드시 승리를 다짐하며 불타올랐다. 추위조차 그 열기에 도망가 버린 듯했다.

백몽추가 아래를 내려다보며 고개를 갸웃거렸다.

"근데… 대체 뭘 하고 있는 걸까?"

유검은 반가부좌 상태로 앉아 두 팔을 앞으로 들어 올린 자세였다. 다우는 어디서 방석 하나를 구해오더니 유검의 반가부좌한 다리 위에 올려놓았다.

다우가 말했다.

"이제 오라버닌 인간 의자야."

"인간… 의자?"

"응, 내가 앉을 인간 의자!"

그리곤 털썩 방석 위로 엉덩이를 붙였다.

다우는 느긋하게 몸을 유검의 상체에 기대며 말했다.

"첫째, 절대 입을 열지 말 것. 둘째, 내가 잠에서 깰 때까지 움직이지 말 것. 적이 나타나면 알아서 처리해. 그럼 용서해 줄게."

용서해 주겠다는 데 유검이 이견을 낼 리는 없었다. 이번에는 정말이냐고 묻는 어리석음을 범하진 않았다.

"아, 팔은 조금만 더 내려. 응, 이 정도면 되겠다. 그럼 잘 자~"

그리곤 유검의 왼쪽 팔에 머리를 기대고 누웠다. 자세가 불편한 듯 몇 번 몸을 뒤척이더니 돌아누웠다. 그렇게 유검의 가슴에 얼굴을 묻고 안기는 자세가 되어서야 만족한 듯 편안히 전신을 이완시켰다.

유검은 멀뚱히 지켜보기만 했다.

'언제 적이 나타날지도 모르는데… 대체 여기가 어딘지 알고는 있는 걸까?'

다우는 자는 시늉을 하는 듯 코를 골더니 조금 더 시간이 지나자 숨소리가 새근거리며 고르게 변했다. 정말로 잠이 들어버린 것 같았다. 오늘 반나절 동안 눈길을 걸어왔으니 피곤할 만하기도 했다.

'별치곤… 희한하군. 뭐, 그리 힘든 건 아니지만……'

다우의 장난기는 익히 알고 있었기에 이상하다고 생각하지는 않았다.

얼마나 시간이 지났을까.

가슴에 얼굴을 묻은 다우가 속삭이듯 중얼거렸다.

"정말 괜찮아. 익숙한 걸 뭐."

유검은 흠칫하여 눈길만 아래로 해서 다우를 내려다보았다.

"기억나? 예전엔 날 통해… 여문 언니를 봤잖아. 항상 날 통해 다른 걸 보더라. 익숙하지만… 가끔씩이라도 좋아. 날 봐줘, 응? 내가 뭘 생각하고 있고, 또 뭘 좋아하고, 또 뭘 싫어하는지… 기억하고 생각해 주라. 나도 가끔은… 우아해지고 싶단 말야."

그녀는 얼굴을 가슴에 파묻고 있어 잠꼬대인지 아니면 깨어 말을 하는 것인지 알 수가 없었다.

곧 가슴팍이 축축해지는 걸 느낄 수 있었다.

'이 녀석……!'

유검은 다우가 왜 이런 괴상한 벌칙을 생각해 냈는지 그 이유를 깨달았다.

이렇게 자신을 있는 그대로 바라봐 달라는 것.

자신을 통해 다른 누군가를 보지도 않고, 검을 보지도 않으며, 단지 있는 그대로의 자신을 봐달라는 것.

다우의 속삭임은 유검의 가슴을 뒤흔들었다.

'바보… 난 이미 그렇게 널 보고 있어.'

하지만 다우가 요구하는 것은 자신의 그것과는 의미가 다름을 알고 있었다.

무상검의 경지는 마음을 죽여 나가는 과정이었다. 내가 완전히 사라질 때 모든 것을 있는 그대로 바라볼 수 있었으며, 모든 것이 조화롭고 온전해졌다.

가는 유일한 길은 무집착 하나뿐이다.

그렇게 오직 지금 이 순간을 보며, 항상 변화해 나가는 모든 것을 있는 그대로 받아들인다.

바로 무위이화(無爲而化)인 것이다.

유검은 다우의 영혼을 사랑했다.

하지만 다우는 자신의 육체적 형상과 자신의 생각, 감정, 과거, 미래 그 모든 것을 함께 기억하고 알아주기를 바라고 있다.

단순한 요구가 아니라, 가슴을 두들기며 슬픈 영혼의 목소리로 노래하고 있었다.

가는 길이 다르다면… 무엇을 선택해야 할까?

망연하기 짝이 없는 시선이 허공을 맴돌았다.

유검은 천천히 입을 열었다.

"미안, 그 요구는 들어줄 수 없어. 용서해 주지 않아도 할 수가 없다."

가슴팍에 얼굴을 묻은 채 웅크리며 자고 있는 다우의 몸이 움찔거렸다. 어깨가 가늘게 떨리고 있었다.

유검은 벌린 팔을 웅크려 꽈악 그녀를 껴안았다. 강렬하기 그지없었다.

"이렇게 예쁜 아가씨를 두고 얌전히 있을 만큼 군자는 못돼서 말이다."

다우의 두 눈이 크게 떠졌다.

"…색마!"

"설마 모르고 있었나? 본래 그런 놈이란 걸."

"…숨 막혀."

"참어!"

하나로 합쳐진 그림자는 오랫동안 떨어지지 않았다.

◆第二章
두충의 불타는 심장

두충의 불타는 심장

"참어! 라니… 정말 우악스럽네."

백몽추는 한숨을 내쉬며 그렇게 말했다.

"설마 모르고 있었나? 본래 그런 놈이란 걸… 이라니."

초영영은 유검의 말을 흉내 내다가 부르르 몸을 떨었다.

"뭐야? 사람 닭살 돋게 말아! 우린 왜 저걸 보고 있었던 거지?"

단단히 열을 받은 것 같았다.

"대체 여기가 어딘지 알고 저러는 거야? 마교의 비밀 장원이라구! 언제 피와 살이 튀는 죽음의 장소가 될지 몰라. 근데 저 꼴은 대체 뭐야? 응? 누가 설명 좀 해줘!"

"상관없잖아. 저 사람은… 오히려 마교 사람들이 슬슬 피할 정도니까."

백몽추의 말에 발끈했던 초영영은 곧 시무룩해졌다.

"젠장, 새벽부터 여기서 추위에 떨며 적이 나타나길 기다린 우린 뭐지? 휴~ 왠지 우리가 불쌍해진다."

"포기하자."

제갈소혜는 냉정하게 말했다.

"저 여자 말투로 보아 마교 사람 같진 않아 보여. 둘이 예전부터 아는 사이인 것 같고… 미인계를 펼칠 명분이 없잖아."

나머지 둘은 어쩔 수 없다는 듯 고개를 끄덕였다.

백몽추가 감성에 젖어 혼잣말처럼 중얼거렸다.

"근데 우리도… 저렇게 누군가에게 안길 일이 있을까?"

"물론, 살아만 있다면… 언젠가는."

가장 냉정해 보이던 제갈소혜도 역시 그 나이 또래의 감성에 젖어 그렇게 중얼거렸다.

아직 이십이 채 되지 못한 소녀들의 감성이란 그런 것이다. 말로는 투덜대면서도 언젠가 다가올 사랑을 그리며 부러워하는…….

"만약 안긴다면 숨이 막히도록 강렬하게……."

초영영 역시 묵묵히 감성에 젖어 그렇게 중얼거리다 제풀에 놀라 깨어났다.

그녀는 버럭 화를 내며 소리쳤다.

"정신 차려! 여기가 어딘 줄 알고는 있는 거야? 우리가 잡혀왔던 곳이라구. 미혼약에 중독되어 시체처럼 관 속에 넣어져서 말이야. 그런 감상에 젖을 여유 따윈 없어. 언제 적들이 나타날지 모른다구! 지금 당장이라도!"

그 말을 기다리기라도 했다는 듯,

쿠웅― 쿵! 쿵! 쿵!

대청으로 통하는 문과 창문마다 두터운 철문이 일제히 떨어져 내렸다. 대청은 순식간에 어둠에 휩싸였다.

초영영은 주먹을 쥐고 부르르 떨다가 닫힌 철문 쪽을 가리키며 부르짖었다.

"봐! 내가 함정이 있을지 모른다고 했잖아!"

이때 대청 중앙에서 휘황한 빛이 솟아올랐다.

휘이익—

유검의 손에서 발출된 한천검은 사방을 완전히 한 바퀴 돌고 다시 본래의 자리로 돌아갔다.

쿠쿵—! 탕! 탕! 탕!

각 문과 창을 가리고 있던 철문은 횡으로 두 조각이 나 쓰러졌다.

다시 빛이 들어오고, 쓰러진 철문의 진동은 땅을 울렸다. 검에서 발출된 검풍의 여력이 땅의 먼지를 일으키고 천장의 먼지를 우르르 쏟아지게 만들었다.

멍하니 상황을 지켜보고 있던 초영영은 천장에서 쏟아지는 먼지를 뒤집어쓴 채 철문 쪽을 가리키고 있던 손가락을 내릴 생각도 하지 못했다.

"왠지… 나 바보가 된 것 같애."

초영영이 우울한 얼굴로 그렇게 말하자 백몽추가 조용히 고개를 끄덕였다.

"그래 보여."

초영영은 다시 상황을 알아보기 위해 아래로 눈길을 돌렸다.

쇄애액—

세찬 파공성과 함께 눈부신 빛이 일어 눈을 감고 말았다. 다시 눈을 떴을 땐, 바로 눈앞에서 검끝이 자신을 겨누고 있었다. 순간 얼어붙어 버렸다.

예리한 살기에 전신이 찢겨질 것 같았다.

은빛 투명한 검은 천천히 거둬지고, 무심한 음성이 뒤를 이었다.

"그대들이었군요. 훔쳐보는 취미가 있을 줄은 몰랐습니다."

유검이었다.

세 여인이 아무리 내공으로 기척을 차단시켰다지만, 유검이 적을 찾기 위해 이목을 확장시키자 바로 걸려든 것이다.

유검의 말에 초영영은 발끈해 외쳤다.

"누, 누가 너 따위를 훔쳐본다는 거야! 웅! 우린 단지 감시를 하고 있었을 뿐이라고. 너희 둘이 멋대로 들어온 거잖아!"

백몽추는 허공에 떠 있는 유검을 가리키며 더듬더듬 입을 열었다.

"떠, 떠… 있어!"

"당황하지 마. 저잔 편복도에서 우리 교두였잖아. 그러니까 우린 전에도 이런 거 본 적이 많을 거야. 다만 그땐 너무 정신이 없어서 그냥 환상으로 넘겨 버렸을 거라구."

제갈소혜가 그렇게 그녀를 위로했는데 그런 그녀의 두 눈에도 놀람은 가시지 않고 있었다.

유검은 세 여인을 훑어보고 다시 아래로 홀쩍 내려가 버렸다.

초영영은 또다시 발끈해 외쳤다.

"저 자식! 사람을 또 무시했어! 내 말에 대꾸도 안 하고 가버렸다구!"

제갈소혜가 차분히 그녀를 말렸다.

"그게 아니라 적이 나타난 것 같아. …우리가 숨어서 감시한다는 게 의미없어진 것 같지만."

잘려 나간 철문 뒤로 빛 속에서 한 사람이 천천히 걸어 들어오고 있었다.

다우는 고개를 갸웃거렸다.

"대단한 병력이 쏟아져 들어올 것 같았는데, 겨우 한 명만 나타나다니……?"

유검은 한천검을 늘어뜨린 채 그가 가까이 다가오길 기다렸다. 이목을 끌어올려 주위를 살펴보아도 눈앞의 저자와 수다스런 세 여인 말고는 전혀 다른 인기척을 찾을 수 없었다.

자신의 무공을 알면서도 혼자 오다니, 저자는 스스로의 무공에 상당한 자부심을 지녔던가, 아니면 숨겨진 계략이 있을 것이라 생각했다.

하지만 그의 얼굴을 확인하는 순간 휘청거릴 수밖에 없었다.

두충이었다.

그는 아직 대청 안의 어둠에 눈이 익숙지 않은 듯 주위를 두리번거리다 천천히 입을 열었다.

"거기 누구요? 좀 전에 어떤 사자 석상의 눈을 건드렸는데 갑자기 문이 닫혀 버려서 놀랬소. 당신들은 괜찮소? 다행히 철문이 삭았는지 저절로 부서졌구려."

유검은 길게 한숨을 내쉬었다.

"저 녀석, 어떻게 할까?"

다우는 그걸 왜 내게 묻느냐는 얼굴로 돌아보았다.

두충은 안으로 걸어 들어오다 유검의 얼굴을 확인하곤 두 눈이 화등잔만 해졌다.

"너, 너는—!"

곧 그 옆의 다우를 발견하고 자신도 모르게 탄성을 질렀다.

"아……!

두충은 밤새도록 다우를 찾아 헤매었다. 그리고 혹시나 싶어 배짱 좋게도 단신으로 마교의 장원인 이곳으로 쳐들어왔다. 지성이면 감천인지 드디어 그녀를 보게 되자 그의 두 눈에선 닭똥 같은 눈물이 주르르 흘러내렸다.

그의 눈에 비친 다우는 천상의 선녀 그 자체였다. 그 순수하고 연약한 아름다움에 보기만 해도 가슴이 아려와 말을 꺼내지 못할 정도였다.

또한 구원의 문을 활짝 열어놓았는데도 눈이 멀어 찾아오지 못하는 어리석은 중생을 연민의 눈으로 바라보는 관음보살처럼 보였다.

그는 감격에 젖어 천천히 다우를 향해 한쪽 무릎을 꿇어 오체복지(五體伏地)하며 말했다.

"이 두충, 제 영혼과 불타는 심장을 그대에게 바치겠습니다."

다우는 조그맣게 중얼거렸다.

"그런 거 필요없는데……."

두충은 다시 유검에게로 눈길이 향했다. 불길이 확 치솟았다.

"네 녀석!"

두충은 손가락으로 유검을 가리키며 대청 안이 울리도록 크게 소리쳤다.

"나와 자웅을 겨뤄보자! 너도 남자라면 피하지 마라! 이 두충, 명예와 나의 심장을 걸겠다."

유검이 뭐라 대꾸하기도 전에 그는 스스로의 혈기를 이기지 못해 두 팔을 하늘을 향해 쳐들며 포효했다.

"우와이아아아앗—!"

귀청이 찢어질 듯한 괴이한 기합 소리와 함께 하늘로 들어 올린 주먹을 대청 바닥을 향해 내려쳤다.

쿠—웅—!

그의 오른손에 실린 힘은 대단한 것이어서 대청 전체가 울리는 것 같았다.

쩌—적!

내려친 주먹을 중심으로 대리석으로 이루어진 대청 바닥이 커다란 동심원을 이루며 거미줄처럼 사방으로 금이 갔다.

다우는 짧게 한숨을 내쉬며 유검의 옷자락을 잡아당겼다.

"어서 도망가자. 포기할 것 같지가 않아."

하지만 유검은 오히려 한 발 앞으로 나서며 두충을 향해 외쳤다.

"좋다. 여태껏 그대를 잘못 보았다. 그대의 진심 받아들이겠다."

차—앙!

유검이 한천검을 들어 올려 허공을 휘젓자 휘황한 검광이 주위를 감돌았다 사라졌다.

유검이 정말로 두충과 겨룰 작정인 듯싶자 다우는 어리둥절해졌다.

아무리 두충이 신묘한 무공을 지녔다 해도 유검과 비교조차 할 수가 없다. 유검 역시 그 사실을 알고 있다. 그의 성격이라면 귀찮음을 피하기 위해 자리를 피하고 말 것이라 생각했는데, 그의 도전을 받아주다니……

다우가 다시 옷자락을 잡아당기자 유검은 진지하게 말했다.

"다우야, 남자는 때로 목숨보다 중요한 게 있는 법이다. 너는 저 남자를 잘 봐두거라. 너를 위해 정말로 목숨을 걸고 있다. 비록 어리석어 보이나, 그 순수함은 차라리 여느 영웅들보다 낫구나.”

“그, 그런…….”

다우는 울상이 되었다. 자기 때문에 목숨을 건다는 데 어느 누가 마음이 약해지지 않겠는가.

유검은 두충을 향해 외쳤다.

“그대라는 남자의 열정에 감복했다. 저승에서 염라대왕이 너의 목숨을 거둔 자 이름을 묻거든 유검이라 말하라.”

찌렁찌렁한 외침이 대청 안을 울렸다.

유검은 그에 대한 마지막 예의로 검끝을 아래로 하고 포권을 취해 보였다. 그리고 나서 다시 천천히 한천검을 들어 올려 두충을 향해 겨누었다.

화악— 숨 막힐 듯한 살기가 그를 향해 폭포수처럼 흘렀다.

두충은 천천히 일어섰다. 그의 전신은 팽팽한 근육으로 터질 듯했다. 두 주먹을 움켜쥔 채 이빨을 꽉 깨물고 처절한 미소를 지어 보였다.

“좋다, 너는 과연 사내였구나! 너의 이름은 절대 잊지 않겠다. 나의 심장 속에 각인시켜 두겠노라!”

두충은 악을 쓰듯 그렇게 외쳤다.

백몽추는 의아하다는 듯 중얼거렸다.

“바보 아냐? 도저히 상대가 안 된다는 걸 모르나?”

제갈소혜가 고개를 저으며 말했다.

“아니, 알고 있어. 저 정도 살기와 기세를 대하고도 모를 리가 없지. 다리를 봐, 죽음의 공포로 후들거리고 있잖아.”

"근데도… 얼굴은 웃고 있네? 왜 저런 행동을……."

"바보니까겠지."

"그럼… 그런 바보를 왜 상대해 주는 거지?"

"같은 바보니까 그 마음을 이해하는 거겠지."

초영영이 둘의 대화에 코웃음을 쳤다.

"아니, 귀찮으니까 그냥 이 기회를 빌어서 저자를 죽여 버리려는 게 틀림없어."

유검은 두충을 향해 한 걸음 한 걸음 걸어갔다. 걸음걸이마다 기세는 증폭되고 있었다.

"단 한 수에 너의 목을 날려주겠다! 고통을 느낄 새도 없으리라!"

두충은 이를 꽉 깨문 채 가슴을 펴고 호기롭게 외쳤다.

"오라!"

갑자기 다우가 달려와 둘 사이에 끼어들었다.

"그만둬!"

다우는 유검과 두충을 번갈아 쳐다보며 슬픈 얼굴로 말했다.

"제발… 그만둬요. 누군가… 죽는 건 정말 싫으니까……."

유검은 엄격한 말투로 말했다.

"비키거라, 다우야."

두충도 따라 외쳤다.

"비켜주십시오. 이건 저의 명예와 목숨을 건 대결입니다. 부디 방해하지 말아주십시오."

다우는 두충을 향해 간절히 말했다.

"제발… 싸우지 말아요. 제발……."

그녀의 커다란 두 눈에서 눈물이 한 방울 흘러내렸다.

그녀의 눈물을 본 순간 두충은 정신이 아득해졌다.

'날… 날 위해…….'

감동이 치밀어 올라 가슴이 터질 것 같았다. 눈물이 흘러나와 시야가 흐릿해졌다.

이제 당장 죽어도 여한은 없을 것 같았다.

두충은 순순히 무릎을 꿇었다.

"크윽! 그렇게까지 말씀하신다면……."

유검은 그런 그를 바라보다 천천히 한천검을 거두고, 더 이상 싸울 의사가 없다는 듯 뒷짐을 지고 돌아섰다.

"우와아아아아앗―!"

두충은 복받치는 감동을 이기지 못해 소리를 지르며 대청 바닥을 주먹으로 내려쳤다.

쿠―웅!

쩌―적!

거미줄처럼 금이 가 있던 대청 바닥이 더 크게 갈라졌다.

두충은 여전히 감격에 젖은 얼굴로 다우를 향해 고개 숙여 말했다.

"소저의 아름다운 마음씨에 이 못난… 어라?"

두충의 몸이 갑자기 바닥으로 꺼졌다.

내려친 주먹으로 금이 가 있던 자리가 푹석 주저앉고 말았던 것이다.

지반이 우르르 무너져 내리자 두충은 비명과 함께 손발을 허우적거리며 안으로 떨어져 내렸다.

"혹시… 비밀 통로?"

다우는 멍하니 보고 있다가 유검을 향해 물었다.

"저거 알고 있었어?"

"어리둥절한 내 표정 보면 모르겠냐? 이것까지 예측한 건 아냐."

"그럼… 뭘 예측했는데? 응?"

"……."

제갈소혜는 짧게 한숨을 내쉬며 말했다.

"마음씨도 좋군."

"뭐가?"

"잘 봐, 저 구멍 아래로 떨어진 저 두충이란 멍청이는 저 다우라는 여자를 짝사랑하고 있었어. 하지만 항상 무시를 당해왔겠지. 그래서 마지막 목숨을 바쳐 자기를 기억하겠금 해주고 싶었던 거야. 유검이란 작자는 그것을 눈치 채고 저런 짓을 벌인 거지. 저 산적같이 생긴 녀석은 짝사랑하는 여자가 자기를 위해 눈물을 흘려준 것으로 가슴에 맺힌 한이 풀어진 거고. 영영의 말대로 귀찮아서 죽이려 했다면 주절주절 말 꺼낼 필요없이 일검에 목을 베어버렸을 거야."

초영영이 코웃음을 치며 말했다.

"흥, 그러니까 저 여자는 이용만 당한 셈이군. 제기랄, 저 녀석! 자기랑 아무 상관도 없는 녀석을 위해 사랑하는 여자의 감정을 이용하다니!"

백몽추는 고개를 갸웃거렸다.

"무조건 나쁜 놈으로 몰아붙이기엔… 말이 조금 이상하지 않아?"

짝—!

제갈소혜는 손뼉을 쳐서 시선을 모은 다음 말했다.

"자, 어쨌든 우리가 찾던 비밀 통로가 나타난 것 같다. 어떡할래?"

초영영이 퉁명스레 대꾸했다.

"물어볼 필요가 있나?"

백몽추가 아래를 내려다보며 조그맣게 중얼거렸다.

"구경은 끝, 이젠 무림맹의 일원으로서… 라는 거구나."

대청 대리석 바닥에 난 구멍은 지옥 문처럼 검게 입을 벌리고 있었다.

유검은 아래를 향해 소리쳐 물었다.

"괜찮나?"

"끄—웅!"

두충은 원기왕성한 신음 소리로 자신의 무사함을 알렸다. 들려오는 소리가 생생한 것으로 보아 그다지 깊지는 않은 듯 보였다.

유검은 탁자 다리를 부숴 불을 붙였다. 그렇게 몇 개의 횃불을 만든 다음 구멍 아래로 들어가려는데, 대들보 위에서 세 여인이 훌쩍 뛰어 내려 왔다.

백몽추가 대표로 다가와 말했다.

"여긴 저희들이 대표해서 무림맹이 접수하겠어요. 본맹과 관련이 없는 자는 죄송하지만 물러서 주시기 바랍니다."

유검이 대꾸하기도 전에 다우가 발끈해 소리쳤다.

"말이 안 되잖아요. 난데없이 나타나 여길 차지하겠다니……."

백몽추는 양손을 각 반대 편 소맷자락에 넣은 모습으로 정중하고 다소곳하게 허리를 숙였다.

"죄송해요. 하지만 저흰 이렇게 말할 수밖에 없답니다."

그리고 유검을 돌아보며 다시 입을 열었다.

"그대의 무공이라면 단숨에 우리를 제압하거나 혹은 목을 벨 수도 있겠지요. 그럼에도 저희는 검을 들어 그대를 막을 수밖에 없습니다. 설령 목숨을 잃는다 해도요."

유검은 그녀의 눈을 정면으로 바라보았다. 맑고 서늘했으며 자신에 대한 두려움은 없었다. 목숨 운운하며 절대 양보는 있을 수 없다는 식의 강경한 발언을 내뱉는 모습으론 도저히 보이지 않았다.

유검이 가만히 선 채로 생각에 잠기자 다우는 불안한 얼굴로 그를 올려다보았다.

조금 전 두충을 죽이려는 것처럼 또다시 그녀를 향해 검을 뽑을까 불안했던 것이다. 물론 여자를 상대로 검을 함부로 뽑을 것 같지는 않았지만, 여문이나 화를 구하기 위해서는 유검 역시 양보할 수 없는 입장임을 알고 있기에 불안함을 금치 못했다.

유검이 입을 열었다.

"제가 무림맹에서 선포한 무림공적이기 때문입니까?"

백몽추는 탄식하듯 말했다.

"예… 그런 것 같군요."

유검은 이해한다는 듯 고개를 끄덕였다.

"그렇군요. 마교의 비밀 본거지를 알아낼 기회일지도 모르는데, 무림공적으로 지목받은 내가 날뛰는 것을 그냥 그대로 보고만 있는다면 나중에 문책을 피하기 어렵겠군요. 그대들 자신만이라면 몰라도 가문과 사문의 체면까지 깎여 버리겠지요. 힘에 굴복하여 협객(俠客)으로서의 본분을 잃어버렸다는 비난까지 들으면서요."

"이해해 주시니 감사합니다."

유검은 미소를 지었다.

"무림공적에게 감사를 표하다니, 뭔가 이상하군요."

"만약……."

백몽추는 얼굴을 붉히며 말했다.

"만약 그대를 정말로 무림공적으로 생각했다면… 우린 절대 굴복하지 않았을 거예요. 정말로 목숨 걸고 검을 들고 싸웠을 거예요. 그것만은… 알아주세요."

유검은 마지막 그녀의 말은 이해할 수가 없어 미간을 찌푸리며 다우를 돌아보았다.

다우는 팔짱을 낀 채 한숨만 내쉬었다.

뒤편에 물러서 있던 초영영이 못마땅한 얼굴로 제갈소혜에게 전음으로 소곤거렸다.

—대체 뭘 알아달라는 거야? 그리고 우리가 언제 굴복했었지? 자신이 무슨 말을 했는지도 모르나?

—우리 목숨을 담보로 한 부탁… 아니, 협박이었지.

—협박? 쳇, 한심하군. 저건 마치 자기 마음을 알아달라고 사랑을 고백하는 것 같잖아!

—연습하는 건지도 모르지.

—……?

—성공 가능성은 희박해 보이지만…….

유검은 잠시 생각할 시간을 요구했고, 백몽추는 일행에게로 돌아왔다.

백몽추는 제갈소혜가 묘한 얼굴로 자신을 바라보자 서둘러 변명했다.

"잠깐! 혹시 오해할까 봐 말하는데……."

"오해 같은 건 안 해."

"저 사람은 자신에게 호감을 보이는 상대에겐 약해. 만약 강압적으로 나갔다면 틀림없이 반발했을걸? 그래서 나는 네 말대로 전략적인 차원에서 잠시 연기를 했을 뿐이야. 그러니까 쓸데없이 오해 같은 건 하지 마."

"오해 같은 건 안 한다니깐."

"안 해."

초영영까지 잘라 그렇게 말하자 백몽추는 오히려 서운한 얼굴이 되었다.

그녀는 힐끔 유검 쪽을 훔쳐보며 중얼거렸다.

"저 사람도… 오해 같은 건 안 할까?

제갈소혜는 맥이 탁 풀렸다. 곧 얼굴을 차갑게 굳히며 말했다.

"만일의 경우를 대비해 미리 말해 두겠는데, 저 사람은 어쨌거나 명목상으로 우리의 적이야, 적! 네 감정과는 상관없이 여차할 경우엔 싸운다. 알고 있겠지?"

백몽추는 나직이 한숨 쉬며 고개를 끄덕였다.

"알고 있어. 하지만… 적이라니 아쉽긴 해. 우릴 구해주기도 했고… 게다가 한때 우리의 사부이기도 했는데 말야."

"어라? 가만……."

초영영의 두 눈이 커졌다.

"그러고 보니… 저 녀석 나이도 우리랑 얼마 차이 안 나잖아. 그런데 우리 사부 노릇을 했지? 바닷물도 엄청 먹이고 실컷 고생시켰어! 생각해 보니 열받네!"

"참어, 참어!"

밖에 구름이 끼었는지 대청 안은 조금 어두워져 있었다.

유검은 어떤 결정을 내렸는지 천천히 걸어왔다.

세 여인은 그가 입을 열기를 기다렸다.

유검은 세 여인을 돌아보며 말했다.

"그대들의 입장을 충분히 이해했습니다. 하지만 저로선 이대로 물러설 수는 없습니다. 해야 할 일이 있기 때문입니다."

의외로 강경한 태도에 세 여인은 바짝 긴장했다.

—어라? 강하게 나오네. 예측과는 전혀 다르잖아!

—할 수 없지. 이대로 다시 제압당한다 해도… 뭐, 그래도 저 녀석 이상한 짓은 안 할 것 같으니까 다행이다. 그치?

—너… 은근히 기대하는 거 아냐?

—미쳤어? 어쨌거나 불가항력이었다! 그것으로 끝이다, 끝.

—자, 다들 싸울 준비나 해.

—좋아, 삼재진(三才陣)을 펼치자.

차창— 창! 창!

세 여인은 등 뒤에 메고 있던 검을 일제히 뽑아 들었다. 그리고 검을 유검에게 겨누려는데, 갑자기 눈부신 빛과 함께 광풍이 일었다.

우우웅— 하는 바람 소리가 대청 안을 메아리치고, 세 여인의 옷자락이 세차게 펄럭였다. 강한 빛과 먼지 섞인 바람에 세 여인은 소맷자락으로 눈을 가려 보호했다.

바람이 잦아지고 다시 눈을 떴을 때, 세 여인은 곤혹스런 얼굴로 대청 안을 두리번거렸다. 저 멀리서 다우 홀로 미소를 띠고 서 있을 뿐, 유검은 감쪽같이 사라져 버린 것이다.

"어디로 사라졌지?"

백몽추는 의아해했고, 초영영은 투덜거렸다.

"쳇, 역시 우릴 무시하는군. 이렇게 말을 시켜놓고 혼자 비밀 통로로 가버린 게 틀림없어."

"무시한 적은 없습니다만……."

갑자기 옆에서 유검의 음성이 들려왔다.

"저는 당신들 곁에 있습니다. 단지 그대들이 알지 못할 뿐이지요."

세 여인은 흠칫하며 뒤로 두세 걸음 물러섰다. 심중으론 놀랐지만 겉으로는 아직 침착함을 잃지 않았다.

제갈소혜가 소리는 나지만 보이지 않는 허공을 향해 물었다.

"환술… 인가요?"

허공에서 유검의 목소리가 들려왔다.

"본다는 것은 단지 보는 것입니다. 아는 것과는 다르지요. 보아도 보지 않은 것으로 여기게 만들 수 있을 뿐입니다. 그냥 길가의 돌멩이처럼 의식하지 않겠끔요. 갑자기 제가 사라지면 더 놀라실 것 같아 일부러 빛과 바람을 일으켰습니다."

세 여인은 놀라 멍하니 서로의 얼굴만 마주 보았다.

유검의 음성이 이어졌다.

"보시다시피 그대들의 무공으로는 저의 기척을 눈치 챌 수 없습니다. 암중에서 뒤따르더라도요. 인정합니까?"

세 여인은 반박하지 못하고 고개를 끄덕였다.

"좋습니다. 그대들과 전 만난 적이 없습니다. 물론 지금의 이 대화도 없는 것이지요. 그대들은 이곳에서 숨어 지켜보다 우연히 이 비밀 통로를 발견하여 탐사합니다. 우리는 그 모습을 역시 우연히 훔쳐보게 되어 몰래 뒤따르는데 당신들은 그것을 알지 못합니다. 물론 눈치 챌 수도 없습니다. 이 정도면… 어떻겠습니까? 명분이 서고, 책임질 일도 없습니다.”

무심코 고개를 끄덕이려다, 세 여인은 한 가지 사실을 동시에 깨달았다.

'안 보여? 전혀 기척을 눈치 못 채? 그럼 우리가 무엇을 할 때, 바로 옆에 있어도 모를 수 있다는 건가?'

측간에 갈 때, 목욕 할 때, 화장을 지우고 멍하니 바보 같은 표정을 짓고 있을 때, 동경을 보며 가슴이 작니 어쩌니 몸매 가지고 투덜거릴 때, 코 후빌 때, 밥 먹고 트림할 때, 이상한 자세로 잠잘 때, 혼잣말로 중얼거릴 때, 모여서 수다를 떨 때, 누군가를 험담할 때, 옷 갈아입을 때.

언제라도 누군가 옆에 있을지 모른다고 생각하면 한시도 긴장을 늦출 수 없을 것이다. 정말 소름 끼치는 일이었다.

끼아아아아악—!

고막을 찢을 듯한 비명이 세 여인에게서 한꺼번에 터져 나왔다. 악을 쓰는 모습이 마치 한밤중 산속에서 갑자기 귀신을 만난 것 같았다.

“왜들 그러시는지……”

유검은 당혹함을 금치 못하며 모습을 드러내었다.

세 여인은 비명을 그쳤지만 유검의 위아래를 살펴보는 눈길에 당혹과 두려움, 긴장 등은 여전히 어려 있었다.

제갈소혜가 약간 떨리는 목소리로 유검에게 물었다.

“그대는 그 자리에 계속 있었고… 우리는 보고 있는데도 인식하지 못했다는 거군요.”

"예, 정확합니다. 환술은 단순한 눈 속임수에 불과하니 전혀 다르지요. 제가 펼친 것은 심검(心劍)의 하나로 보아도 될 것입니다. 상대의 의식 체계 일부를 차단하는……."

제갈소혜가 더듬거리며 물었다.

"본다는 것은 오감 중 하나. 그, 그렇다면 혹시… 우릴 만지는데도… 우, 우리가 인식하지 못하게 할 수도 있나요?"

그녀의 말에 유검은 어리둥절하며 대답했다.

"그야 어렵진 않습니다만. 굳이 그럴 이유가……."

유검의 말이 끝나기도 전에 조금 전보다 더 큰 비명 소리가 합창하듯 터져 나왔다. 귀를 괴롭히는 그 소음은 오랫동안 대청 안을 메아리쳤다.

第三章
알지 못한다는 두려움

알지 못하는 두려움

"어지간한 음공(音功)보다 더 강력한 것 같군."

유검은 아직도 골이 울리는 것 같아 양 손바닥으로 귀를 감싸며 중얼거렸다.

세 여인은 각자 횃불을 들고 뚫려진 구멍 아래로 하나씩 몸을 날리고 있었다.

"그런데 도대체 뭘 하자는 걸까? 어디까지나 몰래 미행하되, 오히려 모습을 감춰서는 안 되며 반드시 눈에 띄는 곳에 있어달라니… 그걸 암중 미행이라 이름 붙여도 된다는 건가?"

그렇게 투덜거리고 있는데, 다우가 한숨을 쉬며 다가와 말했다.

"휴… 왜 일을 복잡하게 만드는 거야?"

유검은 미간을 찌푸리며 대꾸했다.

"같이 결정한 거잖니. 그녀들의 명분을 세워주자. 그리고 몰래 미행

하자. 대충 그런 걸로 하자고."

"몰라. 그나저나 굳이 그런 이상한 능력까진 보일 필요없었잖아."

"승복하지 않을까 봐 그랬지."

다우는 한심한 듯 말했다.

"자신… 의 무공이 어떤지 모르는 거야? 그냥 허공에 떠 있는 것만으로 충분했다구. 그렇게 겁을 줄 이유 따윈 없었잖아."

"그 말 참 이상하구나. 겁을 주다니? 난 단지 암중에 뒤따르더라도 그녀들이 절대 눈치 챌 수 없음을 보인 것뿐이야. 내가 검을 들고 목숨을 위협한 것도 아닌데……."

유검은 고개를 절레절레 흔들며 한숨을 내쉬었다.

"휴… 근데 왜 저렇게 겁을 먹는 걸까? 난 꽤 담이 큰 여자들이라고 생각했는데 말야."

다우는 와락 유검의 등을 밀치며 소리쳤다.

"이 바보! 겁나는 게 당연하잖아!"

"왜?"

"생각해 봐. 예를 들어… 다른 사람이랑 웃고 떠들며 놀고 있는데 누가 자기 오른팔을 우걱우걱 씹어 먹고 있다 쳐. 그런데 자기는 그걸 모르고 다른 사람들은 놀라서 비명을 지르는데, 다들 왜 저래? 하며 고개만 갸우뚱거리고 있어."

"꽤나 우습구나."

"바보! 무서운 이야기잖아!"

"젠장, 내가 그 딴 짓을 할 리가 없잖아! 그런 말도 안 되는 상상을 하고선 제멋대로 내게 겁을 먹는다는 거냐?"

다우는 아미를 찌푸리며 또 다른 예를 들었다.

"좋아. 오라버니, 저 여자 입장이 되어서 생각해 봐. 하루 일을 마치고 침상에 누워 편안하게 잠들려고 해. 언젠가 나타날 낭군을 그리며 행복한 미소를 짓고 있어. 그런데 누군가 나타나. 그 사람은 자신의 옷을 벗긴 후, 몸을 더듬고… 겁탈을 해. 그런데 자신은 아무것도 모르고 있어. 자신이 겁탈당하는 중인데도… 그런 일이 벌어지는 것조차 알지 못하고 있어. 그래도 무섭지 않겠어?"

"흐음……!"

"상상까진 안 해봐도 돼!"

유검은 짧게 한숨을 내쉬며 말했다.

"설마 하니 내가 그런 짓을 할까 봐… 미리 겁낸다는 거니?"

"그런 짓까진 아니더라도, 하다못해 몰래 다가와 가슴을 만진다던가… 목욕 하는 모습을 옆에서 그냥 보고 있다던가 … 하는 것만으로도 충분히 끔찍하다구."

유검은 여전히 이해할 수 없어 고개를 갸웃거렸다.

"사실 나의 무공이라면 몰래 그런 짓 하지 않아도 돼. 극단적으로 말해 마혈을 짚거나 진기로 상대를 꼼짝 못하게 만들어놓고 어찌할 수도 있다구. 내 무공이 어느 정도란 걸 알았을 때 그런 상상은 안 해 봤다는 건가? 그때는 두렵지 않고, 왜……."

"최소한 알 수는 있잖아."

"……?"

"당할 땐 당하더라도… 무슨 짓을 당하는지는……."

유검은 눈살을 찌푸리며 말했다.

"그러니까… 내가 무슨 짓을 당해도 알지 못한다. 그 모른다는 사실 자체가 더 두렵다는 거니?"

"…응."

다우가 쓸쓸히 말을 이었다.

"그리고 아는 거야."

"무엇을?"

"남의 눈을 의식하지 않을 때… 사람이란 얼마나 추악해질 수 있는지를……."

유검은 그제야 그녀들이 지닌 두려움의 본질을 깨닫고 묵묵히 고개를 끄덕였다.

하지만 내심 실소를 금치 못했다.

실재하는 대상도 아닌, 막연하기 그지없는 가능성에 대해 더 큰 두려움을 가지다니… 결국은 자신을 일그러지게 비춰 보이는 거울을 보고 공포에 질려 비명을 지르는 것과 다를 것이 무엇이겠는가.

부끄러움, 수치심, 두려움 등은 인간만이 지니는 특징이다. 도(道)와 항상 함께하는 돌이나 나무, 동물 등은 발가벗고 있어도 부끄러워하지 않으며, 아직 일어나지 않은 일에 대해 미리 두려워하지도 않는다.

인간만이 지녔다고 해서 그것에 과연 가치를 둘 필요가 있는 것일까.

물론 부끄러움을 모르는 처녀는 매력이 없다. 그리고 수치심도 모르고 자존광대하여 홀로 잘난 인간은 역시 눈살이 찌푸려진다. 이처럼 부끄러움, 수치심은 스스로를 바로세울 수 있는 하나의 수단이 될 수도 있다.

하지만 욕망에 이끌려 타락한 인간을 보고 분노하며 심지어 죽이고 싶어까지 하는 까닭은 스스로 지닌 수치심을 투영시켜 자신이 그런 모습이 될까 봐 두려워하기 때문이다. 그것을 자각 못하고 무조건 그 사람 욕만 하는 것은 부끄러움, 수치심의 올바른 쓰임새로 볼 수는 없을 것이다.

유검은 인간의 마음에 대해 새삼 깊은 흥미가 일었다.

무상검의 경지에서 바라보았을 때 내가 죽으니 모든 대상이 사라져 버린다. 하물며 인간이 만들어낸 모든 생각, 감정, 관념 등은 환상에 불과하다.

그것은 실재하지 않는다.

인간이 스스로 창조해 낸 허상에 불과했을 뿐이었다.

그럼에도 그러한 허상은 어떤 강력한 검초보다 더 강력한 힘을 지니고 인간에게 영향을 미치고 있다.

또한 남의 눈을 의식한다는 것은 무엇인가?

그리고 그것이 억제하고 있는 억눌리고 숨겨진 욕망이란 또 과연 실재하는가?

유검은 자신의 내면을 살펴보며 흥미가 점점 커졌다.

실재하지 않음에도 불구하고 검보다 더 강력한 힘을 발휘하고 있는 허상의 검초를 발견했으니 관심이 일지 않을 리 없었다.

무상검의 경지에 이르러 의문하는 자가 사라짐으로써 모든 의문 역시 사라져 버렸는데, 다우를 위해 인간의 삶을 다시 선택한 지금에 있어 그 허상의 검초에 새로운 호기심이 인 것이다.

다우가 그의 팔을 꼬집으며 말했다.

"너무 납득하지 마. 징그러워 보여!"

그리고 곧 의심의 눈길을 던지며 물었다.

"설마… 내게 이상한 짓 하진 않을 거지?"

"걱정 마렴. 네 팔을 우걱우걱 씹어 먹을 때는 반드시 미리 알려주고 그 감상까지 이야기해 줄 테니까."

유검은 미소를 지으며 그렇게 말하곤, 다우와 함께 뚫린 구멍 아래로 훌쩍 몸을 날렸다.

아래는 사방 이 장여 길이의 넓은 석실이었다.

두충은 부서져 떨어진 대리석 조각들 위에 엉덩이를 걸치고 앉아 있었는데 예상대로 다친 곳은 없어 보였다. 경공술을 알지 못하기에 구출만 바라며 한껏 인상을 구긴 채 앉아 있을 뿐이었다.

석실 한 면은 다른 동굴로 연결되어 있었다.

그 동굴 안은 울퉁불퉁한 돌멩이가 여기저기 튀어나와 있어 거칠기는 했지만 뾰족 튀어나온 종유석 등은 없었다. 본래 자연적으로 나 있는 동굴을 사람이 다닐 수 있게 다듬은 것 같아 보였다.

먼저 이곳으로 온 세 여인은 두충을 암중 미행인으로 취급해야 할지 어떨지를 의논하고 있었다.

만약 의문의 인물로 설정할 경우, 그 처리가 애매하고 곤란하다는 이유 등으로 두충을 유검 일행으로 떠넘겨 버렸다. 그리고 횃불을 든 채 앞장서서 높이 일 장 정도 되어 보이는 동굴 속으로 들어갔다.

유검은 다우, 두충과 함께 그 뒤를 천천히 뒤따랐다.

동굴은 평소에도 관리를 해두는지 바닥에 이끼가 끼어 미끄럽거나 하지는 않았다.

동굴 중간중간 횃불을 걸어두는 곳도 있었다.

유검은 고개를 갸웃거렸다.

"마교 녀석들 뭘 생각하는지 모르겠군. 대청 바닥에 이딴 거나 만들어놓구 말야."

초영영은 이 장도 채 되지 않는 거리를 두고 뒤따라오는 유검 일행을 힐끔 훔쳐보곤 한숨을 내쉬었다.

"휴, 이래서야 동행하는 거랑 뭐가 달라?"

제갈소혜가 대꾸했다.

"어쨌든 명분은 암중 미행이야. 아는 척하지 마."

"그냥 우리를 잠시 제압해 두고 멋대로 행동하면 될걸… 괜히 복잡하게 만들고 있어. 그럼 우리도 불가항력이라 체념해 버림 되는데……."

"쉿! 목소리 낮춰. 들리잖아."

"쳇, 들으라고 한 소리야!"

뒤따르고 있던 유검이 머리를 긁적거리며 다우에게 물었다.

"저들은 자기 의사를 존중해 주는 걸… 싫어하는 걸까?"

다우는 시큰둥한 얼굴로 대꾸했다.

"쳇, 그럴 리가 없잖아. 다만……."

다우는 갑자기 발걸음을 멈추고 유검을 돌아보았다.

"뭐가 그렇게 궁금해? 저네들에게 관심이 있는 거야?"

"응."

유검이 무심하게 고개를 끄덕이자 다우는 입만 벌린 채 아무 말도 못하고 눈만 껌뻑거렸다.

앞장서 걷고 있던 세 여인도 그 말을 들었는지 걸음을 멈춰 버렸다.

여인들은 놀란 얼굴로 서로 전음을 주고받았다.

—이봐 들었어? 우리들에게 관심이 있대.

—흥, 남자는 모두 늑대라더니…….

—그나저나 무척 대담하네? 옆에 있는 저 여자랑 사랑하는 사이 아니었나?

―착각들 하지 마. 저 표정 보면 몰라? 관심도 여러 종류란 걸 잊지 마.

―그럼 어떤 관심이란 거야?

―내가 알게 뭐야.

다우는 갑자기 싱글벙글 미소를 띠며 물었다.

"혹시… 잠자리 날개를 하나하나 떼보는 어린아이가 보이는 그런 호기심, 관심 같은 거야?"

적의를 노골적으로 드러낸 그 말에 세 여인은 모두 흠칫하며 부르르 몸을 떨었다.

유검은 고개를 저었다.

"설마 내가 그렇게 나쁜 놈으로 보여? 모두 예쁘고 아름다운 소저들인데 어떻게 그런 짓을 하지?"

"예쁘고… 아름다운?"

다우는 안색이 굳어졌고, 세 여인들 중 어떤 이는 얼굴을 붉혔고 어떤 이는 그런 말을 잘도 한다면서, 낯짝도 두껍다며 투덜거렸다.

제갈소혜가 두 사람을 재촉했다.

―저들은 우릴 암중에 미행하고 있어. 대충 그런 설정이니까 우린 못 들은 거라구. 어서 가자.

세 사람은 애써 태연한 척 다시 걸음을 옮기기 시작했다.

두충은 멍하니 두 사람을 보고 있었는데, 둘 사이에 냉각 기운이 흐르자 이를 좋아해야 할지 아니면 다우를 슬프게 하는 유검에게 화를 내야 할지 갈피를 못 잡고 있었다.

다우는 말을 더듬거리며 물었다.

"그, 그럼… 어떤 관심이야? 성격? 집안? 아니면… 익힌 무공?"

앞서 걷고 있던 여인들은 모른 척하지만 귀는 쫑끗 세우고 있었다.

유검은 사태의 심각성을 알고 있는지 모르는지, 고개를 갸웃거리며 말했다.

"그보단, 음… 한 가지 의문 때문이야. 말로는 투덜대고 날 두려워하는 것 같은데, 어쩐지 악의는 안 느껴지거든. 오히려 내게 호감을 가지고 있는 것 같아."

차—앙!

초영영이 검을 뽑아 들고 뒤돌아 소리쳤다.

"야! 유검! 내가 널 얼마나 미워하는지 보여주마! 놔! 저 녀석 죽여 버리고 말 거야!"

백몽추가 당장 유검을 향해 달려들려는 그녀의 허리를 붙잡고 간신히 말렸다.

"참어, 참어!"

제갈소혜는 차갑게 유검을 노려보며 말했다.

"그래, 저자는 암중에 우릴 미행 중이고, 우린 못 들은 거야."

유검은 미간을 찌푸렸다.

"왜 저렇게 화를 낼까? 아… 부끄러움 때문이구나. 속마음을 들켰다는."

다우는 어이가 없어 멍하니 유검의 얼굴만 바라보았다.

유검은 그런 다우의 표정에 문득 깨달은 듯 소리쳤다.

"가만… 사람의 마음에 관심이 생겨 너무 열중하다 보니 깜빡해 버렸는데… 이런 건 겉으로 말하면 안 되는 거였지?"

다우는 허탈한 얼굴로 천천히 고개를 끄덕였다.

"…응."

다우는 아직도 검을 들고 달려오려는 초영영과, 차갑게 변해 버린 여인들의 시선을 보며 중얼거렸다.

"근데… 너무 늦게 깨달은 것 같아."

초영영은 말리는 손길을 뿌리치며 외쳤다.

"놔! 나 화 안 났어! 저 딴 자식은 길가의 돌멩이로 여김 되잖아."

그리고 식식거리며 홀로 앞장서 걸어나갔다.

그러다 화풀이라도 하듯 돌멩이처럼 튀어나온 뭔가를 툭 걷어차는 순간,

쉬이익—!

동굴 벽면과 위아래에서 화살이 동시에 발사되어 쏟아져 나왔다.

폭은 일 장이나 되고, 화살의 속도는 빠르기 그지없어 눈치 챘을 땐 이미 늦어 있었다.

초영영은 어떻게 피할 생각조차 못하고 얼어붙은 채 죽음을 예감하고 절망했다.

'맞아, 여긴… 마교 내 비밀 통로였지.'

마지막으로 떠오른 자각이었다.

죽음의 고통이 찾아올 것임을 알고 두 눈을 감았다. 자신을 낳아주신 부모님께 죄송하다는 작별 인사와 친한 친구들에게도 작별 인사를 했다. 그리고 유검에게 천대 만대 고자만 낳으라는 논리에 맞지 않는 저주도 남겼다.

그녀가 떨군 횃불이 미처 땅에 떨어지기도 전, 부드러운 기운이 그녀의 전신을 휘감았다.

초영영은 자신도 모르게 눈을 떴다.

날아오던 화살은 무형의 막에 부딪친 듯 모두 바닥으로 떨궈지고 있

었다.

그리고 한 사람이 자신을 안고 있었다.

순간 그녀는 죽음의 공포와는 또 다른 긴장으로 얼어붙어 버렸다.

화를 계속 내어야 할지, 아니면 목숨을 구해준 데 감사해야 할지 그런 갈등 이전에 유검에게 안겨 있다는 긴장과 흥분으로 모든 생각이 일시에 정지되고 만 것이다.

강렬한 남자의 체취에 심장은 금방이라도 터져 버릴 듯 두근거리고 있었다.

"아무래도 기관 장치가 되어 있는 것 같군요."

유검은 그렇게 중얼거리며 허리띠처럼 감고 있던 한천검을 뽑아 동굴 앞을 향했다.

순간 일진 광풍이 일어 동굴 안으로 쏟아져 들어갔다.

우당탕! 꽈광! 퍼퍽 퍼퍼퍽! 하는 소리 등이 연속적으로 들려왔다.

"대략 이 정도면 괜찮을 것 같습니다."

유검이 다시 뒤로 일행에게로 돌아가자, 초영영은 그 자리에서 무너지듯 주저앉고 말았다.

백몽추가 달려와 그녀를 부축해 주며 말했다.

"바보. 여기가 어딘지 모르고 함부로 나가니까 그렇지. 근데… 기분이 어땠어?"

"뭐, 뭐가?"

"쳇, 시침이 떼긴… 안긴 거 말야."

"모, 몰라, 그딴 거…….."

제갈소혜가 한마디했다.

"너무 놀라 정신이 없어서… 라는 건 너무 진부한 변명이 아닐까?"

초영영은 어이없어하며 투덜거렸다.

"너희들 너무한 거 아냐? 남은 죽을 뻔했는데 그딴 거나 묻고 말야."

제갈소혜는 냉정하게 고개를 저었다.

"아니, 뭐 어떻게든 구해주겠지 싶어 별로 놀라지도 않았으니깐."

초영영은 다소 주저하며 말했다.

"어쨌든… 감사의 표시는 해야 할까? 강호인으로서 은원 관계는 철저해야 하니까."

일행에게로 되돌아간 유검이 다우에게 말했다.

"혹시나 싶어 말한다만, 내가 저 소저를 구해준 건 특별한 애정의 표시 같은 게 아니다. 만약 거렁뱅이가 저런 위급한 지경에 있었더라도 지금처럼 구해줬을 거야."

어쩔 수 없이 그 말을 듣게 된 초영영이 얼굴을 붉히며 벌떡 일어났다.

"그딴 건 말 안 해줘도 알고 있다구! 놔! 이번에야말로 저 녀석을 죽여 버리겠어!"

또다시 검을 뽑아 들고 달려들려 했고, 백몽추가 간신히 말렸다

다우는 어쩔 수 없다는 듯 고개만 절레절레 저었다.

세 여인은 또다시 동굴 안쪽을 향해 걸음을 옮겼다.

기관 장치가 발동된 탓에 여기저기 암기가 발출된 흔적도 있었고, 심지어 바닥이 일 장 넘게 갈라진 곳도 있었다.

제갈소혜가 고개를 갸웃거렸다.

"가만… 뭔가 이상해."

초영영이 고개를 끄덕이며 동감을 표시했다.

"그래, 나도 뭔가 이상하다고 생각했어. 우리… 본래는 좀 더 차분하고 냉정한 편 아니었어?"

백몽추가 고개를 끄덕였다.

"넌 오늘따라 유난히 흥분하긴 했어."

"아무래도……."

초영영은 힐끔 뒤돌아 다우를 눈짓으로 가리키며 말했다.

"저 여자 때문인 것 같아. 저 여자가 풍기는 묘한 기운 때문에 속에 감춰져 있던 마음이 쉽게 겉으로 불거져 나오는 것 아닐까?"

"좀 더 솔직해진다… 는 거구나."

"뭐, 그렇게도 볼 순 있겠지만… 붉은 불빛을 보면 마음이 들뜨고… 그런 거랑 더 비슷한 거 같아."

"음… 그게 나쁜 건가?"

제갈소혜가 중얼거렸다.

"아무래도… 이상해."

초영영은 피식거리며 말했다.

"걱정 마. 넌 평소와 그렇게 다르진 않았으니까. 냉정, 차분, 정확한 판단. …그리고 비꼬는 말투까지."

제갈소혜는 횃불을 아래로 하여 바닥을 가리키며 말을 이었다.

"여기를 봐. 이상하지 않아?"

"…응?"

그제야 제갈소혜가 이상하다고 말한 게 다른 것임을 깨닫고 두 여인은 그녀의 손짓대로 바닥을 살폈다.

특별히 수상한 점이 없어 고개만 갸웃거렸다.

제갈소혜가 설명했다.

"너무 깨끗해."

"……?"

"만약 그 많은 사람들이 여기를 지나갔다면… 게다가 사람들을 관에 넣어서 옮겼다면 뭔가 흔적이 있어야 하지 않겠어? 긁힌 자국이라던가, 머리카락이라던가, 횃불에서 떨어져 나온 불똥 재라던가……."

백몽추와 초영영도 그제야 무엇이 이상한지 깨달았다.

"그럼… 어떡하지?"

"계속 끝까지 가보던가, 아니면 다시 돌아가던가, 둘 중 하나겠지."

세 여인이 힐끔 유검 쪽을 훔쳐보곤 무엇을 선택할지 긴 회의에 들어갔다.

유검은 고개를 갸웃거렸다.

"새삼 돌아가긴 뭐 하고… 일단 가보는 게 낫지 않을까?"

의견을 구하듯 다우를 돌아보았다.

다우는 구석에 몸을 기대어 앉아 있었다. 다리가 아픈지 발을 주물럭거리고 있었다.

"몰라. 알아서 하겠지 뭐."

대꾸는 퉁명스러웠다.

두충이 조심스럽게 다우에게 다가가 말했다.

"저… 제가 대신 발을 주물러 드릴까요?"

유검은 눈살을 찌푸렸다.

"이봐, 그런 말도 안 되는……."

하지만 다우의 반응에 휘청거렸다.

"어머? 그래 주실래요?"

다우는 반색하며 두 다리를 쭉 내밀었다.

두충은 정말로 자신의 소원이 이뤄질지 몰랐는지라 감격에 차 아무런 말도 하지 못했다.

그는 떨리는 손으로 다우의 발을 감싸고 있는 가죽신을 벗겼다.

유검은 주먹을 쥐었다 폈다 하다가 애써 냉정한 말투로 두충에게 말했다.

"이, 이봐. 그, 그만둬."

다우는 코웃음 치며 말했다.

"저 사람 누구죠? 왜 당신보고 해라, 하지 말라 하는 걸까요?

"저도 모르는 사람입니다!"

두충은 무슨 일이 있어도 다우에게 복종하겠다는 강력한 의지를 담고 그렇게 소리쳤다.

그리고 조심조심 다우의 맨발을 두 손으로 주물럭거렸다. 입김까지 불어가며 무한한 정성을 들이고 있었다.

"아, 편안해라. 오전 내내 눈길을 걷고 또 거친 동굴 안을 걸으려니 발이 시리기도 하구 아팠는데……."

다우는 기분이 좋은지 눈까지 지그시 감았다.

본래 발을 보이고 애무를 받는다는 것은—유검의 눈에는 그렇게 보였다—부부지간에나 할 수 있는 일이었다. 다우가 항상 어린 모습으로 사람들을 대하다 보니 그런 기본적인 남녀지간의 일에 어둡다고는 해도 이 일이 지나친 것임은 틀림없었다.

유검은 뒷짐을 지었다 팔짱을 끼었다 애써 침착한 모습을 유지하려 했지만 뜻대로 되지 않았다.

다우에게 애원하듯 말했다.

"이, 이건… 좀 이상하지 않니? 그, 그러니까 그만두지 않을래?"

다우는 퉁명스럽게 대꾸했다.

"오라버니가 저네들에게 관심이 있다고 할 때도 나 화내지 않았고, 저 소저를 구해줄 때도 어쩔 수 없는 상황이란 거 아니까 화내지 않았어. 우린 아직 혼례식도 안 치뤘다는 걸 아니까, 난 화낼 자격이 없다고 생각했거든. 그래서 난 가만히 있었어. 아직은 우린 남남이잖아? 언제든지 좋았다가 서로 헤어질 수 있는 사이잖아. 그런 지금, 내가 이 사람의 호의를 받아들이는 게 뭐가 잘못이지? 응? 말해 봐."

"이건… 저 사람의 마음을 놀리는 거야. 그건… 나쁜 짓이란다."

"쳇, 사람 관계는 아무도 모르는 거야. 오라버닐 첨 만났을 때도 좋아할 줄은 꿈에도 몰랐는 걸 뭐. 이 사람… 친절하구 또 내게 잘해줘. 목숨까지 걸구. 같이 다니다 보면 정말 좋아질지도 몰라. 그러니까 나 이 사람 놀리는 거 아니라구."

다우는 두충으로 눈길을 돌리며 물었다.

"제가 아기가 있어도 상관없나요? 잘 키워주실 수 있어요?"

두충은 동굴 안이 떠나가라 소리쳤다.

"물론입니다! 이 세상에서 가장 행복한 아기로 만들어줄 자신이 있습니다!"

그리고는 감격에 찬 얼굴로 다우의 발등에 입을 맞추려 했다.

유검은 와락 그의 어깨를 끌어당겼다.

"하지 마!"

유검은 살기를 띤 채 차갑게 소리쳤다.

"나는 단숨에 너의 목숨을 빼앗을 수 있다. 모르는가?"

두충은 코웃음을 쳤다.

"흥! 협박인가? 무슨 권리로 그런 말을 하는 거지? 죽일 테면 죽여 보시지. 죽는 한이 있더라도 난 이분 소저의 말씀을 거역할 수 없다!"

다우가 차갑게 말했다.

"흥, 이 사람에게 손가락 하나 대었다간 난 한평생 오라버닐 미워할 거야."

그리곤 노래하듯 중얼거렸다.

"정말 사랑한다면 웃으며 날 떠나보내 줘~ 그게 남자잖어. 눈물은 가슴으로만, 내게 웃음을 보여줘~"

유검은 머뭇머뭇거리다 말했다.

"그, 그럼… 내, 내가 대신 발을 주물러 주마."

"싫어!"

다우는 딱 잘라 거절했다.

두충의 입이 귀까지 걸려졌다.

초영영은 유검 쪽을 힐끔 돌아보곤 피식 웃었다.

"저쪽에 재미난 상황이 벌어진 것 같군. 뭔진 몰라도 꽤 통쾌하네."

제갈소혜 역시 피식 웃다가 말했다.

"어쨌든 계속 가보는 걸로 하자. 되돌아가는 것보단 그게 나아 보인다."

세 여인은 길을 다시 나섰다.

다우가 몸을 일으키자 두충이 조심스럽게 물었다.

"제가… 업어드릴까요?"

"예, 좋아요~"

다우는 즐겁게 미소 지으며 흔쾌히 승락했다.

"아… 저……."

유검은 말을 제대로 꺼내지도 못하고 지켜보고만 있을 수밖에 없었다.

두충은 자신에게로 쏟아지는 유검의 무시무시한 살기 따윈 아랑곳하지 않았다. 설령 다우가 장난으로 자신에게 친절을 베푼다 할지라도 전혀 개의치 않았다. 오직 이 순간 그녀의 부드러운 음성이 가져다 주는 무한한 행복에 빠져 있을 뿐이었다.

그녀를 업자, 등으로 느껴지는 부드러운 가슴의 촉감과 따뜻한 체온에 또 한 번 감격했다. 그리고 그녀의 엉덩이를 받쳐 든 양 손바닥이 무한정 부러워지는 이상한 마음까지 들었다.

자신이 살아온 인생이 오직 이 순간을 위해서였던 것 같았다. 이것을 맛보지 못하고 죽었더라면 얼마나 억울했을까.

한 사람의 행복은 즉시 다른 사람의 불행을 가져왔다.

다우를 등에 업은 두충의 뒤를 따라가며 유검은 자신에게 남아 있는 독점욕을 발견하고 한숨을 쉴 수밖에 없었다.

애써 자신을 타일렀다.

만진다고 닳는 것도 아니고, 내가 무엇이든 선택할 수 있는 자유가 있듯이 그녀에게도 그런 권리가 있다. 그것을 존중해 줘야 한다.

심지어 자기 아내를 손님에게 대접하는 풍습을 가진 부족도 있다고 들었었다. 그러니 이런 정도의 접촉 같은 것은 아무것도 아니다.

단지 사람들이 만들어놓은 관습, 허상에 불과하다.

그런 허상에 우왕좌왕하며 두려움을 느끼는 사람들의 모습을 보고 실소하지 않았던가.

다시 마음의 평온을 되찾자.

'그딴 건 다 알고 있어. 그런데도… 왜 이렇게도 초조해지고 견딜 수 없어지는 것일까.'

유검은 문득 그러한 불안이 다우의 진심을 모르고 있다는 것에 기인함을 깨달았다.

당연히 항상 옆에 있으리라 생각했기에, 어쩌면 자기 곁을 떠날 수도 있다는—설령 그 가능성이 무척 적어 보일지라도—그 평범한 사실을 망각하고 있었던 것이다.

이렇게도 허둥대는 자신의 모습을 보며, 사람 마음을 모두 알려 했던 자신의 어리석음을 탓하지 않을 수 없었다. 이런 조그만 일에도 다우의 진심이 무엇인지 확신할 수 없는 주제에 어떻게 타인의 마음을 알 수 있다는 말인가.

유검은 동굴 안에 울려 퍼지는 사람들의 발자국 소리를 들으며 곰곰이 생각했다. 여러 가지가 혼란스러웠다.

그러다 문득 자신이 현재 어떤 상태인지 깨닫고 웃음을 터뜨렸다.

"하하하… 마치 내가 득도를 한 양 착각하고 있었군. 난 아무것도 모른다. 지금 가슴으로 느끼는 그것만이 내가 알 수 있는 전부다. 그것이 내가 얻은 단 한 가지 진실이다. 어리석게도 또다시 안다고 하는 착각 속에 빠지다니!"

유검은 앞서 가는 두충을 향해 버럭 소리를 질렀다.

"멈춰!"

동시에 쭈욱 그의 신형이 늘어났다.

순식간에 두충의 몸이 나뒹굴어지고 다우는 유검의 품에 안겨 있었다.

두충이 벌떡 일어나 소리쳤다.

"너……."

한마디 내뱉기도 전에 밀려오는 경력에 뒤로 퉁겨나 버렸다.

유검은 그녀의 두 눈을 똑바로 쳐다보며 단호히 말했다.

"날 용서 않는다 해도 이런 건 용납 못한다! 넌 내 거야. 다른 남자와 노닥거리는 건 안 돼!"

유검으로선 평소라면 유치하다 못해 어리석기 그지없는 집착을 드러낸 과격하기 이를 데 없는 말이라고 신랄하게 평했을 그런 말투였다.

"왜? 불만있어?"

다우는 슬쩍 유검의 눈길을 피하며 대답했다.

"글쎄… 나중에 대답……."

다우는 말을 끝맺지 못했다. 유검이 대담하게도 사람들이 지켜보는 앞에서 강렬하게 안으며 입을 맞춰 버렸기 때문이다.

다우는 놀라 두 눈이 동그래졌지만 강한 남자의 체취에 서서히 눈이 감겨졌다.

유검은 그녀의 무릎과 등을 받치고 안았다.

그런 상태로 뚜벅뚜벅 걸어가 멍하니 보고 있던 세 여인을 지나쳐 버렸다.

초영영은 단발머리를 찰랑거리며 고개를 저었다.

"암중… 미행 아니었나?"

제갈소혜가 씁쓸하게 대꾸했다.

"이젠 맘대로 하겠다는 거겠지."

"후아… 그럼 우리도 해방인가? 뭐, 불가항력이었으니 어쩔 수 없었다, 정도로 해두자."

걸어가는 유검의 왼쪽 어깨 위로 다우가 고개를 빼꼼이 내밀었다. 그녀는 저 멀리 멍하니 주저앉아 있는 두충에게 미안한 얼굴로 말했다.

"죄송해요. 불가항력이라 어쩔 수 없네요. 안녕~"

동굴의 끝, 거대한 석벽이 가로막고 있었다.

뒤따라온 제갈소혜가 유검에게 다가가며 말했다.

"분명 기관 장치가 되어 있을 거예요. 이 근처를 살펴보면 반드시 움직일 수 있는 장치가……."

그녀의 말은 이어지지 못했다.

유검이 발을 들어 석벽을 향하여 내밀듯 차버린 것이다.

쿠―앙!

석벽은 유검이 찬 부위를 중심으로 동심원을 그리며 사방으로 쪼개져 갔다. 그 충격파에 다들 몸을 웅크리고 양 손바닥으로 귀를 막았다.

돌 먼지가 날리며 산산조각난 석벽이 우르르 무너져 내렸다.

유검은 거침없이 다우를 안은 채 석벽을 지나갔다. 다우는 콧노래를 불렀다.

백몽추는 머리에 묻은 먼지를 털어내며 먼저 그 뒤를 따랐는데, 부서진 돌덩어리를 통해 석벽의 두께가 두 자가 넘는 것을 짐작하곤 혀를 내둘렀다.

초영영은 제갈소혜를 돌아보며 피식 웃었다.

"이젠 내 맘을 대충 알 수 있겠군. 왠지 바보가 된 그 기분을 말이야."

자신이 꺼낸 기관 장치 이야기가 의미없음을 알게 된 제갈소혜는 어깨만 으쓱거렸다.

와르르—

아직 천장에 매달려 있던 석벽의 나머지가 떨어져 내려 제갈소혜는 흠뻑 흙먼지를 뒤집어써야 했다.

초영영은 키득거리곤 서둘러 유검의 뒤를 따랐다.

두충이 헐레벌떡 숨을 몰아쉬며 이곳에 도착한 것은 한참 뒤였다.

동굴 밖은 절벽으로 둘러 싸인 거대한 분지였다.

분지 안은 눈이 쌓여 있었는데, 많은 사람들이 오간 듯한 흔적을 모두 감출 수는 없었다. 몇 군데 살펴보니 병장기의 흔적과 드문드문 혈흔까지 있었다.

"누군가 싸웠던 모양이군."

유검이 주위를 둘러보니 분지를 빙 둘러싼 절벽에는 여러 개의 동굴이 나 있었다. 어떤 곳은 석벽으로 막혀 있었고 어떤 곳은 열려 있었다.

백몽추가 의아한 듯 중얼거렸다.

"대체 누구랑 싸웠을까? 그렇게 심하게 싸운 것 같아 보이진 않은데……."

제갈소혜가 대꾸했다.

"어젯밤 여기를 쳐들어온 다른 세력이 있는 모양이야. 어젯밤 말고는 시간적 여유가 없으니까. 그리고 내 예상엔 아마 여기 대부분의 동굴은 이곳으로 통하는 비밀 통로일 것 같아."

그리고 긴장하며 말했다.

"적들은 어디 다른 곳으로 간 게 아니라, 여기서 멀지 않은 곳에 숨어 있을 것으로 보여. 조심해서 하나하나 뒤져 봐야겠다."

초영영이 힘찬 음성으로 소리쳤다.

"좋아! 자, 이제 긴장하자. 드디어 적과 마주치게 되는 거라구."

세 여인이 적의를 불태웠다.

유검은 다우를 땅에 내려주며 말했다.

"여기서 잠시만 기다리고 있어라."

다우가 고개를 끄덕이기도 전에 유검의 신형이 사라졌다. 한줄기 바람만이 남아 그 흔적을 남겼다.

퍼억—!

바로 옆 동굴을 가로막는 석벽이 터져 나가는 것을 보고 그곳으로 유검이 들어갔음을 뒤늦게 눈치 챘다.

초영영은 한숨 쉬듯 중얼거렸다.

"이제 자기가 무엇을 할 수 있는지 알게 된 모양이네. 어지간히 늦어."

백몽추는 파괴된 석문을 보며 대꾸했다.

"적이라면 무시무시하겠지만 우리 편이라면… 아, 근데 무림공적 아니었나?"

제갈소혜가 고개를 도리도리 저었다.

"내가 맹주라면 그 말을 꺼낸 사실을 절대 부인할 거야. 절대로."

여인들의 수다가 미처 끝나기도 전에 유검이 허깨비처럼 다우 앞에 나타났다. 뒤늦게 휘익—! 바람이 일어 여인들의 치맛자락이 위로 들추어졌다.

고의인지 아닌지 알 수가 없어 세 여인은 입을 꾹 다문 채 아미만 치켜세웠다.

유검이 말했다.

"여긴 다른 전각으로 이어져 있군. 특별한 곳이 있으면 말해 주마."

이때 두충이 석문 밖으로 불쑥 나왔다.

"여긴……."

한마디 내뱉기도 전에 어디선가 날아온 세 줄기의 지풍에 의해 마혈과 아혈에 제압당하고 말았다. 살기를 느끼지 못했을 뿐 아니라 입을 여는 중이었기에 미처 무형의 검결을 취할 수 없었다.

그는 걸어나오는 자세 그대로 뻣뻣해졌다.

유검의 짓은 아니었다. 이미 일진광풍과 함께 모습이 사라져 있었으니까.

두충의 혈도를 제압한 것은 세 여인이었다.

"미안해요. 게으름뱅이가 모처럼 일할 의욕이 생긴 것 같은데, 행여나 당신 때문에 찬물이 껴얹혀지는 건 싫거든요. 이해해 주세요."

백몽추가 그렇게 대표로 말했다.

다우가 그를 뒤돌아보았다.

두충은 그녀에게 애원의 눈빛을 보내었다.

다우는 꾸벅 고개를 숙였다.

"미안해요. 저도 저 세 분과 같은 의견이라서……."

날은 점차 저물어가고 있었다.

가끔 석벽이 퍼억—! 하고 터질 때만 유검이 동굴 안으로 들어갔음을 알 뿐, 그 외에는 아무런 변화 없이 평화스럽기 그지없었다.

이곳에서 누군가 목숨을 잃었을 것이다. 지금도 어디선가 죽어가고 있는지 모른다. 누군가 이곳에서 피눈물을 흘리며 복수를 다짐했는지도 모른다.

하지만 다우와 세 여인의 마음은 평화로웠다.

어쩌면 금방이라도 검을 들어 적과 피 흘리며 싸워야 할지도 모른다. 그럼에도 이 순간 기적처럼 찾아든 평화는 깨어지지 않고 있었다.

하늘을 보니 구름이 몰려오고 있었다. 밤이 되면 또다시 눈이 내릴 것 같았다.

눈 덮인 분지 안은 황량했고 회색 빛 하늘은 우울해 보이기만 했다. 대지를 감싼 차가운 공기는 살 끝을 아리게 만들었다.

사람들은 가슴을 공허하게 만드는 고독과 함께 이 모든 것의 아름다움에 취해 있었다.

여인들은 문득 의문을 느꼈다.

터무니없이 강한 유검이라는 존재를 보며, 자신들이 애써 추구하고자 했던 것이 무엇이며 또 피를 흘리면서까지 싸워 얻고자 했던 것이 무엇인지 회의가 일었다.

'우린… 왜 싸우는 걸까?'

저무는 날과 함께 하얀 입김은 허공에서 부서지고 있었다.

第四章
신비에 가득 찬 의문의 여 고수

신비에 가득 찬 의문의 여 고수

왼쪽 절벽에 파리 떼가 달려든 것처럼 시커먼 그림자가 채워지기 시작했다.

절벽 위에서 아래로 긴 밧줄이 늘어져 있었는데, 그것을 통해 검은 인영들이 빠르게 내려오고 있었다.

그들은 분지에 도착하자마자 일정한 진을 형성하며 모였는데, 모두 이십여 명 정도 되어 보였다.

그것을 지켜보던 백몽추가 앗! 하고 절벽 위를 가리켰다.

"자, 자살하려나 봐!"

한 사람이 절벽 위에서 훌쩍 몸을 날리고 있었다.

모든 사람들이 유검처럼 하늘을 날아다닐 수 있다고 생각할 만큼 어리석지 않았기에, 당연히 가슴을 조릴 수밖에 없었다.

하지만 그는 이미 밧줄을 손에 쥐고 있었고 절벽을 한두 번 박차는 정도로 벌써 분지 위에 도착했다.

그는 모인 검은 무복의 사람들에게 호통 치듯 명령을 내렸다.

이에 검은 인영들은 삼삼오오 짝을 지어 한꺼번에 사방으로 퍼져 나가더니 각기 동굴 속으로 들어갔다.

우두머리로 보이는 그가 다우와 세 여인을 발견했는지 천천히 걸어왔다.

그가 조금 더 다가오자 모습을 자세히 살펴볼 수 있었다.

등 뒤에는 거의 일 장(一丈)은 될 듯한 거대한 칼을 비껴 매고 있었다.

매섭게 생긴 두 눈에서는 뭐든 꿰뚫어 버릴 듯한 무시무시한 안광이 흘러나오고 있었고, 각진 턱에 입술은 한일 자로 굳게 다물어 있었다.

그르릉— 덜컹!

그르릉— 덜컹!

그가 걸어오자 등에 비껴 맨 칼이 끌리며 눈으로 덮인 분지를 파헤치기도 하고 가끔 돌멩이와 부딪치면서 튀어 오르기도 했다.

그것을 보고 있던 백몽추는 사문에서 들었던 한 기인의 이름을 떠올릴 수 있었다.

"아! 철혈문주 하도광!"

탄성을 내지르듯 그렇게 중얼거리자 다른 두 여인도 함께 놀란 얼굴을 했다.

제갈소혜가 중얼거렸다.

"소림사나 무당파에 시비를 걸지언정, 철혈문과는 은원을 맺지 말라고 하던 바로 그……."

곧 고개를 갸웃거렸다.

"무림맹에 호의적이지 않는 걸로 아는데, 왜 이곳으로 왔을까?"

다우는 품속에서 면사를 꺼내어 뒤집어썼다.

하도광은 다가와 포권하며 물었다.

"노부는 철혈문의 하 모라 하네. 소저들은……?"

백몽추부터 차례대로 포권지례와 함께 인사를 올렸다.

"백씨가문의 백몽추라 하옵니다."

"화산문하 초영영이라 하옵니다."

"제갈가문의 제갈소혜라 하옵니다."

하도광은 고개를 끄덕였다.

"눈에 정기가 어려 있는 것이 마교의 무리들 같진 않아 보이고, 행실에 법도가 있어 보여 누군가 했더니 역시 명가의 자제들이었군. 가만… 그러고 보니 후기지수들 중 이름 높은 오룡삼봉 중 세 명이 아닌가."

하도광이 짐짓 놀란 얼굴을 하자 백몽추가 다소곳하게 대답했다.

"허명에 불과할 뿐이옵니다."

하도광은 아름다운 세 아가씨들의 다소곳한 태도가 마음에 들었는지 너털웃음을 지으며 부드럽게 물었다.

"그나저나 어제야 구출되었다는 이야기는 우연히 진 소저를 만나 들었네만 어떻게 이곳에 있는가?"

"아… 이곳의 동정을 감시하여 미력한 힘이나마 보태고자……."

"호오~ 훌륭한 소저들이로군. 그래, 알아낸 것은 있는가?"

"저희도 전각 안에서 우연히 비밀 통로를 발견하여 방금 도착했습니다."

"그렇구먼. 흐음……."

휘익—

유검이 허깨비처럼 하도광 뒤에 나타났다. 너무 빨리 도착하여 그 자리에서 솟아난 것 같아 보였다.

파공성은 뒤늦게 울려 퍼졌다.

"저 동굴은……."

말을 꺼내던 유검은 갑자기 픽! 하고 모습이 사라졌다. 눈앞의 이 사내가 화의 아버지 하도광임을 알아보고 급히 몸을 숨긴 것이다.

쇄애액—

하도광의 거대한 칼이 허공을 갈랐다.

뒤에서 기척을 감지하자 무인의 본능으로 바로 도를 휘두른 것이다.

그는 전후좌우를 돌아보며 아무것도 발견하지 못하자 고개만 갸웃거렸다.

"기이하군. 무슨 소리가 들린 것 같았는데… 벌써 환청이 들릴 정도로 늙었단 말인가?"

세 여인은 유검이 나타났다가 사라지는 것을 보았기에 환청이 아니라고 말해 주고 싶었지만 차마 입이 떨어지지 않았다.

유검을 변호해 주기 위해서라기보다는 하도광이 믿지 않을 것 같아서였다.

하도광은 다우에게로 눈길을 돌리며 물었다.

"저분 소저는……?"

다우는 유검의 내심을 눈치 채고 자신의 정체를 드러내고 싶지 않았기에 다소곳하게 허리만 숙여 보였다.

백몽추가 얼른 나서서 얼버무렸다.

"제 동생인데 안타깝게도 어릴 적 아혈을 다치는 바람에 말을……."

"아… 그렇구먼. 말귀는 알아듣고?"

"그, 그런 것 같습니다."

"허어… 안타깝구먼."

곧 하도광은 얼굴을 굳히며 진지하게 말했다.

"혹, 치료를 받고자 하더라도 절대 신농산장에는 가지 말게. 거긴 돌팔이들뿐이라네!"

"예, 명심하겠습니다."

하도광은 고개를 끄덕이다 물었다.

"그런데 유검이란 놈을 혹 보지 못했는가?"

백몽추가 조심스럽게 물었다.

"그… 사람은 왜……."

하도광의 두 눈에서 무시무시한 안광이 흘러나왔다.

"천하의 개 말종 놈이지! 내 딸을 홀려선 데리고 다니다가 마교 놈들에게 팔아먹은 놈이라네! 뼈를 갈아 먹어도 시원치 않을 놈이지!"

"아… 그렇군요."

세 여인은 서로 눈길을 주고받으며 납득한다는 얼굴로 고개를 끄덕였다.

몸을 숨기고 있던 유검은 내심 뜨악해졌다.

'대체 그런 헛소문은 누가 퍼뜨렸단 말인가!'

그래도 이젠 화를 아들이라 우기는 짓은 그만둔 건 같아 그건 다행이라고 생각했다.

하도광이 말했다.

"난 내 딸을 찾을 단서를 구할 수 있을까 해서 본문의 정예를 이끌고 이곳으로 왔다네. 함께 움직이겠나?"

"노, 노 선배님의 의견을 따르겠습니다."

백몽추는 두 여인과 눈짓으로 의견을 주고받고선 대표로 그렇게 승낙했다.

하도광은 고개를 끄덕이곤 갑자기 하늘을 향해 포효했다.

"유검, 이놈! 내 눈앞에 나타나기만 해봐라! 크아아악―! 뒈져라―! 썩을 놈!"

몰래 듣고 있던 유검은 섬뜩하기 그지없었다.

'어떻게든… 내가 더 빨리 구해내야겠구나.'

수하로 보이는 흑포사내가 하도광 앞으로 달려왔다.

그는 한쪽 무릎을 꿇으며 외쳤다.

"저 중심 동굴 안의 광장에서 마교 놈들과 무림맹으로 보이는 세력이 서로 대치하고 있습니다."

하도광은 크게 고개를 끄덕였다.

"좋다, 다들 모여서 그곳으로 간다!"

일행은 흑포사내의 안내를 받아 가장 큰 중심 동굴을 향해 걸음을 옮겼다.

무심코 뒤따라 걸음을 옮기던 다우는 어깨에 누군가의 손길이 느껴졌다.

흠칫하는데 유검의 목소리가 귓가에 속삭이듯 들려왔다.

"설마 저 사람 말이 진실이라고 오해하진 않겠지?"

"오해하지 않아. 오라버닐 알잖아."

"휴… 이해해 줘서 고맙다."

"근데… 나도 팔아넘길 건 아니지? 난 말 잘 듣잖아."

"…하하, 너도 농담을 꽤 하는구나. 귀여운 녀석."

"웃는 게 한 박자 늦네. 아참, 저 무서운 아저씨가 오라버니 장인어른이야?"

"……."

아무도 관심을 가지지 않는 가운데 사람들은 떠나고 두충만이 홀로 그 자리를 지키고 있었다.

날은 점점 어두워져 가고 있었다.

철혈문의 무사들은 일사분란하기 그지없었다. 명령이 떨어지자 신속 정확하게 움직였다. 행동은 민첩하기 그지없었으며 하도광의 명령에 머뭇거림이 없었다. 서로간에 손발이 잘 맞아 마치 모두가 연결된 하나의 생명체처럼 보일 정도였다. 질긴 가죽으로 이어진 강철 쇠고리 같았다.

숫자가 그리 많지는 않지만, 하도광이 심혈을 기울여 키운 철혈문의 정예라는 사실은 분명해 보였다.

숫자가 많으면 오히려 행동에 제약이 생기기 쉽다. 그래서 빠르게 구출 작전을 펼칠 수 있도록 이들을 데리고 온 것이다. 딸을 반드시 구해내겠다는 하도광의 단호한 의지가 엿보였다.

일행은 동굴 안으로 들어갔다.

깊이 들어갈수록 바닥에는 꺼진 횃불, 화섭자의 조각, 잘려진 옷가지, 병기 등의 흔적이 보였다. 벽면에는 병장기에 의해 파이거나 할퀸 흔적 등이 있었다.

조금 더 안으로 들어가자 거대한 광장이 있었다.

아직 사람의 손길이 많이 오가지 않은 듯 천장이나 바닥 여기저기 종유석이 늘어지거나 튀어나와 있었다. 한쪽으론 시냇물처럼 바이 틈

사이로 물이 졸졸 흐르고 있었다. 바닥에는 이끼가 끼어 미끄러웠다.

그러한 곳에서 두 세력이 대치하고 있다.

광장 안쪽에는 마교 장원 내 암혈객과 호 장로 등을 비롯한 오십여 명 정도 되어 보이는 무사들이 진을 치고 있었고, 바깥쪽에는 매대 선생을 필두로 한 무림맹의 무사들이 삼십여 명 정도 진을 치고 있었다.

그렇게 대치하고 있는 가운데, 각 진영에서 한 사람씩 나와 서로 검을 들고 격전을 벌이고 있었다.

챙! 챙! 하는 병장기 부딪치는 소리 속에 횃불이 일렁거리며 수많은 낯선 그림자들을 만들어내고 있었다.

서로가 뭔가 꺼리는 것이 있는 듯 본격적으로 싸움에 돌입하지 않고 일종의 상대방 힘을 겨뤄보는 탐색전 중인 듯했다.

하도광이 그르룽! 그르룽 —털컹! 하는 칼이 바닥을 긁는 괴이한 소리와 함께 정예들을 이끌고 들어서자 양 진영은 제각기 놀랐다.

매대 선생이 흠칫 놀라며 손수 수하들을 이끌고 마중 나와 인사를 건네었다.

"어서 오십시오, 하 대협."

세 여인은 매대 선생에게 예를 취했다.

매대 선생은 그녀들의 예를 받는 둥 마는 둥 하고선 하도광에게 의문을 표시했다.

"그런데 여길 어떻게 아시고……."

하도광은 품속에서 서찰 하나를 꺼내 건내주었다.

"어떤 자로부터 암암리에 이러한 것을 받았습니다. 이곳의 상세한 위치가 그려져 있더이다. 마교의 비밀 장원이란 것을 명시하면서."

상대편 진영에서 암혈객이 소리쳤다.

"귀하는 본교와 은원 관계가 없지 않소? 부디 이 일에 상관하지 말아주시기 바라오."

하도광은 버럭 소리를 질렀다.

"이 개잡종이 무슨 소릴 찌껄이는 거냐! 네 호로 잡종새끼들이 내 딸을 훔쳐 가지 않았느냐!"

그의 음성에는 내공이 실려 있어 광장 안을 쩌쩌 울렸다.

하도광의 그런 외침에 사람들은 어리벙벙했다. 무학의 명가답지 않는, 하오잡배들이나 쓸 만한 거친 말투였던 것이다.

하지만 딸을 훔쳐 갔다는 그 말에 나름대로 납득했다.

암혈객은 의문을 표했다.

"귀하의 딸이라니? 그게 무슨 말씀이오? 기재들 중에 귀하의 딸이 있었단 말이오? 금시초문이구려."

꽈―앙!

하도광은 분노에 찬 눈길을 번득이며 도를 뽑아 땅을 내려찍었다.

"유검, 그 썩을 놈이 내 딸을 네 녀석들에게 팔아넘겼지 않느냐! 내 딸만 얌전히 내놓아라. 그럼 당장 물러나겠다!"

암혈객은 영문을 몰라 소리쳤다.

"저희들은 전혀 모르는 일입니다. 게다가 기재들 중 여자들은 어제 모두 풀어주었습니다. 확인해 보십시오!"

하도광이 눈빛을 번뜩이며 돌아보자, 매대 선생은 침착하게 사실을 말해 주었다.

"진 소저에게 전서구를 받았는데… 저자의 말대로 여자 기재들은 풀려난 것이 사실이나 안타깝게도 하 대협의 딸은 없었습니다."

그것은 하도광 역시 이곳으로 오는 도중 진여영을 만나 알고 있던 사실이었다. 단지 매대 선생을 통해 혹 자신이 모르고 있는 사실이 있나 확인해 보았을 뿐이다.

"홍!"

코웃음을 치는 하도광의 두 눈에 예리한 살광이 어렸다.

내공을 끌어올리자 그의 장포가 터질 듯 팽팽해졌다.

그르릉— 그르릉—

도를 땅에 끌며 상대편 진영을 향해 한 걸음씩 나아가기 시작했다.

문답무용(問答無用)!

행동으로 자신의 의지를 강력하게 드러내고 있었다.

그의 행보와 함께 철혈문 이십여 명의 정예들이 일사불란하게 보조를 맞춰 움직여 나갔다. 그 기세가 웅후하기 그지없어 마치 웅크리고 있던 곰이 천천히 몸을 일으키는 것처럼 보였다.

매대 선생이 급히 말렸다.

"잠깐만 기다려 주십시오, 하 대협!"

하도광이 힐끔 돌아보자 서둘러 말했다.

"저자들은 기재들의 목숨을 인질로 잡고 있습니다. 단번에 쳐들어가지 못하고 이렇게 대치하고 있는 것도 그 까닭이외다. 그러니……."

"나와는 상관없는 일이오!"

"게다가 저들이 만 근 이상의 화약을 가지고 있다는 정보도 있소이다. 여차할 경우……."

"저들도 죽기 싫으면 터뜨리진 않을 것이오."

하도광은 그렇게 딱딱 잘라 말하며 걸음을 멈추지 않았다.

"멈춰라!"

거대한 인영이 홀쩍 날아올라 하도광의 앞길을 가로막아 섰다.

"참으로 광오하군! 매대 선생이 그렇게 부탁하는데도 콧방귀만 끼다니!"

호랑이 눈을 하고 천하의 하도광을 향해 거침없이 호되게 나무라는 그는 매대 선생을 그림자처럼 따라다니는 무림맹 산하 순찰 당주 고맹이었다.

매대 선생은 당가 출신이었다.

암기로 유명한 당가는 본래 '무슨 생각을 하는지 알 수가 없는 곳'이라는 말을 들을 정도로 비밀스럽기로 유명하다.

매대 선생이 당가 내에서 어떤 위치를 차지하고 있는가는 정확히 알려지지 않았지만 결코 낮지는 않을 것이라는 게 주변의 평가였다.

그런 그가 왜 무림맹의 장로라는 중책을 받아들였는지는 알려지지 않았으나, 고맹은 일신의 명예나 안위보단 대의를 먼저 생각하는 그런 매대 선생을 존경하고 있었다. 그러니 하도광이 아무리 대단할지언정 저렇게 무례한 모습을 보이니 분기를 참지 못하고 나서게 된 것이다.

하도광은 아무 대꾸 없이 일 장여나 되는 큰 도(刀)를 도끼 내려찍듯 내려쳤다. 큰 칼에 어울리지 않게 번갯불처럼 빠른 칼 놀림이었다.

쫘—앙!

고맹은 가까스로 병기를 뽑아 막기는 했으나 도에 실린 경력(勁力)을 이기지 못하고 주르르 이 장여 뒤로 미끌어져 버렸다.

입을 열어 한마디하려 했지만, 울컥하는 기운이 치솟아올라 이를 꽉 다물고 있을 수밖에 없었다.

이 한 수로 고맹은 자신은 그의 상대가 되지 않음을 알았다. 그리고 지금의 이 한 수는 오히려 손속에 사정을 둔 것임도 알았다.

만약 둘만의 비무였다면 깨끗이 승복하고 물러났겠지만, 지금은 무림맹의 대사를 처리하는 입장이었기에 물러설 수가 없었다.

다시 애병을 부여잡고 하도광을 향해 달려들려는데 등 뒤 명문혈을 통해 부드러운 기운이 흘러왔다.

어느새 매대 선생이 뒤로 와 있었다.

고맹은 잠시 뒤로 물러섰다.

매대 선생은 하도광을 향해 간절한 어조로 말했다.

"하 대협의 심정은 충분히 이해가 가외다. 허나 조금만 기다리면 본맹의 고수들이 올 것이오. 그때까지만 기다려 줄 수는 없겠소?"

하도광은 잠시 걸음을 멈추었다.

그리고 상대편 진영을 가리키며 매대 선생을 향해 차갑게 말했다.

"흥, 저놈들을 보시오. 독 안에 든 쥐 꼴인데도 태연자약하오. 뭔가 믿는 구석이 있다는 거지. 시간을 끌려고 하는 건 그대들뿐이 아니란 말이오!"

매대 선생은 흠칫했다.

밤이 길면 꿈도 많은 법, 시간을 끌기보다는 자신들이 옴으로써 형세에 변화가 생겼을 때 빠르게 결정짓는 것이 좋다.

바로 그 점을 말하고 있는 것임을 알아들은 것이다.

매대 선생은 한편으로 감탄했다.

'보기보단 세심하구나.'

과연 일문을 떠맡고 있는 문주답게 무작정 사사로운 부녀지간의 정에만 이끌려 함부로 행동하는 것이 아니라 나름대로 전략적인 생각을 바탕에 깔고 임기응변으로 움직이고 있었다.

매대 선생은 차분히 말했다.

"하 대협, 이곳은 우리 힘으로 발견한 게 아니외다. 하 대협과 마찬가지로 암암리에 한 통의 서찰을 받았던 것이오."

그러면서 품속에서 한 통의 서찰을 꺼내 보여주었다. 별다른 특징이 없는 평범한 서찰이었는데 하도광이 꺼낸 것과 비슷해 보였다.

하도광은 눈살을 찌푸리며 물었다.

"암중에 우리를 돕는 이가 있으니 그가 나타나길 기다리자, 그 말씀이오?"

매대 선생은 미소를 머금으며 대답했다.

"제 생각에 그러한 서찰을 받은 이가 저와 하 대협뿐이라곤 생각되지 않는구려. 진 소저의 전서구를 받아 본맹의 주력이 이곳으로 급히 오고 있는 것 외에도, 지금 당장 의외의 아군이 등장할지 누가 알겠소?"

"……."

"게다가 비밀에 쌓인 이 마교 장원의 위치를 정확히 파악하고 그것을 암암리 천하에 알릴 수 있을 만한 이는… 제 머리로는 단 한 사람 외에는 떠오르지 않는구려."

하도광은 눈살을 찌푸렸다.

그리고 조금 누그러진 안색으로 되물었다.

"혹시… 진 대협을 말하는 것이오?"

매대 선생은 은은한 미소만 머금은 채 고개를 숙여 보임으로써 그의 말을 부인하지 않았다.

천하제일검 진삼원의 이름이 언급되자 꼬리에 불붙은 멧돼지처럼 막무가내식으로 행동하던 하도광이었지만 한 걸음 양보하지 않을 수 없었다.

"실종되었다는 소문이 있던데……."

하도광이 지나가는 말투로 그렇게 운을 떼어보았지만 매대 선생은 어물쩍 넘겨 버렸다.

"어디까지나 소문이지요."

하도광이 얌전히 물러서자 초영영은 의외라는 듯 중얼거렸다.

"생각보다 덜 위험한 사람이었네. 난 당장 싸움이 일어날 줄 알았는데 말야."

백몽추는 한숨을 내쉬었다.

"진짜 위험해질 수 있는 사람은 따로 있잖아. 어디까지나 무림공적이니까."

초영영은 공감한다는 듯 고개를 끄덕였다.

"하긴… 그가 나타나면 매대 선생도 골머리 앓겠다. 어떻게 대우하고 처신해야 할지."

백몽추가 갑자기 놀란 얼굴로 물었다.

"어라? 네 얼굴이 왜 그래? 마치 누가 양 볼을 잡아당기고 있는 것 같애."

초영영은 흠칫하며 양 손바닥으로 두 뺨을 감싸곤 좌우를 두리번거리며 보이지도 않는 유검을 찾아 외쳤다.

"뭐야? 내게 왜 장난치는……."

그러다 백몽추가 키득거리면서 손바닥으로 입을 가리며 웃는 것을 보고 아미를 잔뜩 치켜세웠다.

"헤에~ 처신하기 어려운 건 너 역시 마찬가지구나."

초영영은 차갑게 얼굴을 굳혔다.

"그 녀석에 관한 건 농담이 아니라구. 두 번쨘 용서없어."

"미안, 담부턴 절대 진실만 말할게. 네가 벌써 두 번이나 안겨봤다던가 그런 것만 말야."

"너어—!"

초영영의 눈빛이 날카로워지자 백몽추는 혀를 낼름거리며 두 손을 모아 사과했다.

저게 사과인지 아니면 또 다른 놀림인지 알 수가 없어 초영영은 한숨만 내쉬었다.

백몽추가 서둘러 화제를 바꾸려는 듯 제갈영영을 가리키며 말했다.

"제, 뭘 보는 거지?"

제갈소혜는 면포를 쓴 채 다소곳하게 바위에 걸터앉아 있는 다우 쪽을 바라보고 있었다.

초영영이 의심스러워하며 그녀에게 물었다.

"설마… 너 여자에게 관심이 있었니? 물론 아름답긴 하지만……."

제갈소혜가 대답했다.

"그 사람이 있을 가능성이 가장 큰 곳이야, 저곳은."

"…응?"

"그 사람을 인식 못한다 할지라도 주변까지 그렇진 않을 거야. 뭔가 부자연스러운 점은 없는가 살펴보고 있었어."

초영영은 다우 쪽을 한참 바라보다 고개를 절레절레 흔들었다.

"휴, 난 이미 포기했다. 맘대로 할 거면 하라고 그래! 쳇, 그냥 당해주면 되지. 까짓 개한테 물렸거나 혹은 길 가다 못을 밟았다 정도로 생각하면 그뿐이야. 미리 걱정하며 불안해하느니, 차라리 그렇게 생각하는 편이 훨 맘이 편하겠어."

제갈소혜의 눈에 이채가 띠었다.

"의외로 용감하구나, 너?"

초영영은 씁쓸히 대꾸했다.

"뭐, 그 녀석은… 천재지변 같은 거니까."

매대 선생은 힐끔 세 여인 쪽을 보곤 감탄인지 의문인지 알 수 없는 얼굴로 중얼거렸다.

"철이 없는 것인지 아니면 배짱이 큰 것인지… 어쨌든 대단하다고 해야겠구나. 우리조차 긴장하고 있는데……."

상대편 진영을 뚫어져라 관찰하고 있던 하도광은 힐끔 뒤돌아보며 무뚝뚝하게 말했다.

"자랑스러우시겠습니다."

"아… 자랑이 아니라……."

매대 선생은 말끝을 흐렸다.

그녀들의 태연자약하기 그지없는 담대함에 의문과 감탄이 일었을 뿐인데 하도광에겐 자랑으로 들렸나 보다 싶어 내심 고소를 금치 못했다.

매대 선생의 눈길은 다시 맞은편 마교 진영으로 향했다.

그는 곧 몇 가지 의문을 떠올렸다.

'진삼원, 그대의 복안은 무엇인가? 저 하도광은 딸을 구하려는 일념으로 목숨 걸고 왔으니 빠른 건 당연하다지만, 무림맹인 우리조차도 논의를 거듭하느라 나의 독단으로 수하들을 먼저 이끌고 왔을 뿐 미적거리고 있는 상황이다. 다른 문파들 중 이렇게 빠른 행동력을 보일 수 있는 곳은 그리 많지 않다. 게다가 그대의 의지를 드러내지 않는다면 아니, 드러내었다 할지라도 혹 문파를 비운 사이에 마교가 자파를 공격하지 않을까 하는 우려와 망설임으로 최소한 며칠을 허비할 것이 틀림없다. 이런 때 이른 대치 상황을 짐작 못한 것인가? 아니면 다른 복안이 있는 것인가?

돌연 유검에 대한 생각이 떠올랐다.

진여영은 그를 단지 무림맹에 해가 되지 않을 존재로만 언급했다. 이번 여자들을 구출해 내는 데 커다란 공을 세웠지만, 그다지 활약을 기대하지는 않는 것이 좋다고 부연 설명되어 있었다.

'자존심 강한 진 소저가 큰 공을 세웠다는 식으로 표현한 것을 보면… 게다가 떠도는 소문을 보더라도 그 녀석, 무공에 상당한 진전이 있었나 본데…….'

곧 고개를 가로 저었다.

'어차피 한계가 있다. 그리고 설령 도움이 될 만하다 해도 지금 이곳에 그 녀석이 나타나길 기대하는 것은 어리석다. 그런 우연이 쉽게 일어날 리도 없거니와 게다가 그 녀석을 무림공적으로 지목한 체면이 있으니 도움을 받는 것이 오히려 거북하다. 또한 아무리 무공이 일취월장했다 하더라도 세력과 세력이 서로 맞부딪칠 때에는 별 의미가 없지.'

그렇게 결론을 내고 유검에 대한 고찰을 멈추었다.

다시 현 상황을 제대로 통찰하기 위해 상념으로 빠져들려는데 왠지 뜻대로 되지 않아 미간을 찌푸렸다.

더 이상 생각하는 것은 무의미하다 여긴, 신농 산장에서 보았던 유검의 모습이 자꾸만 머리 속에서 아른거리고 있었다.

'괴이하군, 괴이해. 어째서 지워지지 않는가?'

숨 막힐 듯한 대치 상황은 반 시진 가까이 이어지고 있었다.

또—옥! 또—옥!

어디선가 물방울 떨어지는 소리가 들려오고 있었고, 일렁이는 횃불에 사람들의 그림자는 끊임없이 춤추고 있었다.

이 순간 유검은 마교 진영 안을 유유히 돌아다니고 있었다. 사람들은 눈을 부릅뜬 채 긴장하고 있는데도 그가 스쳐 지나가는 것을 전혀 인식하지 못하고 있었다.

사람들은 외부의 자극에 반응할 때에만 의식한다.

뭔가 자신에게 영향을 미치겠다 싶을 때면 더욱 민감하게 의식한다.

하지만 옆에 있는 것이 너무도 자연스럽고 당연해 보일 때는 그다지 의식하지 않게 된다. 끊임없이 호흡을 하면서도 공기를 자각하지 못하는 것처럼.

유검을 의식 못하는 것은 그와 비슷한 이치였다.

자신도 모르게 유검을 동료처럼 자신에게 해를 끼칠 만한 인물이 아닌 것으로 판단해 버리곤 그냥 보아도 보지 않은 것처럼 흘려 버린 것이다.

이는 섭혼술과 흡사해 보이지만 실제 그 이치는 정반대였다.

섭혼술의 경우에는 시전자의 의지가 강력하여 상대방의 심령을 제압할 경우에만 효과가 있다. 하지만 유검의 경우는 타인의 심령을 제압한다기보다는 방심케 만든다고 봐야 했다.

이는 소림사 금강부동신법(金剛不動身法)의 극치와도 일맥상통하는 바가 있었다.

유검은 가장 안쪽으로 들어가 하나의 석문 앞에 섰다. 두 명의 사내가 눈을 부라리며 지키고 있었는데도 역시 유검을 인식하진 못했다.

유검은 아마도 이 석문 안쪽에 기재들이 갇혀 있으리라 생각했다.

하지만 석문을 건드리면 사람들이 이상하게 생각하고 변고를 눈치챌 것이다.

'난감하군. 화약이 매설되어 있을지도 모르는 데다……'

유검은 반대 편의 하도광을 힐끔 훔쳐보며 머리를 긁적거렸다.

'모습을 드러낼 수도 없으니……'

하도광이 못 참겠다는 듯 벌떡 몸을 일으켰다.

"더 이상은 안 되겠소. 본래 이곳은 저자들의 앞 마당, 지리(地理)에서 이미 불리한데 천시(天時)마저 놓칠 순 없소이다."

매대 선생이 뒤따라 일어섰다.

"허나……"

"저들은 분명 시간을 끌길 원하고 있소. 설령 득이 없다 해도 저 녀석들의 뜻대로 해줄 수는 없소!"

하도광의 의지가 단호해 보이자, 매대 선생은 더 이상 말릴 수 없음을 깨달았다.

"최상책은 아닐지 몰라도 하책은 아닌 듯하니 하 대협의 말씀대로……"

이때,

음흐흐흐흐흐하하하하……!

나지막한 괴소가 여운을 남기며 광장 안을 메아리쳤다.

소리는 지옥 밑바닥으로 흘러내릴 듯 나지막했으며 듣는 이로 하여금 몸을 부르르 떨게 만들 정도로 음산함이 함께 실려 있었다.

동굴 밖에서 한 사람이 천천히 걸어 들어오고 있었다.

그는 등 뒤에 커다란 깃대를 짊어지고 있었는데 청년의 얼굴임에도 긴 백발이었다.

백귀야신이었다.

그는 마교 쪽과 무림맹 쪽을 두리번거렸는데, 얼굴을 한껏 찡그리고 있었다. 방금 음산한 괴소를 흘린 사람치곤 왠지 못마땅해하는 얼굴이었다.

퍼억—!

그는 광장 한 가운데서 등 뒤에 메고 있던 깃대를 바위에 꽂았다.

백귀야신이 일부러 공력을 주입시킨 덕분에 펄럭이게 된 깃발에는 두 마리의 뱀이 서로를 희롱하는 그림이 그려져 있었다.

그것을 본 매대 선생은 눈살을 찌푸렸다.

"설마……."

하도광이 그의 안하무인격인 행동에 버럭 소릴 지르며 나섰다.

"고약한 놈이군. 버릇이 전혀 없어!"

매대 선생이 입을 열었다.

"하 대협, 저자의 정체와 배분은 아무래도……."

하도광은 이미 백발야신을 향해 저벅저벅 걸어가고 있었다.

뒤따르려는 수하들을 손짓으로 물리쳤다.

저놈 정도야 혼자서 상대하겠다는 뜻이다.

다가오는 하도광을 보고 백발야신은 귀찮다는 듯 손을 휘둘렀다.

"물러서라!"

하도광은 입을 열지 않고 대신 일 장이나 넘는 도를 거침없이 휘둘러 답했다.

횃불에 비친 그의 거대한 도가 뿌려내는 도광은 눈이 부실 정도였다. 무겁기 그지없는 도를 휘둘러 순식간에 대여섯 개 이상의 칼 그림자를 만들어내고 있었다.

까깡! 까가강!

백귀야신은 재빨리 섭선을 뽑아 들어 하도광의 도를 막았으나 현격히 차이나는 병장기의 무게 탓에 연신 뒷걸음질쳤다.

도의 방향이 갑자기 바뀌었다.

하도광은 백귀야신이 꽂아둔 깃발이 뭔가 비위에 거슬린 듯 그것부터 잘라내 버리려 했다.

매대 선생이 놀라 소리쳤다.

"멈추시오! 그것은……."

백귀야신의 얼굴이 일그러졌다.

"망할 놈 같으니!"

반격은 않고 막기만 하던 백귀야신은 훌쩍 공중제비를 돌며 깃발 앞을 막아섰다. 그가 내뻗은 섭선이 하도광이 내려친 도와 맞부딪쳤다.

까강! 까가강―!

섭선은 강철로 만들어진 듯 하도광의 칼과 수없이 부딪치며 불똥이 튀었다.

이때 한 노인이 거드름을 피며 천천히 광장 안으로 들어서고 있었다. 노인은 화려하기 그지없는 황금색 장포를 걸치고 있었다.

다들 백귀야신과 하도광의 싸움을 보느라 그 노인이 들어오는 것을 보지 못했다. 보았다 하더라도 웬 이상한 늙은이군 하며 고개만 갸웃거렸다. 오로지 매대 선생만이 노인을 보고 안색이 변했을 뿐이었다.

"역시… 청안신마!"

노인의 두 눈에서 시퍼런 빛이 일렁이다 사라지는 것을 보고 매대 선생은 땅이 내리 꺼질 듯한 침음성을 흘렸다.

마교 진영의 암혈객이나 호 장로 등도 청안신마를 보고 고개를 갸웃 거리거나 의문스런 얼굴을 했다. 그들이 믿고 기다리던 인물은 아닌 모양이었다.

그들은 이번에도 혹시 가짜가 아닐까 서로 이야기를 주고받았지만 매대 선생은 거리가 너무 멀어 그것을 들을 순 없었다.

'저 노마가 무엇 때문에 이곳에……?'

청안신마는 자신이 나타났음을 알리려는 듯 헛기침을 했다.

"커흠!"

하지만 사람들의 이목이 백귀야신과 하도광의 싸움에 집중되어 자 신을 본 척 만 척하자 얼굴이 일그러졌다.

뒷짐을 지고 있던 그의 손가락이 퉁겨졌다.

백귀야신은 기척도 없는 한 가닥 지풍에 다리 족삼리혈을 제압당해 휘청거리며 넘어졌다.

"어떤 놈이 비열하게 암습을……!"

쇄애액—!

무시무시한 기세를 담은 하도광의 도가 내리찍어 오자 백귀야신은 황급히 몸을 뒹굴어 피했다.

퍼—억!

칼은 돌로 이뤄진 바닥을 찍었음에도 퉁겨 오르는 것이 아니라 두부 처럼 파고들었다. 몇 가닥의 흰 머리카락이 잘려 나가며 도풍에 휘말 렸다.

돌 조각이 튀어 올라 몸을 피한 백귀야신의 뺨을 스쳤다. 가는 핏자 국이 그어졌다.

그의 눈에 살기가 어렸다.

몸을 퉁겨 신형을 바로 세우며 반격하려는데, 뒤편에서 무뚝뚝한 음성이 들려왔다.

"누가 너보고 싸우고 있으랬더냐?"

백귀야신은 흠칫했다.

"아, 사부님!"

"넌 사부에게 어떤 놈이라고 부르느냐?"

말과 함께 청안신마의 오른팔이 허공으로 뻗어 있었다.

그 손바닥 장심 주위로 빨간 기운이 소용돌이치는 것을 보고 백귀야신은 대경실색하여 소리쳤다.

"자, 잠깐만. 저까지 죽이시려는 겁니까?"

말하는 중에도 하도광의 도가 그의 허리를 베어왔기에 황급히 몸을 옆으로 피했다.

청안신마의 손이 쭈욱 뻗었다.

그와 함께 붉은 기운을 담은 장풍이 백귀야신과 하도광을 향해 뻗어나갔다.

백귀야신은 필사적으로 몸을 옆으로 날렸고, 하도광은 코웃음만 칠 뿐 피하지 않았다.

붉은 기운을 담은 장풍이 화산이 폭발하듯 자신에게로 쏟아져 오자 거대한 도를 불끈 쥔 양손에 필생의 공력을 주입시켰다.

매대 선생이 어이없어 소리쳤다.

"하 대협! 그자가 누군지 알고 싸우려 하시는 거요?"

"누구긴? 노망난 노친네지!"

말과 함께 거대한 도를 휘둘렀다.

초식은 필요없었다.

무식하게 힘과 힘이 맞부딪치는 것이다.

붉은 장풍을 횡으로 가르는 거대한 도가 순식간에 벌겋게 달아올랐다. 도는 흐르는 격류에 담겨진 낚시 추처럼 거세게 요동을 쳤다.

도를 쥐고 있는 하도광의 손아귀가 찢어져 피가 번져 나왔다.

"크아악—!"

비명과도 같은 기합 소리와 함께 하도광은 끝까지 도를 휘둘렀다.

횡으로 한 번, 종으로 한 번, 그리고 가슴 앞을 막아 여전히 밀물처럼 밀려오는 거센 장풍을 몸으로 받았다.

퍼억! 주르르르—

도를 세워 꽉 움켜쥔 그의 신형은 무려 십여 장이나 뒤로 미끌어져 갔다. 삐죽삐죽 솟아올라 있던 종유석과 부딪치며 돌 조각들이 사방으로 비산했다.

그는 두 발이 지면을 꽉 움켜쥐자 여력을 이기지 못해 크게 몸을 휘청였다. 하지만 쓰러지지는 않았다.

청안신마는 눈에 이채를 띠며 말했다.

"새파란 애송이가 제법이군."

"흥, 노친네 정력도 만만찮군."

하도광은 입가로 흐르는 핏줄기를 쓰윽 닦아내며 그렇게 대꾸했다.

그의 두 눈에 투지가 활활 타오르고 있었다.

하도광은 벌써 심각한 내상을 입었을 텐데도 추호도 물러서지 않으려 했다.

매대 선생은 기가 질렸다.

지금의 젊은 세대라면 몰라도 하도광이 청안신마를 몰라 볼 리 없다. 워낙 특이한 복장을 하고 있어 알아보기 쉬운 데다, 그의 한 수를 맛본 지금에 와서 의심할 여지는 없을 것이다.

세력전에서 개인은 의미가 없다고 했지만, 저 청안신마라면 다르다. 홀로 한 문파를 쓸어버릴 정도의 능력을 가지고 있으니까.

그걸 알면서도 꺾이지 않는 불굴의 투지라니.

광장 안은 조용했다.

청안신마의 장풍을 보고 나선 다른 이들은 얼어붙은 것이다.

청안신마는 사람들의 시선이 자기에게 집중되자 그제야 만족한 듯 팔짱을 꼈다.

투지를 불태우며 자신을 향해 거대한 도를 치켜들던 하도광의 모습은 이미 안중에서 사라진 것 같았다. 어쩌면 자신의 한 수를 받아낸 그가 기특하여 손속을 거둔 그의 아량의 표현일지도 몰랐다.

청안신마는 사람들을 향해 의외의 말을 던졌다.

"누구냐, 나를 사칭하고 다녔단 놈이?!"

깃대 옆에서 팔짱을 끼고 광오한 모습으로 그렇게 외치는 그의 모습은 사람을 얼어붙게 만드는 위엄이 있었다.

매대 선생은 눈살을 찌푸리며 고개를 갸웃거렸다.

"…사칭?"

마교 진영에선 암혈객이 호 장로에게 묻고 있었다.

"저자, 이번엔 진짜 청안신마가 맞을까요?"

"글쎄요… 맞는 것 같기도 하고……."

하도광은 청안신마가 자신을 안중에도 두지 않자 이를 꽉 깨물었다.

"나 혼자론 심심하다는 건가? 좋다."

그는 수하들을 향해 외쳤다.

"발도(拔刀)!"

차—앙!

하도광의 명이 떨어지자 철혈문의 수하들은 기다렸다는 듯 일제히 도를 뽑았다. 발도음은 마치 한 사람이 뽑은 듯했다.

그들은 말이 없었지만, 두 눈에는 한결같이 죽음을 각오한 비장함이 흐르고 있었다.

저벅저벅—

하도광과 철혈문의 무사들은 한 걸음씩 청안신마를 향해 다가갔다.

청안신마는 가소롭다는 듯 그런 그들을 내려다보고 있었다. 팔짱을 낀 그의 두 손이 풀어지고 있었다.

광장 안은 흐르는 피를 예감하는 듯 일렁이는 횃불에 붉게 일렁이고 있었다.

그런 광장 안의 분위기와는 상관없이 초영영이 중얼거렸다.

"긴장해야 하나?"

백몽추가 고개를 끄덕이며 대꾸했다.

"그게 도리가 아니겠어? 청안신마라면 어디까지나 무림의 전설적인 거마(巨魔)라구!"

"쳇, 알고 있어. 나도 좀 더 정상적인 반응을 하고 싶었단 말야."

다우의 귓가에 유검의 목소리가 들려왔다.

"좋아, 그걸로 하자."

"…응?"

"신비에 가득 찬 의문의 여 고수."

"…뭐가?"

청안신마는 자신을 두려워 않고 비장한 모습으로 다가오는 철혈문의 무사들을 보고 코웃음을 쳤다.

"저 신물을 보고도 내가 누군지 모르는가? 세월이 흐른 탓인가, 아니면……."

이때, 그가 눈길을 주고 있는 깃대의 깃발 위로 누군가가 파르륵 옷자락 펄럭이는 소리와 함께 날아와 훌쩍 내려섰다.

하늘하늘한 몸매에 긴 머리카락을 나부끼고 있었다.

신물은 곧 그 사람을 대표한다. 그것을 짓밟고 섰다는 것은 상대를 안중에도 두지 않는다는 직접적인 모욕이었다.

청안신마의 이마 위로 핏줄이 곤두섰다.

"이 망할 계집이—!"

다우는 주위를 둘러보며 어리둥절했다.

"…내가 왜 여기 있지?"

일단 깃발 위에서 훌쩍 뛰어내렸는데 치마 끝이 깃대에 걸려 버렸다.

"아……!"

날아 내리는 중에 치마 끝이 위로 끌려 올라갔다.

가늘며 곧게 뻗은 두 다리가 드러나자 동그랗게 뜬 수많은 시선이 일시에 몰렸다. 비장한 모습으로 다가서던 철혈문의 무사들 역시 예외는 아니었다.

다우는 당황해하며 황급히 치마를 끌어당겼다.

뚝—!

청안신마의 신물인 깃대가 끌어당겨진 치마에 의해 휘청 꺾이더니 반으로 뚝 부러져 버렸다. 꺾여진 깃대는 땡그랑 소리를 내며 바닥으로 떨어졌다.

"미안… 부러져 버렸네요."

다우는 머리를 긁적거리며 그렇게 말했다.

좌중은 얼어붙었다.

면사를 쓴 한 소녀가 난데없이 나타나 겁도 없이 청안신마의 비위를 긁어놓으니 경악하지 않을 수 없었다.

다우를 알아본 하도광의 눈썹이 꿈틀거렸다.

"저 아이는 본래…….

백몽추가 다급히 변명하듯 외쳤다.

"앗! 네가 드디어 상승의 무공을 깨달았구나! 그래서 말도 할 수 있게 된 거고! 이야~ 축하한다, 애~!"

초영영이 시큰둥하게 중얼거렸다.

"너무 썰렁해. 누가 네 말을 믿겠어?"

하지만 하도광이 납득한 듯 천천히 고개를 끄덕이는 모습에 휘청거리고 말았다.

다우는 구경하는 처지에서 갑자기 격전의 중심지로 직접 참가하게 되자 당황스럽기 그지없었다.

조금 전 유검이 했던 말이 떠올랐다.

"신비의… 여 고수?"

대략 그것이 무엇을 의미하는지 깨닫고 아미를 치켜세우는데, 귓가에 유검의 목소리가 들려왔다.

"네 옷에 막강한 진기를 불어넣었으니 천하의 보검도 뚫지 못할 것이다. …이미 눈으로 봤으니 알겠지만."

다우는 힐끔 하도광을 훔쳐보곤 조그맣게 말했다.

"왜 이런 짓을 하는지 짐작은 가는데 말야… 근데 사람들에게 인식 안 되게는 해도 다른 사람처럼 보이게 할 수는 없는 거야?"

침묵…….

"아… 그 수가 있었군!"

뒤늦게 그게 가능함을 깨달은 듯 탄성을 질렀지만, 이미 일은 벌어졌고 늦어버렸다.

청안신마는 신물이 부러진 순간부터 분노가 확 치밀어 올라 당장 애병 묵룡봉을 꺼내 들었다. 깃대를 부러뜨린 소녀를 처참하게 피 곤죽으로 만들어 버리려고 했다.

그전에 전신의 뼈마디를 모두 박살내고 흐물흐물 서 있지도 못하게 해놓을 참이었다.

하지만 그것은 스쳐 지나간 공상에 불과할 뿐이었다.

비록 면사를 썼다지만, 드러난 그녀의 두 눈을 통해 군화지기를 지닌 벽력문의 계집임을 알아보았다.

동시에 떠오르는 한 사람의 얼굴.

갑자기 불안이 치밀어 올라 청안신마는 그녀를 상대할 생각조차 못하고 파란 불길이 타오르는 눈으로 주위를 샅샅이 훑어보았다.

한 사람 한 사람 모두의 얼굴을 확인한 연후에 그는 안도의 한숨을 내쉴 수 있었다.

다시 느긋하게 다우에게로 시선을 돌렸다.

그의 파란 두 눈에는 분노와 살기가 변태적인 욕정과 어울려 번들거렸다.

"흐흐… 좋아. 간만에 취미 생활을 즐겨보지."

그 말에 하도광은 문득 상황을 깨닫고 다우에게 소리쳤다.

"여긴 위험하니 어서 뒤로 물러나거라."

다우가 한숨 쉬며 대답했다.

"괜찮아요. 전 신비의 여 고수니까 어떻게든 되겠죠."

"…응?"

"이왕이면 우아한 모습을 보여 드릴게요."

이때 청안신마의 모습은 허깨비처럼 서서히 사라져 가고 있었다. 너무 빨리 움직이기 때문에 일어난 착각이었다.

그와 함께 다우가 나타남으로 잠시 멈췄던 흉흉한 일촉즉발의 분위기가 다시 일었다.

그가 쥔 묵룡봉은 도저히 수를 헤아릴 수 없을 정도로 많은 환영을 허공에 일으키고 있었다. 만약 누군가 멀리서 전체 환영의 모습을 바라보았다면 두 개의 뿔이 달리고 뾰족한 이빨을 드러낸 흉측한 괴물의 모습을 닮았다고 생각했을 것이다.

청안신마가 공격해 오자 다우는 학이 날아오르듯 정말로 우아하게 몸을 허공으로 띄웠다.

묵룡봉이 일으킨 환영들은 마치 살아 있는 생명체 마냥 땅을 박차고 사냥감을 노리는 맹수처럼 날아올랐다.

하도광은 이 순간 정적을 체험하고 있었다.

파공성은 아직 들리지 않았다. 오직 귀가 먹먹할 뿐이었다. 묵룡봉이 일으킨 날카로운 바람에 옷자락이 찢겨져 나갔다. 단련된 피부는 따갑다 못해 무감각할 지경이었다.

청안신마가 일으킨 살기는 뒤늦게 그의 정신을 깨웠다.

다우가 학처럼 날아오르고, 그 뒤를 따라 맹추처럼 묵룡봉의 환영이 뒤따르는 것을 자각한 순간 하도광은 황급히 몸을 날렸다.

"위험……!"

다우는 금방이라도 맹수에 갈기갈기 찢겨져 나갈 듯 위급한 상황처럼 보였다.

다우는 자신을 덮칠 듯 돌진해 오는 무시무시한 공격에 공포를 느낀 듯 움찔하고 말았다. 청안신마의 공격을 직접 눈앞에서 당하고 보니 공포스럽기 그지없었던 것이다.

"아……!"

자신도 모르게 약한 소리를 내고 말았다.

갑자기 청안신마의 신형이 허공에서 멈췄다. 그가 휘두르던 검은 쇠막대기, 묵룡봉도 멈췄다.

청안신마는 자신이 왜 멈춰졌는지 몰라 잔뜩 얼굴을 일그러뜨리고 있었다. 마치 전신이 커다란 쇳덩어리 속에 들어간 듯 꿈쩍도 할 수가 없었던 것이다.

다우도 일순간 공포로 얼어붙어 있었는데, 귓가로 유검의 소곤거리는 듯한 목소리가 들려왔다.

"공격해. …네 말대로 우아하게."

다우는 잔뜩 얼굴을 일그러뜨리고 있는 청안신마의 얼굴을 보고 손을 뻗기 싫은 듯 머뭇거렸다. 그러다 반사적으로 품속에 손을 집어넣었다. 그리고 진천뢰를 꺼내어 청안신마를 향해 던졌다.

꽈앙—!

굉음과 함께 진천뢰가 터졌다. 광장 안에 때 아닌 불꽃놀이가 벌어졌다.

폭발의 충격에 천장에 매달린 종유석들이 비 오듯 떨어져 내리고 그 가운데 청안신마는 불에 거슬린 듯 검게 탄 모습으로 마교 진영 쪽을 향해 퉁겨 날아갔다.

처참하기보다는 밤하늘에 떨어져 산화하고 마는 유성처럼 허무한 아름다움을 느끼게 했다.

퉁겨 날아가는 모습은 약간 어색했다. 처음보다 뒤로 갈수록 빨라졌기 때문이었는데, 그것을 눈치 챌 만한 사람은 없었다.

쿠―웅!

사람들이 요란스럽게 피하는 가운데, 청안신마의 신형은 거대한 북을 울리듯 안쪽 석벽에 부딪쳤다 떨어졌다.

폭발의 불꽃은 아직도 허공에서 일렁이며 광장 안을 비추고 있었다.

진천뢰가 바로 앞에서 터졌는데도, 폭발의 불꽃은 무형의 막에 가로막힌 듯 다우에게 일정 이상 다가오지 못하고 있었다.

다우는 길게 한숨을 내쉬었다.

"하아……."

유검이 중얼거렸다.

"우아… 하고는 거리가 멀어 보이는구나. 게다가 화기라니, 신비의 여 고수와도……."

다우는 시무룩한 얼굴로 대꾸했다.

"쳇, 나도 알아."

불꽃에 비친 그녀의 얼굴은 아름답기 그지없었으나 어딘지 모를 애수가 어려 있었다.

그녀의 시선은 자신을 구하기 위해 황급히 몸을 날렸다가 무형의 막에 가로막혀 다시 땅으로 떨어져 내린 하도광에게 향했다.

왜 생명의 위험을 무릅쓰고 자신을 구하려 했을까?

어쩌면 자신의 모습 위로 딸이 연상되어서일 것이다.

문득 그런 질문과 답이 오가며 아버지란 존재가 떠올랐고, 그 단어에 자신은 그 어떤 형상도 의미도 그려낼 수 없다는 것을 알았다.

본래는 있었어야 할 그런 빈 공간의 허무함이 가슴을 죄이며 알 수 없는 서글픔을 일으켰다.

어쩌면 자신은 유검에게서 아버지의 체취를 느껴보려는 건 아닐까? 문득 그런 생각이 들었다.

자신이 생각해 봐도 조금 낯간지러울 만큼 애교나 어리광을 부리곤 하지 않았던가.

'쳇, 뭐 어때? 흉 볼 테면 보라지.'

그렇게 내심 중얼거리며 유검에게 말했다.

"이젠 내려가자."

"아… 그래야지."

"가슴은 너무 꽉 잡지 말아. 답답하단 말야."

"아… 어쩐지 허리 치곤 조금 굵다 싶었다."

"…내가 뚱본 줄 알아?"

다우의 신형이 천천히 아래로 내려왔다. 꽃잎이 바람에 나부끼듯 부드럽게 치마를 펄럭이며 내려왔다. 마치 하늘나라의 선녀가 내려오는 듯한 모습이었다.

광장 안은 물방울 떨어지는 소리 외에 어떤 소음도 들리지 않았다. 아무도 입을 열 수가 없었던 것이다.

입을 쩍 벌리고 있던 초영영이 그제야 숨을 길게 내뿜으며 중얼거렸다.

"어느 정도 예측은 했었지만… 좀 심하네."

백몽추는 씁쓸히 웃으며 고개를 끄덕였다.

"왠지… 허무해."

잠시 후, 초영영이 물었다.

"근데 저 전설의 거마… 라는 사람, 여긴 왜 왔었댔지?"

"자기를 사칭한 사람 찾으러… 였던가?"

초영영은 석문과 충돌 후 가까스로 몸을 일으키고 있는 청안신마를 보고 말했다.

"그 일을 계속 추궁할 것 같진 않고… 다시 덤빌까?"

"더 이상 노익장을 과시하고 싶지는 않아 보여."

백몽추의 그 말에 초영영은 공감한다는 듯 고개를 끄덕였다.

매대 선생은 여전히 얼이 빠진 모습이었다.

'누군가? 대체 누군가?'

다우를 멍하니 바라보는 그의 머리 속엔 그런 의문만이 소용돌이치고 있었다.

제갈소혜가 다가와 말했다.

"화기가 상당히 특별한 모양이군요. 단 한 수에……."

매대 선생은 잘라 말했다.

"화기는 순 속임수일 뿐이다. 능공허도를 자유롭게 펼치는 것을 보지 못했느냐? 그리고 화기를 던지기 전, 청안신마를 이미 단숨에 제압해 버렸다. 마치 사술처럼."

"아, 그렇군요."

제갈소혜는 그제야 깨달았다는 듯 고개를 끄덕였지만, 애당초 그러한 사실을 몰라서 그렇게 말한 것은 아니었다.

유검의 존재를 혹시나 눈치 챘을까 싶어 돌려 물은 것에 불과했다.

'눈썰미가 예리한 당 장로님도 눈치를 못 채시는구나.'

매대 선생은 길게 한숨을 내쉬었다.

"대체 저 소저는 누구란 말이냐? 아… 내가 물은 것은 아니다. 나도 모르게 내뱉고 말았구나."

제갈소혜가 알 리가 없다는 듯 지레 그렇게 말했다.

매대 선생은 다우를 유심히 관찰하며 말했다.

"저 소저의 드러난 기도가 맑기 그지없는 것으로 보아, 결코 마교나 좌도방파의 인물은 아니다. 참으로 다행이구나."

"예, 다행이에요. …무림공적만 아니라면."

"…무림공적?"

매대 선생은 웃었다.

"저 정도 무공이면……."

그는 말문이 막혔다. 딱히 뒤를 이을 말이 떠오르지 않은 것이다.

"흠… 비교할 대상이 없군. 공포의 대상인 전설의 거마를 단 한 수에 저 지경으로 만들었는데, 대체 누구랑 비교하겠는가. 굳이 비교한다면 이야기 속에서나 나오는 선인(仙人)들… 가만, 정말 선인이 아닐까?"

"어쩌면 그럴지도……."

"그렇다면 혹 어검술(御劒術)도 펼칠 수 있지 않을까? 기로 검을 조정하는 이기어검술(以氣馭劒術)이 아니라 완전히 검과 심령상으로 하나가 되는 어검술 말이다. 백여 장 떨어진 거리에서도 수족처럼 검을 날리고 다루니, 그 반경 내에 든 사람의 생사여탈을 손 안에 쥐노라. 그리하여 생사여의검(生死如意劍)이라고도 불리는 바로 그 어검술을……"

말을 잇던 매대 선생은 자신이 흥분했음을 깨닫고 쓴웃음을 지었다.

"본 가는 암기로 이름나 있다. 사실 따지고 보면 암기의 극치가 바로 어검술이란다. 그게 본 가의 꿈이지. 그래서 나도 모르게 흥분했나 보다. 한 번만이라도 어검술을 볼 수만 있다면 당장 죽어도 여한이 없겠구나."

제갈소혜는 쓴웃음을 지으며 물었다.

"저… 편복도에서 어떤 일이 있었는지 못 들어보셨어요?"

"다들 실종되고, 너희들은 모두 사로잡혔는데 누구에게 듣는단 말이냐?"

"아… 그러셨군요."

제갈소혜는 망설였다. 자신들이 편복도에서 보았던 유검의 무공을 말해 줘야 할지 어떨지.

어검술을 펼치면서 함께 검강을 내뿜어 바다를 휘저으니 거대한 해일이 일더라.

해변에 검을 꽂으니 땅이 갈라지고 이에 편복도를 둘러싼 소용돌이가 일시에 잠잠해지더라.

제갈소혜는 한숨을 내쉬며 침묵하기로 결정했다.

어검술을 한 번 보는 것이 소망인 매대 선생이다. 그러한 그에게 자신도 보지 않았다면 절대 믿지 않았을 그러한 황당무계한 이야기를 아무리 차분하고 객관적으로 말해 준다 한들 사실로 받아들일 리 없다. 분명 멀뚱히 쳐다보며 자신의 정신 상태를 먼저 걱정할 것이 틀림없을 것이다.

매대 선생이 말했다.

"하여간, 무엇을 우려하는진 모르겠다만 저 소저가 무림공적이 되는 경우는 없을 게다. 생각해 보거라. 무림맹의 체면이 달렸는데, 쉽게 해결하지도 못할 놈을 무림공적 따위로 지목해 버리면 난감하기 그지없지. 만만한 놈이나 무림공적으로 지목하여 두들겨 패고 잡아 실적을 올리는 것이지. 하하하……."

매대 선생은 제갈소혜를 무림맹의 차기 군사로 생각하고 있기에 솔직히 그렇게 말해 주며 웃었다.

제갈소혜는 유검을 떠올리며 내심 한숨이 나왔다.

'만만한… 이라니……'

매대 선생은 다우를 가리키며 말했다.

"게다가 저 미모를 보면 어지간한 나쁜 짓을 해도 눈 감아주겠군. 명분이 안 설 게야."

제갈소혜는 흠칫 놀라 물었다.

"설마 면사를 꿰뚫어 보시는 건가요?"

"음? 아……."

매대 선생은 눈살을 찌푸리며 안력을 집중했다. 하지만 일정 거리 이상에서 면사를 꿰뚫어 볼 수는 없었다.

곧 너털웃음을 지으며 말했다.

"뭐, 이 나이쯤 되면 직접 안 봐도 분위기만 보면 알 수가 있지. 허허허."

마교와 대치하고 있는 상황이건만 모든 게 잘될 것 같은 기분에 저절로 웃음이 나왔다.

그러다 문득 기이한 점을 느낀 듯 매대 선생은 다시 눈살을 찌푸리며 다우 주변을 세심히 살폈다.

소맷자락을 슬쩍 떨쳤다. 몇 가닥의 우모침(牛毛鍼)이 그의 손아귀 속으로 빨려 들어가듯 잡혔다.

매대 선생은 우모침을 날려 뭔가를 시험해 볼까 말까 갈등을 했으나 곧 고개를 저으며 우모침을 다시 소맷자락 속으로 갈무리해 버렸다.

'음… 뭔가 이상하군. 뭔가가… 대체 뭘까?

의문 중에 다우가 천천히 꺼내 든 하나의 물건을 보고 그의 두 눈에 예광이 일었다.

"저건… 빙정신소(氷晶神簫)?"

◆第五章
공포의 대마두가 되다

공포의 대마두가 되다

다우는 자신의 손바닥 위에 올려진 기보를 멀뚱히 보고 있었다. 손바닥 크기의 투명한 원반, 가운데는 약간 볼록하다. 다름 아닌 얼마 전 기보 쟁탈전에서 우연히 획득한 바로 그 물건이었다.

유검은 다우에게 말했다.

"진천뢰 대신 다음부턴 이걸 던지거라. 그 이후는 내가 알아서 조정하마. 뭐, 어검술 같은 걸로 치자."

다우는 빙정신소를 위아래로 요모조모 훑어보았다. 횃불이 반사되어 반짝거리고 있었는데, 수천 개의 도깨비불이 원반 안에서 춤을 추고 있는 것 같았다.

다우는 짧게 한숨을 내쉬며 주위를 돌아보았다.

어떤 이는 외경스런 눈으로 자신을 바라보고 있었고, 어떤 이의 두 눈은 공포에 가득 차 있었다. 옛날처럼 징그러운 눈길은 없었지만, 이런 것도 그다지 유쾌하지는 않았다.

"하아… 내가 왜 이런 일을 해야 하는 걸까?"

광장 안은 여전히 정적을 유지하고 있었다.

소수의 몇몇을 빼놓고는 대부분 청안신마가 한 소녀의 일수에 격퇴되어 날아갔다는 기존 상식의 한계가 파괴되는 충격에서 미처 벗어나지 못하고 있었다.

"아침부터 암 것도 안 먹어서 배도 고픈데 말야."

다우가 투덜거리며 행동하길 머뭇거리자, 유검은 그녀를 가볍게 안아주었다.

"걱정 말아라. 난 너의 손이 피로 물들이는 모습은 보고 싶지 않다. 물론 네가 피도 눈물도 없는 그런 악독한 마녀로 보이길 절대 원치 않아. 그래서 저 청안신마도 죽이진 않았잖느냐. 그러니까 걱정 마라. 만약 어쩔 수 없는 경우가 생긴다면, 그땐 내 손으로다."

"이미… 늦은 것 같은데?"

유검은 주위를 돌아보고 그녀의 말이 사실임을 알았다.

"흠……."

"괜찮아. 이 정도는 이미 익숙해져 있으니까."

다우는 마음의 결심을 한 듯 성큼성큼 마교 진영을 향해 걸어갔다.

멍청히 그녀를 바라보고 있던 하도광이 수하들과 함께 뒤를 따랐다. 매대 선생의 명령에 의해 무림맹의 사람들도 병기를 뽑아 들고 당당히 걸음을 전진하기 시작했다.

다우는 마교 진영과 이 장여 거리를 두고 멈춰 섰다.

두려움의 눈으로 자신을 바라보는 그들에게 애써 상냥하게 말했다.

"비켜줄래요? 전 저 석문 안으로 들어가고 싶어요."

아름다운 소녀의 상냥한 목소리가 항상 웃음을 띠게 만들지는 못한다.

사람들은 두려움에 질린 얼굴들이었다.

이때, 호 장로가 뜻을 알 수 없는 기이한 주문을 중얼거리기 시작했다.

"쉬 람마 마하니……."

마교 진영의 다른 사람들도 즉시 따라 부르기 시작했다.

"쉬 람마 마하니 바하 룸미야… 슈—사메……."

주문을 외자, 사람들은 하나같이 도취된 얼굴로 바뀌어갔으며 동시에 두려움도 사라져 있었다.

수십여 명이 동시에 주문을 외우자 그 소리는 묘한 진동을 불러일으키며 광장 안에 메아리쳤다.

쿵! 쿵! 쿵!

마교 사람들은 주문의 박자에 맞춰 병장기를 들고 발을 굴리고 시작했다.

황홀감을 느낀 듯 부르르 몸을 떨기도 했고, 어떤 사람은 괴성을 지르며 발작하기도 했다.

그 모습에 무림맹의 군웅들은 기이한 두려움을 느꼈다. 소림사의 속가제자 한 명이 자신도 모르게 반야심경의 진언을 소리쳐 외웠다.

"옴 마니 반메 훔!"

몇몇 사람이 반복해서 따라 외웠다. 하지만 마교 사람들이 단 하나가 되어 외치는 주문에 파묻혀 버려 그냥 사라져 버렸다.

누군가 갑자기 공포에 질려 외쳤다.

"저놈들이 사술을 부린다! 빨리 쳐 죽이자!"

군웅들은 광기에 사로잡히기 시작했다. 이대로 있다가는 알지 못할 사술에 휘말려 당할지 모른다는 두려움이 크게 일었던 것이다.

무림맹의 군웅들은 흉흉한 눈빛으로 살기를 일으킨 채 저마다 병장기를 움켜쥐며 우르르 달려나가 거침없이 병기를 휘둘렀다.

하도광의 수하들만이 그 자리에서 꼼짝 않고 있었다.

옆에서 동료가 목이 잘리고 피가 튀는데도 마교의 사람들은 보지도 못한 듯 주문을 외우며 무언가에 도취되어 있었다. 그 모습은 무림맹의 군웅들을 더한 두려움으로 몰고 갔다.

"으아아아악ㅡ!"

어떤 이는 악귀가 달라붙는 것 같은 착각에 사로잡혀 죽은 시체를 찌르고 또 찔렀다.

피가 튀었다.

명령을 거치지 않고 광기에 사로잡혀 마음대로 행동하는 수하들의 모습에 매대 선생은 크게 노해 내공을 끌어올려 소리쳤다.

"멈춰라!"

하지만 이미 이성을 잃어버린 군웅들에겐 전혀 소용이 없었다.

기이이이잉ㅡ!

다우의 손에 놓여져 있던 빙옥신소가 빛을 발하기 시작하더니 기묘한 소리를 내었다.

그 소리는 사람들의 심령을 건드렸다. 군웅들은 그제야 이성을 찾은 듯 자신들이 저지른 잔혹한 짓을 보고 흠칫하며 뒷걸음질쳤다.

마교 사람들의 주문은 아무 일도 없다는 듯 여전히 이어지고 있었다.

매대 선생은 즉시 군웅들에게 명을 내렸다.

"다들 뒤로 물러서라! 차후 이 일에 대해 엄중 문책할 것이다."

군웅들은 뒤로 물러섰다.

멍하니 이러한 모습을 바라보고 있던 다우의 두 눈에서는 눈물이 흐르고 있었다.

순식간에 벌어진 일이었다.

평화롭게 해결될 것만 같았는데 자신의 말을 시작으로 갑자기 이런 참극이 벌어지게 될 줄이야.

"왜… 왜……!"

유검은 조용히 그녀의 어깨를 감싸 안았다.

"이들은 적이다. 적의 죽음을 슬퍼하는 것은 지나친 오만이야. 그러니 슬퍼 말거라."

비록 그렇게 말했지만 유검은 자신이 한 말에 스스로도 수긍하지 못했다.

서로가 대립하고 싸우다 목숨을 잃는 것은 강호에서 다반사로 일어난다. 하지만 저항하지 않는 적을 광기에 사로잡혀 도살하는 이런 일에 대체 어떤 의미를 둬야 하는가.

방금까지만 해도 살아 움직이는 자들이 이제는 단순한 고깃덩어리에 불과해졌다. 이렇게 인간의 목숨이 너무도 허망하게 사라져 버리는 것에 다우가 동정을 느껴 슬퍼하는 것도 무리는 아니라고 생각했다.

발단은 순교를 바라는 듯 일시에 터져 나온 마교 사람들의 광기였지만, 본질적인 원인은 저마다 마음속에 품고 있던 까닭 모를 두려움이었을 것이다.

유검은 주위를 돌아보았다.

마교 사람들은 도취된 듯한 모습으로 여전히 주문을 외우고 있었고,

멀찍이 떨어진 곳에 자리한 무림맹의 군웅들은 껄끄롭고도 두려운 얼굴로 그것을 바라보고 있었다.

하도광의 수하들만이 미동도 않고 서서 명령을 기다릴 뿐이었다.

그 모습에 일월교가 마교로 불리워진 까닭을 대략이나마 알 수 있을 것 같았다.

유검은 한 가지 의문을 느꼈다.

사람들은 대체 무엇을 두려워하는 것일까?

'죽음?'

흔히 떠오를 법한 답이지만, 그것만으론 충분하지 않다.

의문은 깊어졌다.

어쩌면 사람들은 정말로 알고 있는 것이 아닐까?

애당초 자신들이 진실로 두려워하는 것은 죽음이 아니라는 사실을. 보이지 않는 어떤 허상의 두려움에 불과하다는 사실을.

진정 죽음 그 자체가 두렵다면, 저 딴 몇 마디 주문을 중얼거린다고 해서 그 공포가 사라질 리 만무하다.

혹시 사람들은 이미 알고 있는 것이 아닐까?

육신의 유무와는 상관없이 자신은 본래 영원한 존재임을.

그리고 스스로 진실을 망각 속으로 집어넣어 버리고, 그 진실을 봉인하기 위해 존재하지도 않는 허상의 두려움이란 하나의 거대한 벽을 만들어놓은 것은 아닐까?

'…왜?'

유검은 모든 열정과 관심을 검에 쏟아 부었다.

과연 무엇을 위해서였던가?

남들보다 강해지고 싶어서는 아니었다.

검을 통해 권력과 재물을 얻고 싶어서는 더 더욱 아니었다.

어쩌면 단지 몰입할 대상이 필요했을 뿐인지도 모른다.

그 몰입과 열정으로 자신이 세워놓았던 두려움의 벽을 베어버리고 싶었던 것이다.

그 벽 너머 실재하는 평화와 아름다움을 알고 있기에.

유검은 생각했다.

자신의 검이 겨누어야 할 대상은, 인간의 마음속에 있는 허상의 두려움 그 자체가 아닐까 하고…….

마교와 무림맹 군웅들의 모습 위로 백몽추 외 세 여인들이 자신에게 보인 반응들이 떠올랐다.

각자가 두려워할 것은 어쩌면 두려움 그 자체뿐일지도 모른다. 그런데 이 두려움이란 애당초 존재하지 않고 보이지 않는 허상에 불과하다. 때때로 대상만 옮길 뿐이다. 남들에 의해 유도되거나 혹은 스스로의 선택에 의해.

사람들은 두려움을 더욱 과장시켜 실체화시키고 싶어한다. 각자 내면에 스스로 만들어놓은 허상의 벽을 어떻게든 외부에서 찾고자 하는 것이다.

그래서 항상 적을 찾아 헤매고, 서로가 서로를 두려워하며 싸운다. 이겼을 때, 그 허상의 두려움이 사라지며 맛보게 되는 한순간의 행복을 위해서.

혹은 완전히 굴복하고 싶어서인지도 모른다. 모든 것을 내맡길 강대한 존재를 바라는 것이다. 최소한 두려움에 맞서 싸워야 하는가, 아닌가 하는 갈등에서 벗어나 마음의 평화는 얻을 수 있으니까.

생각을 이어 나가던 유검은 문득 한 가지 엉뚱한 생각이 떠올라 미간을 찌푸렸다.

"내가… 그런 바보 짓을?"

유검은 자조했다.

"훗, 오만하군! 다른 사람의 마음을 어떻게 아는가? 유검, 넌 아는 게 아무것도 없다는 것을 항상 명심해라."

그러다 다시 팔짱을 끼고 곰곰이 생각해 보곤 고개를 저었다.

"아냐, 어쩌면 뜻밖에도 제법 쓸 만한 생각일지도 몰라."

혼자 뜻 모를 소리를 중얼거리며 한참 동안 생각해 보던 유검은 드디어 뭔가 스스로 납득한 듯 고개를 끄덕였다.

"어차피 난 바보였다. 또 하나 바보 짓이 추가된다고 해서 더 이상 나빠질 것은 없지."

실수할 수 있는 권리는 누구에게나 있다고 중얼거림으로써 유검은 조금 더 강하게 자신을 납득시키려 했다.

유검은 다우에게 다가가 귓가에 대고 속삭였다.

"자, 신비의 여 고수 편은 끝이다. 다시 착하고 예쁜 소녀로 돌아가려무나."

다우는 눈만 말똥거렸다.

우르릉—

갑자기 동굴 안 광장 전체가 뒤흔들렸다. 매달린 종유석이 우르르 떨어졌다.

마교 녀석들을 어떻게 처리할지 난감해하고 있던 매대 선생이 흠칫하며 주위를 돌아보았다.

"…지진?"

쩌적―

광장 중앙의 바닥이 갈라지더니 갑자기 돌덩이가 사방으로 튀어 올랐다.

와아아앙―!

기괴한 진동음이 동굴 안을 휘몰아쳤다.

바람도 없는데 횃불이 금방이라도 꺼질 듯 마구 춤추고 있었다.

광장 한가운데, 흙먼지 속에 한 괴인이 천천히 몸을 일으키고 있었다. 산발한 머리카락, 얼굴은 어둠에 가려진 듯 희미했으며 그의 두 눈에선 보기에도 섬뜩한 녹광이 일렁거리고 있었다.

그의 존재감은 대단하여 사람들의 이목이 일제히 그곳으로 집중되었다. 마교 사람들의 주문 소리마저 그쳐질 정도였다.

괴인은 주위를 둘러보며 으르릉대듯 외쳤다.

"누가 감히 본좌의 잠을 깨우는가!"

고막에 직접 대고 울리는 듯한 목소리였다. 사람들은 휘청거리며 양손으로 귀를 막았다.

사람들은 의문과 경악 속에 괴인을 바라보았다.

괴인은 주위를 두리번거리다 다우를 보고 외쳤다.

"호오~ 괜찮은 계집이 있었군."

말과 함께 다우를 향해 손을 쭈욱 뻗었다. 보이지 않는 힘에 의해 그녀의 신형이 끌려왔다.

"꺄아악―!"

허공으로 이끌려 가자 다우는 깜짝 놀라 지니고 있던 진천뢰를 마구 던졌다.

이때 귓가에 유검의 전음이 들려왔다.

―나야, 나! 미리 말했잖아!

"아……!"

그제야 다우는 얌전히 저항을 포기했다.

진천뢰는 괴인의 근처에 이르자 저절로 폭발했다.

우르르― 쾅! 쾅! 하는 폭발 속에서도 괴인은 멀쩡했다.

괴인은 다우를 한 팔로 끌어안으며 광오한 모습으로 소리쳤다.

"흥, 이딴 것으론 날 어찌할 수 없다."

그리고 한 손으로 다우의 목덜미를 잡고 들어 올리며 음산하게 소리쳤다.

"크크크, 제법 예쁘군. 널 나의 종으로 삼겠다!"

그러면서 사람들의 눈치를 살폈다.

'이 정도면 조금… 효과가 있을려나?

청안신마를 한 수에 물리친 신비의 여 고수가 일체 저항도 못하고 허공섭물로 끌어당겨지다니.

사람들은 유검이 생각했던 것 이상으로 놀라고 있었다.

하도광이 거대한 도를 바닥으로 쾅! 내려치며 괴인을 향해 눈을 부라렸다.

"감히! 그 소녀를 내놓아라!"

말과 함께 한 걸음 다가서니 그의 수하들이 일제히 움직였다.

괴인은 내심 미안합니다, 중얼거리며 소맷자락을 휘둘렀다.

거대한 기운이 해일처럼 밀려갔다.

철혈문의 수하들은 그 기운을 감당 못해 나뒹굴며 데굴데굴 뒤로 굴러갔다. 하도광만이 도를 바닥에 꽂은 채 가까스로 버티고 있었다.

"네놈!"

하도광이 버럭 소리를 지르며 도를 움켜쥐고 달려들려 하자, 다우가 황급히 말했다.

"제발 물러서 주세요. 저 때문에 이… 나쁜 놈에게 목숨을 잃을 필요 없답니다."

유검은 목적한 바가 있지만 그래도 그의 체면을 뭉개고 싶진 않았기에 제발 그렇게 해주십시오, 라며 내심 함께 부탁했다.

하도광은 흠칫하며 망설였다.

유검은 하도광이 딴 짓을 하기 전에 서둘러 주위에 대고 공표했다.

"너희들은 세상에 나가 알려라. 본좌가 이제부터 강호로 나갈 것임을. 모두 두려워하며 항복하라! 내게 굴복하지 않는다면 나의 손은 피마를 날이 없으리라! 크하하하하—!"

목소리는 광장 안을 웅웅 메아리쳤다.

난데없는 그 말에 사람들은 멍하니 있을 뿐, 그 어떤 반응도 없었다.

유검은 내심 고개를 갸웃거렸다.

'너무… 서둘렀나? 아님, 조금 어정쩡했나?'

매대 신생이 의아한 일굴로 포권을 취하며 물었다.

"본인은 무림맹의 당여호라 하오. 강호의 친구들이 매대 선생이라 부르고 있습니다. 귀하는… 대체 누구시오?"

유검은 그와의 대화를 피했다. 서툴게 말했다간 본색이 드러나고 말 테니까.

대답 대신 한 손을 쭉 뻗었다.

간신히 몸을 일으켜 운기조식 하고 있던 청안신마가 허공을 날아 끌려왔다.

그가 입고 있던 황금색 장포는 검게 그슬려져 있었고 머리카락도 다타버려 고슬고슬해져 있었다.

청안신마는 얼굴을 찌푸리며 입을 열었다.

"네, 네놈은 누구……."

짜자작―!

청안신마가 말을 미처 꺼내기도 전에 유검의 손바닥이 그의 뺨을 십여 차례 왕복했다.

"네놈이 꼬마일 때 나를 보고 그 후론 보지 못했으니 기억 못하는 것도 무리는 아니다. 허나, 네녀석의 사부도 나를 보면 오체복지하는데, 감히 눈을 부라리다니!"

삽시간에 청안신마의 두 뺨이 빨갛게 부풀어 올랐다.

그 모습에 매대 선생은 감히 더 이상 묻지 못했다.

'청안신마보다 배분이 훨씬 높다는 말인가? 대체 누굴까? 난 왜 그런 인물을 전혀 기억 못하는 것일까?'

없는 인물이니, 그가 기억을 못하는 것은 당연한데도 자신의 기억력만 탓하고 있었다.

유검은 청안신마를 보고 눈을 부라렸다.

"괘씸한 네 녀석의 행동을 보자면 당장 쳐 죽여야겠으나, 네놈이 쓸만한 것 같으니 나의 수하로 삼겠다."

그 한마디에 자존심 강한 청안신마가 순순히 굴복할 리 없었다.

"흥, 미친놈! 내 몸이 성했다면 네 녀석 따위야……."

이때부터 무차별 구타가 시작되었다.

퍼퍽―! 퍼퍼퍼퍽!

광장 안은 조용했고, 조용히 두들겨 패고 맞는 소리만이 울려 퍼졌다.

사람들은 점차 괴인을 두려운 눈으로 바라보기 시작했다. 너무 황당하게 나타났기에 미처 인식하지 못했으나, 청안신마가 두들겨 맞는 것을 보고 차차 생각을 정리할 수 있었던 것이다.

그들의 생각은 차츰 하나의 결론으로 치닫고 있었다.

눈앞에 나타난 괴인이야말로 가장 두려워할 만한 존재다.

그러한 신념은 너무도 확고해서 그런 그에게 걸린, 본래 두려움의 대명사였던 청안신마가 불쌍하게 느껴질 정도였다.

청안신마는 결국 맞고 맞다가 기절하고 말았다.

"흥, 조금 있다가 본격적으로 손을 봐주마. 감히 내게 반항을 하다니!"

사람들은 질렸다. 본격적이라면 대체 어느 정도일까 하는 호기심마저 일 정도였다.

괴인은 다우를 한 손으로 품은 채 뚜벅뚜벅 걸어서 마교 진영으로 갔다.

사람들은 바다가 갈라지듯 좌우로 쫘아악 비켜났다.

조금 전 다우와 무림맹의 군웅들이 다가올 때는 분명한 적이라는 인식이 있었다.

여길 무림맹으로부터 지켜야 한다는 상부의 명령은 반드시 따라야 하기에, 다가오는 그들에 대한 두려움을 이기기 위해 진언을 외우며 스스로 순교의 길을 택했다.

하지만 괴인으로 변장한 유검의 경우, 저항은 엄두도 나지 않을 만큼 강력한 존재이지만, 그의 비위만 거슬리지 않는다면 굳이 자신들을 해칠 것 같지 않다. 즉, 아직 뚜렷하게 적이라는 판단이 서지 않는 것이다.

분명한 것 하나는 단지 두려운 존재라는 것.

유검은 호 장로 앞으로 가 섰다.

"네놈은 누구냐?"

"저, 전… 이, 일월교에서 하찮은 직책을 맡고 있는 호가라 합니다."

호 장로는 지극히 겸손하게, 자신을 낮춰 그렇게 대답했다.

"일월교? 지금 교주는 몇 대인가?"

"치, 칠 대……."

"그런가? 많이 흘렀군. 금방 생겨난 것 같더니……."

"보, 본교를 아십니까?"

"당연하다. 날 따라다니던 꼬맹이 중 하나가 일월교 교주가 되었으니까. 수정궁을 아느냐? 여기 장백산에 자리한……."

수정궁 이야기가 나오자 호 장로는 깜짝 놀랐다. 일월교 내에서 극소수의 수뇌부만이 알고 있는 기밀 사항인 수정궁에 대해 이야기가 나오자 안절부절하며 말을 더듬었다.

"그, 그 이야기는 제발 여기서는… 그런데 그 이야기를 아시다니… 혹시……."

"알 만한 사람은 정해져 있지 않은가? 이제 내가 누군지 알겠느냐?"

호 장로의 두 눈이 점차 커져 갔다.

"서, 설마……."

"네 짐작이 맞다. 허나, 나의 신분은 일체 발설하지 말라."

유검이 눈을 부라리자 호 장로는 공손히 고개를 조아렸다.

그러면서 내심 고개를 갸웃거렸다.

'대체… 누굴까?'

그는 여전히 괴인의 정체를 짐작하지 못했다. 그럼에도 그가 아는 척 반응한 것은, 수정궁 이야기까지 나왔는데도 만약 모른다고 했을 경우 일월교의 기밀이 새어 나올까 하는 우려 때문이었다. 또한 괴인에게 청안신마처럼 무차별 구타를 당하지 않을까 하는 두려움이 일어서였다.

수하들 앞에서 저런 비참한 모습이 된다는 것은… 죽는 것보다 몇 배는 두려운 것이었다.

유검이 다시 광장 중앙으로 떠나고, 암혈객이 다가와 대체 누구냐고 물었을 때, 호 장로는 두려운 듯 짐짓 몸을 부르르 떨며 알면 다치니까 일체 모른 척하라고만 말할 뿐이었다.

그는 내심 머리가 복잡해졌다.

'본교의 상황이 복잡하게 되어가는구나. 전대 교주와 현 교주와의 암중 다툼이 끝나기도 전에 전혀 새로운… 아니, 전대의 고수가 나타나다니…….'

그는 내심 저 괴인이 나타났음을 빨리 총단에 알려야 한다는 조바심이 났다.

그의 입장에서 괴인은 적 아닌 적이었다.

괴인의 모습을 한 유검은 무림맹의 군웅들을 향해 외쳤다.

"너희 무림맹은 들으라. 본좌가 조만간 찾아갈 것이니 항복 준비를 하고 기다려라. 만약 내게 굴복하지 않을 시, 너희들은 이 세상에서 소멸될 것이다."

다들 아무 소리 못하고 조용히 있는데, 백몽추가 발끈해 나섰다.

"광오하기 그지없군요. 당신이 무슨 천신(天神)이라도 되는 양 착각하는 건가요? 당장 유공자가 나타나면 당신은 꼬리를 말고……."

제갈소혜가 그녀를 황급히 끌어당겼다.

"왜 이래? 놔, 놓으라구!"

하지만 그녀의 귀에 대고 몇 마디 하자 백몽추는 갑자기 고분해졌다.

세 여인은 서로 머리를 맞대고 소곤거렸다.

백몽추는 돌아서더니 갑자기 검을 뽑아 들었다.

"하여간 네 녀석을 용서할 수 없다!"

그렇게 소리치며 훌쩍 괴인을 향해 몸을 날렸다.

매대 선생이 놀라 소리쳤다.

"추아야!"

백몽추는 괴인 근처에 이르자 갑자기 멈춰 서더니 부르르 몸을 떨었다.

쨍그랑—

검을 떨구고 멍하니 괴인을 바라보더니 날아오를 듯한 대례를 올렸다.

"주인님을 뵈옵니다."

초영영과 제갈소혜가 한꺼번에 몸을 날렸다.

"무슨 짓을 한 것이냐!"

하지만 두 사람 모두 백몽추와 마찬가지로 괴인 근처에 이르자 멈춰서서 부르르 몸을 떨었다. 그리곤 약속이라도 한 듯 함께 검을 떨구고 날아오를 듯 큰절을 했다.

"주인님을 뵈옵니다."

유검은 멍하니 그 모습을 보고 있는데 다우가 옆구리를 몰래 꼬집으며 전음으로 말했다.

—나 한텐… 저런 거 하지 마."

─나… 아무 짓도 안 했어!

세 여인은 조용히 걸어오더니 괴인의 양 옆으로 섰다. 옆을 스칠 때 백몽추가 몰래 한쪽 눈을 슬쩍 감아 보였다.

'대체 무슨 생각이지? 날 알아본 것 같은데… 내 연기가 그렇게도 엉성했나?'

매대 선생은 놀라 멍하니 보고 있다. 그제야 상황을 깨닫고 노해 소리쳤다.

"대체… 무슨 짓을 한 것이오!"

유검은 애써 앙천광소를 터뜨렸다.

"우하하하하─!"

내심 불만을 터뜨렸다.

'젠장, 치사하고 호색한 놈까진 되고 싶지 않았는데…….'

유검은 그를 향해 외쳤다.

"이 계집들도 보기 그럴듯하니 내 종으로 삼겠다!"

그리고 시선을 무림맹의 군웅들에게 두며 중얼거리듯 말했다.

"다른 남자 놈들은 별로 쓸 만한 놈이 보이지 않는군. 모두 정신을 돌게 만들어 강아지 흉내나 내게 만들어볼까?"

방금 세 여인이 갑자기 변한 것을 보았기에, 그 말은 허언으로 들리지 않았다.

누구부터 해볼까? 라는 식으로 두리번거리자 시선을 받은 자들은 한결같이 몸을 부르르 떨었다.

싸우다 죽는 것이라면 몰라도, 강아지 흉내라니!

유검은 다우를 내려주었다. 세 여인들 덕분에 굳이 강제로 안고 있다는 식이 될 필요가 없어진 것이다.

유검은 천천히 마교 쪽으로 다시 향했다. 다우와 세 여인은 그 뒤를 따랐다.

마교 사람들은 주춤거리며 다시 길을 열어주었다.

적도 아니고 아군도 아니다. 단지 두려운 존재다. 피해야만 한다. 그들은 그렇게 인식했다.

유검은 다우에게서 빙정신소를 건네받아 석문을 향해 던졌다.

휘리리링―

은 쟁반 위로 옥 구슬 굴러가는 소리와 함께 투명한 원반은 빛을 뿌리며 석문에 부딪쳤다.

쿠아앙!

꽹음을 내며 석문은 우르르 무너져 내렸다.

유검은 염두에 두고 있었다.

무공 그 자체의 위력으로 사람들은 두려워하지 않는다. 어디까지나 그 두려움을 인식 가능한 범위 내에서 펼쳐야 한다.

빙정신소를 다시 받아드는 괴인의 모습에 마교의 사람들은 아무 소리를 못하고 호 장로만 바라보았다. 그가 이곳에서 가장 우두머리이기에 목숨 걸고 막아야 할지 어떨지 그의 결정을 묻는 것이다.

호 장로는 갈등하다 내심 정했다.

'불가항력… 으로 하자.'

일단 마음이 정해지자 가려져 있던 가능성들의 문이 일시에 열렸다.

눈앞의 괴인은 수정궁의 기밀을 알고 있다.

그렇다면 외인은 아니다. 어쩌면 교내 파벌 싸움에서 밀려난 전대의 후계자 중 하나일지도 모른다. 그렇다면 다시 힘을 키워 교주 자리를 빼앗을 자격이 있다.

괴인의 능력을 보건데 일월교 내 대세를 장악할지 모른다.

그렇게 되면 자신도 자연적으로 그의 수하가 된다.

이왕 그렇게 될 것이라면…….

'일단 잘 보이자!'

장로의 신분임에도 이런 오지에 갇혀 있는 신세다. 가족들과 제자들의 생명, 그리고 한평생 쌓아온 교내에서의 신분을 지키기 위해 죽음마저 불사하라는 명령에 어쩔 수 없이 따르곤 있지만, 만약 괴인이 교내를 장악하는 데 일 등 공신이 된다면…….

두려움은 기대로 바뀌었고, 모든 상황이 위기가 아니라 기회로 느껴졌다.

호 장로는 손짓으로 사람들을 뒤로 물렸다.

무림맹의 군웅들은 차마 뒤따라가지 못하고 있었다.

필사의 각오로 달려들다가 갑자기 멈춰 서서 멍멍! 개 짖는 소리를 하고 한쪽 발을 든 채 오줌 누는 모습을 상상하니 도저히 대항할 엄두가 나지 않는 것이다.

담대하기 그지없는 하도광마저도 식은땀만 흘리며 차마 달려들지 못하고 있었다.

매대 선생은 연신 한숨만 내쉬며 어떤 명령도 내리지 못하고 있었다. 그의 흰머리가 는 것 같았다.

석문 안으로 들어서자 장방형으로 다듬어진 석실이 있었는데 빛이 들지 않아 어둡기 그지없었다.

유검의 손에 들린 신정빙소에서 빛이 일자, 그제야 석실 안의 정경이 눈에 들어왔다.

벽에는 관들이 줄지어 서 있었다.

청력을 끌어올리니 관 안에서 사람들의 가는 숨소리와 심장 소리가 들려왔다.

눈짐작으로 관의 숫자를 헤아려 보던 제갈소혜가 나직이 전음으로 유검에게 말했다.

—열 개 정도가 빈 것 같아요. 마교 사람들이 무림맹의 눈을 속이고 따로 빼돌릴 여유는 없었으니, 분명히 이 석실로 옮겨진 후 다른 곳으로 빼돌려진 것이 틀림없어요.

유검은 힐끔 그녀를 보았지만 아무런 대꾸도 하지 않았다.

호 장로가 총총걸음으로 다가와 공손히 말했다.

"본래 이 안에는 만근의 화약이 장치되어 있습니다. 마지막까지 저항하다가 무림맹의 정예가 이곳으로 몰려들면 제가 이곳을 폭파시키려 했지요."

그 말은 섬뜩하기 그지없었다.

제갈소혜가 한숨 쉬듯 전음으로 말해 왔다.

—결국… 이 사람들은 애당초 죽기로 약속되어 있었던 거군요. 이들의 상부에서 원했던 것은 열 명 정도의 기재였으며 목적은 이미 달성한 것 같군요. 이들이 기다리고 있던 원군은… 아예 없었던 거예요. 단지 시간 끌기로 이용되었던 거지요. 즉, 아랫사람들은 아무것도 모른 채 죽음만 기다리는 신세였던 거예요.

유검은 묵묵히 석실 안을 둘러보다 갑자기 음흉하게 웃으며 소리쳤다.

"흐흐흐… 난 이 방이 마음에 든다. 오늘 하룻밤 여기서 이 계집들과 재미를 봐야겠으니 이 따위 우중충한 관들은 빨리 밖으로 치워 버려라."

호 장로는 난색을 표했다.

"저 관들을 밖으로 끄집어낼 경우에… 저……."

"참고로 말해 주지. 난 예상외로 피 냄새를 싫어한다. 그래서 죽일 땐 아예 태워 죽이지. 피 냄새보단 고기 굽는 냄새가 훨 낫거든."

"……."

관을 밖으로 가지고 나가게 되면 반드시 무림맹과 부딪치게 될 것이다. 싸우면 피를 흘리게 되는 것은 당연지사, 피비린내가 나지 않을 수 없다.

진퇴양란의 곤란한 주문에 호 장로는 망설이기만 했다.

그 모습에 유검은 내심 중얼거렸다.

'우유부단한 사람이군. 너무 심한 모습은 보여주지 않는 게 나을 것 같은데… 어쩔 수 없지.'

유검은 한 발을 굴렀다.

쿠우웅―!

동굴 전체가 흔들리는 것 같았다.

그 진동과 함께 벽에 기대어 있던 관들이 퉁기듯 허공으로 솟구쳤다.

유검이 손짓으로 석문 바깥을 가리키자 관들은 일제히 밖으로 날아가기 시작했다.

그 모습은 일대 장관이었다.

쿠쿵 쿠쿠쿵―!

광장 중앙에 관들이 쌓여 삽시간에 산을 이루었다.

멍하니 그것을 바라보고 있던 호 장로는 갑자기 석실 밖으로 퉁겨졌다.

유검은 손바닥으로 석실 벽을 쳤다.

장심을 통해 웅후하기 그지없는 진력이 쏟아져 나가 주변 암석들을 뒤흔들어 놓았다.

와르르—

석문이 있던 곳으로 바위가 쏟아져 내렸다. 그럼으로써 바깥 세계와 단절되었다.

"후아……."

유검은 힘들었다는 듯 어깨를 축 늘어뜨리고 한숨을 내쉬었다.

아직 모습은 산발에 어둠에 가려진 얼굴, 그리고 무시무시한 녹광이다. 그런 모습으로 힘없이 어깨를 늘어뜨리고 한숨을 내쉬자 우습지는 않은데 이상하게도 웃음이 나오는 그런 꼴이 되고 말았다.

세 여인은 킥킥거리며 숨죽여 웃었다. 다우는 한심해 보인다는 듯 고개를 절레절레 흔들었다.

유검이 흠칫하며 다시 어깨를 쫙악 펴자, 백몽추가 키득거리며 말했다.

"그만둬요. 이미 그대가 누군지 알고 있으니까 감출 필요 없어요."

"대체 무슨 짓입니까? 자칫했으면……!"

유검은 화를 내려다 그녀들의 도움이 컸음을 기억하곤 다시 힘이 빠진 얼굴로 한숨을 내쉬었다.

하지만 다시 화가 나서 소리쳤다.

"당신들이 괜히 그런 짓을 하는 바람에 내보내 줄 수 없게 되어버렸잖습니까? 어떡할 겁니까?"

백몽추가 감탄하며 말했다.

"감정이 무척 변화무쌍하군요. 금세 화냈다 한숨 쉬다 또 화내고……."

다우는 어깨를 으쓱거렸다.

"덕분에 항상 즐겁답니다."

백몽추가 다시 입을 열었다.

"근데 바깥의 일은……."

유검은 꽝! 석벽을 두들기며 그녀들에게 소리쳤다.

"나도 전지전능한 신은 아닙니다! 저 정도는 알아서 처리하겠지요! 게다가 저에겐 할 일이 있어요!"

"누가 뭐래요? 저도 매대 선생이 계시니 알아서 잘 처리될 거라고 말씀드리려 했던 것뿐인데……."

"……."

다우가 조용히 말했다.

"이제 그만 본 모습으로 돌아와. 보는 사람도 없잖아."

"흠… 좋아!"

그다지 변장한 것은 아니었다.

머리는 풀고, 얼굴 쪽으로 빛이 들어오는 것을 막아 어둡게 보이게 하고, 간경의 목 기운을 끌어올려 두 눈에 녹광이 어리겠끔 했을 뿐이었다.

그 정도만으로도 무시무시한 대마두 역할을 하기엔 충분했다.

본 모습을 회복한 유검이 팔짱을 끼며 세 여인에게 물었다.

"그런데 나인 줄 어떻게 알아본 것입니까? 연기가 그렇게 엉성했나요? 사부에게 제대로 배운 것 같았는데……."

제갈소혜가 말했다.

"애당초 말이 안 되는 설정이었어요. 그런 이상한 괴인이 갑자기 무덤에서 일어난다, 그것도 황당할 정도의 무공을 지니고. 누가 보더라도 이상하지 않나요?"

초영영이 한마디 거들었다.

"그리고 만약 진짜 대마두였다면 최소한 몇 명의 목숨을 아무렇지도 않게 빼앗았을 겁니다. 피를 흘리지 않고 진짜 마두 행세가 가능하다고 보세요?"

그나마 최선이었다고 내심 항변하는데, 백몽추가 조용히 말했다.

"안 나타났으니까요."

백몽추는 다우를 힐끔 바라보며 말을 이었다.

"자신의 여자가 위험에 처했는데… 안 나타날 사람으론 보이지 않았으니까."

"……"

유검이 풀이 죽어 있자, 백몽추는 위로하듯 말했다.

"너무 걱정 마세요. 다른 사람들은 그럭저럭 속아넘어간 것 같으니까."

유검은 그녀들의 도움이 있었기에 자신의 허술한 연극이 의문의 여자를 미리 빼앗고 어색함을 무마시킬 수 있었음을 새삼 자각했다. 최소한 입을 열어 자신의 정체를 노출시키지 않은 것만으로도 충분한 도움이었다.

'고맙다는 인사를 해야 하나? 그러기엔 뭔가 좀 이상한 것 같은데……'

유검은 묵묵히 있다가 다시 입을 열었다.

"마두 행세를 한 까닭은……"

"설명하지 않아도 돼요. 어차피 말도 안 되는 이유일 테니까요."

"……."

"뭐, 결과만 좋으면 된 거죠."

백몽추는 이어 말했다.

"우리가 도와주겠어요. 뭘 계획하는지는 말씀 안 하셔도 돼요."

"왜 나를……?"

그녀는 방긋 웃으며 말했다.

"우리들에게도 꿈이 있어요. 하지만 이뤄질 수 없는 꿈이지요. 아니, 어쩌면 무엇을 꿈꾸었는지도 모르고 있었어요. 여태까지 우리의 꿈은 다른 사람들의 기대에 의해 저절로 정해져 버렸거든요. 가문이나 사문의 명예를 위해서라던가… 등등……."

백몽추는 내심을 털어놓는 것이 조금 부끄러운 듯 몸을 돌려 석실 안으로 걸어가며 말을 이었다.

"남자들은… 그나마 자신의 힘으로 우뚝 서서 강호에 이름 석 자를 떨쳐 보겠다던가, 혹은 협객행을 하겠다던가, 혹은 터무니없는 야망을 가져 보기도 한다지만… 우리들은 결국엔 좋은 남편을 만나 행복한 가정을 꾸민다는 미래만이 있어요. 물론 그것도 나쁘진 않지만… 최소한 우리 손으로 뭔가를 선택해 보고 싶어요. 좋든… 싫든……."

그녀는 빙글 몸을 돌려 말했다.

"당신과 함께 있으면 무슨 큰 변화가 올 것 같아요. 이상한 기대감이 들어요. 좋든… 나쁘든… 아마 큰 변화겠지요? 우린 그걸 기대하는 거랍니다."

제갈소혜가 차분한 어조로 그녀의 말을 이었다.

"사실 현 무림맹은 너무 정체되어 있습니다. 각 문파 역시 자파의 이익에만 눈이 멀어 다 함께 강호의 평화를 지키자는 명분에는 대충 생색만 내는 정도지요. 무슨 변화가 필요한 건 사실이에요."

"흠……."

유검이 고개를 끄덕이자 제갈소혜는 차가운 얼굴에 미소를 띠었다.

"…라곤 하지만 그런 이유론 저도 납득 못하겠군요."

유검은 다시 고개를 끄덕일 수도 없어 미간만 찌푸렸다.

그녀는 말을 이었다.

"사실 마교와 싸우자고는 하는데, 대체 무엇을 위해 싸워야 할지 명분을 못 찾겠어요. 마교마교 하지만 그들의 언행이 괴이해서 그렇지, 딱히 무슨 커다란 악행을 저지르는 것도 아니고, 일반 사람들 대상으로 포교하는 정도인데… 민심을 교란시킨다는 명목으로 황실에서 마교로 지정하자 이때다 싶어 그것을 핑계로 누군가가 무림맹을 만들어 버린 거지요. 황실의 눈에 벗어나긴 싫으니까 이름 있는 문파는 엉거주춤 끼어들게 된 것이구요."

"……."

"뭔가 이상하지 않나요? 그렇게 이상한 이유로 싸우기 시작했는데… 일단 서로 검을 들고 싸우다 보니까 은원이 눈덩이처럼 불어나 버려서 이젠 물러설 수 없게 되어 버렸어요. 애당초 아무런 문제도 없는데, 문제있다고 우기고 싸우니까 진짜 문제가 생겨나 버린 거예요. 한심하죠?"

유검은 이번에는 고개를 끄덕여도 되겠다 싶어 고개를 끄덕였다.

제갈소혜는 웃으며 말했다.

"피 흘리며 목숨까지 바친 대협객들이 이런 제 말을 들었다면 눈을 부라리시겠죠. 이런 말을 해야 하는 저 자신도 한심해요."

제갈소혜는 말을 계속 이어 나갔다.

"이번에 마교에서 뭘 생각하는진 몰라도 각 파의 기재들을 한꺼번에 납치해 버렸어요. 무림맹에선 이걸 기회다 싶어 마구 각 문파를 다그쳐 전력을 끌어 모으겠지요."

차가워 딱딱해 보이는 그녀의 얼굴에 아련한 슬픔이 어렸다.

그녀는 길게 탄식했다.

"하아… 강호는 점차 피비린내로 물들어 버릴 겁니다. 이대로라면요. 다시 원점으로 돌리고 싶어요. 그게 안 되더라도 최소한… 그 변화의 물줄기를 바꾸고 싶어요. 언젠가 쓸데없이 피를 흘리지 않는 그날의 강호를 위해……."

제갈소혜는 유검의 두 눈과 정면으로 마주 보며 단호하게 말했다.

"그 물줄기의 방향을 바꿀 만한 능력이 있는 사람은 안타깝게도 당신뿐입니다. 이 정도면 돕고 싶어하는 이유로 납득이 되나요?"

묵묵히 듣고 있던 유검은 차분히 물었다.

"제가 무엇을 계획하고 있는지 알고 계십니까? 그것을 알지 못하면서 어떻게……."

"상관없어요."

제갈소혜는 단호히 고개를 저었다.

"전 항상 제가 똑똑하다고 생각해 왔어요. 그게 사실이긴 하지만……."

"……."

"전 항상 머리를 굴리고 생각에 젖어 살기 때문에 알아요. 논리와 생각으로 알 수 있는 것이 얼마나 사소하고 작은 부분에 불과한지를. 말씀드렸다시피 전 아주 똑똑해요. 그래서 진정 커다란 앎은 따로 있다는 것 정도는 알아요."

유검은 그녀의 눈빛을 피하지 않고 말했다.

"저 역시 아무것도 모릅니다."

"알고 있어요."

제갈소혜는 그녀답지 않게 또 웃었다.

"괜찮지 않나요? 무슨 일이 일어날지 모른다. 전혀 의외의 일이 일어난다. 정말 가슴이 두근거려져요. 만약 세상이 생각했던 대로만 흘러간다면… 전 숨 막혀 자살하고 말았을 거예요."

유검의 시선은 천장으로만 시선을 돌리고 있던 초영영에게로 향했다. 혹, 그녀도 무슨 할 말이 있을까 싶어서였다.

그녀 역시 퉁명스럽게 한마디했다.

"나도 동감. 재있을 것 같으니까."

"……."

유검은 팔짱을 끼고 천장을 바라보며 긴 생각에 잠겼다. 한참 후에야 한숨을 내쉬며 말했다.

"알고는 있습니까? 전 그대들의 생명을 보장해 드릴 수 없습니다."

세 여인은 까르르 웃었다.

백몽추가 웃음을 금치 못하며 말했다.

"우릴 너무 무시하시는군요. 설마 하니 우리를 강호가 어떤 곳인지 모르는 규중처자(閨中處子)로 생각하시나요?"

유검은 그녀들의 결심이 결코 가볍지 않음을 알았다.

대마두의 미혼술에 걸려 이끌려 갔다는 것이 강호에 소문이 나면 가문 및 사문에서 바라보는 눈초리가 곱지 않을 것이고, 혼삿길도 막혀버릴 것이다.

한평생 사람들의 소곤대는 비난도 감수해야 할 것이다.

유검은 탄식하며 말했다.

"아쉽군요. 그대들이 남자였다면……."

세 여인은 웃으며 동시에 입을 열었다.

"어머? 그거 편견 아닌가요?"

"사부에서 친구로 바뀐다면, 우리 출세한 거네?"

"말술을 마셔야지. 이때는!"

유검은 씁쓸히 중얼거렸다.

"조금은 덜 미안했을 텐데……."

그 말과 함께 유검과 다우의 신형은 아래로 쑤욱― 꺼져 버렸다. 빙정신소의 빛도 함께 사라져 석실 안은 삽시간에 어둠에 휩싸여 버렸다.

바닥이 뚫리며 생긴 바위 덩어리들이 물속으로 풍덩풍덩 빠지는 소리가 들렸다.

석실 안은 곧 침묵이 내려앉았고 수로를 흐르는 물소리만이 들려왔다.

세 여인은 망연자실, 아무 말도 못하고 그대로 얼어붙어 있었다.

오랫동안…….

*　　　　*　　　　*

한 치 앞도 보이지 않는 짙은 어둠 속, 유검은 다우를 품에 안고 원형의 둥근 공기 막에 감싸여진 채 수로의 거센 물줄기에 자연스레 몸을 내맡기고 있었다.

"후아~ 위험했다, 위험했어!"

유검이 안도의 한숨을 내쉬자 다우는 머뭇머뭇 혼잣말처럼 중얼거렸다.

"나… 아무 말도 안 했는데……."

"바보! 그러니까 더 위험하지."

"……."

다우는 아무 말도 하지 않았다.

유검의 가슴에 얼굴을 묻고 있었는데, 자신도 모르게 미소가 지어졌다.

그녀들의 이야기를 듣다 보니, 충분히 이해가 갔고 틀림없이 함께 행동하게 될 것이라 여겨졌다. 어쩔 수 없는 일이라며 내심 스스로를 다독거렸다.

그런데 뜻밖에도…….

유검이 너무한 것인지 아닌지 알 수 없었다.

옳은지, 그른지 역시 알 수 없다.

하지만 이러한 유검의 행동에 어쩐지 마음이 따뜻해져 왔다. 예뻐질 것 같은 기분이었다.

이러한 조그만 기쁨이 자신의 이기심에서 비롯된다는 것을 알고는 있지만, 그래도 행복했다.

그녀들을 생각하면 웃으면 안 된다고 내심 중얼거리면서도 자꾸만 미소가 지어졌다.

어둠 속이라 웃는 자신의 모습이 감춰져 다행이라 생각했다.

다우는 문득 생각난 것이 있어 물었다.

"아참, 근데 그 석실 안에 갇혀 있게 되잖아. 그대로 둬도 돼? 숨 막혀 죽을지도 모르잖아."

"무림맹이 무슨 오합지졸 잡배의 무리도 아니고… 세 명의 기재들이 눈앞에서 잡혀갔는데 그냥 도망칠 것 같아? 어떻게든 무너진 동굴을 파서 구해내겠지."

다우는 고개를 끄덕이다 조심스럽게 물었다.

"근데… 왜 거절한 거야? 다들 똑똑하니까 도움이 될 텐데……."

유검은 투덜거리며 말했다.

"세상에 남의 계획도 제대로 알지 못하면서 무조건 돕겠다는, 그러면서도 태연히 재밌겠으니까, 라고 중얼거리는 그런 세상 무서운 줄 모르는 철부지 아가씨들의 말을 어떻게 믿냐?"

다우는 내심 키득거리며 맞장구쳤다.

"맞아, 맞아!"

물론 다우는 알고 있었다.

유검이 마두처럼 행동한 것을 이미 보았는데, 똑똑한 그녀들이 대략이나마 계획을 짐작 못할 리 없다. 다만 그것을 유검의 입으로 직접 듣게 되면 어쩐지 자신들이 바보처럼 느껴질까 봐 굳이 듣지 않았을지도 모른다.

유검 역시 알고 있을 것이다.

생각할수록 자꾸만 기분이 좋아져 다우는 헤헤거렸다.

어둠 속에서 다우가 말했다.

"아참, 오라버니 꽤 소질이 있더라."

"그래?"

"응!"

다우는 어둠 속, 보이지 않는 유검의 얼굴 쪽을 바라보며 말했다.

"세월이 흐른 후 사람들은 이렇게 말할 거야. 강호에는 악마가 있었다. 사람들은 숨도 마음대로 내쉬질 못했다. 그 악마를 물리치기 위해 전 무림은 처음으로 하나가 되었다. 무림맹은 그동안 피 흘리고 싸웠던 마교와도 손을 잡았다. 그렇게 전 무림이 하나가 되어 싸운 결과, 드디어 악마를 물리칠 수 있었다."

다우는 방긋 웃었다.

"그 후로 오랫동안… 강호는 평화로웠다!"

유검은 미소 지으며 물었다.

"그 악마를 직접 물리친 것은 다름 아닌 신비의 여 고수?"

"헤헤……."

"으음… 근데 잘될까?"

"웅! 반드시!"

"…바보 같은 생각처럼 보이진 않아?"

"저언~혀!"

한치 앞도 내다볼 수 없는 짙은 어둠 속이지만, 마음만 먹는다면 자신을 올려다보는 다우의 얼굴 귀밑 솜털 하나까지도 볼 수 있다.

유검은 장차 자신을 물리칠 신비의 여 고수를 숨도 쉴 수 없을 정도로 강력하게 안았다. 긴 머리카락이 코끝을 스치며 맑고 그윽한 향기가 났다. 가슴을 적시는 아련한 꽃 향기를 닮았다.

다우는 유검의 가슴을 밀어내며 외쳤다.

"앗! 비겁해! 암습을… 날 미리 제거하려는 거지?"

"넌… 이미 무적이야."

유검은 다우의 부드러운 입술에 입을 맞춰가며 그렇게 중얼거렸다.

◆第六章
신(神)이 된다

신(神)이 된다

사방 이 장(二丈:6미터) 크기의 거대한 방이었다.

어린아이 손목만한 두께의 빨간 초가 끼워진 황금 촛대가 방 주위를 빙 둘러 가득 세워져 있었다.

벽에는 은은한 녹색의 벽사등 농 사이로 고풍스런 산수화가 걸려 있다. 그것만이면 그나마 운치가 있었겠지만 곰이나 호랑이 사슴 등의 머리를 박제하여 함께 걸어놓았다.

바닥에는 발목까지 잠기는 양탄자가 깔려 있었으며 방 중앙에는 휘장이 쳐진 화려한 침상이 하나 놓여 있었다.

침상 위에는 비단 나삼(羅衫)을 걸친 한 소녀가 누워 잠들어 있었다.

화였다.

얼마나 시간이 흘렀을까.

그녀는 잠에서 깨어났다.

'내가 왜 여기 있는 걸까?

눈을 끔뻑이며 시선을 멍하니 천장으로 향한 채 기억을 더듬었다. 온천욕 중에 그동안의 긴장이 한꺼번에 풀어진 탓에 그만 잠들어 버린 사실이 기억났다.

화는 벌떡 몸을 일으켰다.

"여긴 어디지?"

곧 자신이 입고 있는 옷을 보고 아미를 찌푸렸다.

속이 훤히 내비치는 나삼이라니…….

"휴… 나참, 누군지는 몰라도 고약한 취미네."

누가 갈아입혔을까, 하는 의문이 떠올랐으나 애써 지워 버렸다. 어쩌면 거친 사내들이 자신을 짐짝 취급하며 옷을 갈아입혔을지 모른다는 의혹은 상상하기 싫었던 것이다.

'설마 하니 마교에 여자들이 없을 리는 없을 테니까…….'

왜 이런 옷으로 갈아입혔을까 하는 의심 역시 애써 억눌렀다.

단순히 편한 잠자리를 제공하기 위해서라는 호의였을 것이라 믿기로 했다. 물론 절대 믿기진 않지만 세상에는 가끔 의외의 일도 있는 법이니까.

예를 들면 자신을 납치해 온, 냉혹 그 자체로 보이던 신무룡이 의외로 여자에게 친절하고 부드러운 남자일 수도 있다던가…….

화는 부르르 몸을 떨었다.

"절대 그럴 리는 없겠지."

화는 몸을 일으켜 침상 아래로 내려갔다.

맨발에 와 닿은 양탄자는 발목까지 잠겼고 푹신하기 그지없었다. 처음 발을 내딛었을 땐 휘청거릴 정도였다.

우측에 문이 있어 다가가 열어보려 했지만 예상했던 대로 잠겨 있었다.

"역시 여긴 감옥이었군."

화는 힘이 빠져 그 자리에 주저앉았다.

팔짱을 낀 채 문을 노려보다 고개를 절레절레 저었다.

유검의 얼굴이 문득 떠올랐다.

자신도 모르게 한숨만 나왔다.

"벌써 잊어버린 건 아닐까?"

화는 애써 고개를 저었다.

"아냐, 어쩌면 나를 구하기 위해 지금도 필사적으로 이곳을 향해 오고 있을지도 몰라."

영상들이 자연스럽게 떠올랐다.

유검이 이 근처까지 왔다.

둘러보니 마교 내 경계가 너무 삼엄하다.

흠, 구출은 힘들어 보이는군, 중얼거린다.

좋아, 불가항력이니까 그냥 물러나자. 화라는 소녀는 그냥 모르는 사람으로 치자.

그러면서 룰루랄라 다른 여인들과 함께 명승지를 놀러 다닌다.

화의 아미가 찌푸려졌다.

절대 아니라고 말하기엔 너무도 그럴듯해 보이는 상상이었던 것이다.

"나쁜 자식!"

화는 이를 갈았다.

이때,

저벅. 저벅.

누군가 이 방을 향해 걸어오고 있었다. 발걸음 소리로 보아 단 한 명이다.

'한 명?'

어쩌면 식사를 가져오는 사람일지도 모른다.

그리고 보니 허기가 졌다. 오랫동안 잠들었는지 꽤 배가 고팠다.

갇혔든 말든 먹어야 산다.

화는 반색하며 일어섰다.

입가에 침이 돌았다.

유치하고 촌스럽긴 하지만 그래도 제법 화려한 방이다. 이런 방에 가둬둘 정도면 제법 먹을 만한 걸 내놓지 않을까? 하는 생각도 들었다.

침상으로 되돌아가서 얌전히 기다리자, 라며 발걸음을 옮기는 순간 문득 떠오르는 생각이 있었다.

'가만… 한 명?'

어쩌면 절호의 탈출 기회일 수도 있다.

화는 가슴이 두근거렸다.

배가 무척 허기졌기에 일단 뭔가를 먹고 난 후 다시 기회를 봐서 탈출하는 게 어떨까 하는 갈등도 있었지만 그것은 순간에 불과했다.

화는 옆에 놓여진 황금 촛대 하나를 집어 들었다. 초를 빼내고 미지의 적이 들어오길 기다리며 문가에 다가섰다.

바깥에서 빗장을 여는 소리가 들렸다.

스으윽—

잠겨져 있던 문이 소리도 없이 열리며 한 사람이 들어섰다.

화는 황금 촛대에 필생의 공력을 담아 적을 향해 찔렀다. 초식도 없

고 다른 어떤 변초도 없었다. 살수가 목표물을 노리듯 그렇게 일직선
으로 찔러갔다.

하지만 정식으로 살수 수업을 받지 않은 한 아무리 적이라 한들 다
른 사람의 생명을 서슴없이 빼앗는 일이 쉬울 리 없었다.

화는 순간적으로 마음이 약해져 적의 심장을 노리던 촛대의 방향을
허벅지 쪽으로 돌렸다.

촛대가 상대의 허벅지에 격중하는 순간, 화는 손 전체가 찌르르 울
려 비틀거렸다.

뭐가 어떻게 된 것인지 상황을 판단하기도 전에 휘리릭 몸이 뒤집어
졌다.

"아앗!"

머리가 땅에 세차게 부딪칠 것 같아 자신도 모르게 눈을 감고 말았다.

별다른 충격이 없자 슬며시 눈을 떴다.

한 흑의사내가 팔을 뻗어 자신의 발목을 잡아 들고 있었다. 마치 낚
시에 걸린 대어를 잡아 든 모습처럼 보였다.

화는 사내의 얼굴을 확인하고 얼어붙었다.

신무룡이었다.

여전히 무감정한 눈으로 자신을 내려다보고 있었다.

까닭 모를 두려움에 얼어붙어 아무 말도 못하고 있다가 화는 자신이
허공에 매달린 꼴이 되어 있다는 것을 자각했다. 그리고 나삼이 뒤집
어져 허벅지까지 드러나 있다는 사실도.

비명과 함께 발버둥치려는 순간 바닥에 내동댕이쳐졌다.

그녀는 화들짝 일어나 앉아 나삼을 아래로 끌어 내렸다.

신무룡은 여전히 무심한 눈으로 그녀를 내려다보고 있었다.

화는 두려움이 일어 맨발로 양탄자 깔린 바닥을 밀며 뒤로 물러났다.

신무룡은 그런 그녀에게로 천천히 다가갔다.

턱!

화는 침상에 가로막혀 자신이 더 이상 물러설 수 없음을 깨달았다.

두 팔로 가슴을 가리고 양다리를 움츠렸다. 신무룡을 올려다보는 그녀의 눈길엔 두려움이 가득했다.

신무룡은 그녀 앞에 천천히 한쪽 무릎을 바닥에 대고 앉았다. 한 손을 뻗어 그녀의 어깨를 잡았다.

움찔!

화는 부르르 몸을 떨었다.

신무룡의 얼굴이 가까이 다가왔다.

화는 질끔 눈을 감고 말았다.

머리 속으론 온갖 상상이 떠올랐다. 상상은 곧 끔찍한 일을 당할 것이라는 두려움의 색채로 물들어 있었다.

겁탈, 반항, 무자비한 폭력…….

한참 동안 상상의 지옥 속에 빠져 있다 제법 시간이 흘렀음을 깨달았다. 그동안 자신에게 아무런 일도 일어나지 않았음도.

화는 슬며시 눈을 떴다.

신무룡의 얼굴이 정면에서 보이자 다시 질끔 눈을 감았다.

"혹시 두려운 건가?"

무심한 신무룡의 음성이었다.

화는 그가 입을 열자 두려움 속에서도 한편으론 조그만 안도의 마음이 일었다.

대화가 가능하다는 의미다.

화는 이 순간 자신이 말할 수 있다는 사실이 참으로 기뻤다. 최소한의 요구를 표현할 수 있는 것이다.

"제발……."

"다쳤군."

그의 손길이 무릎에 닿았다.

화는 서둘러 소리쳤다.

"제발 절 그냥 놔두세요!"

곧 무심한 그의 눈길과 마주치자 자신의 요구가 과했음을 느끼고 힘없이 말했다.

"아니면 아프지 않게……."

상대는 절대 강자다. 그가 자신을 겁탈하려 마음을 먹었다면 도저히 저항할 힘이 없다. 어차피 당할 수밖에 없다면 최소한 난폭하지 않게, 조금이라도 부드럽게, 아프지 않게 당하고 싶다는 소박한 요구였다.

화는 그렇게 말해 버린 자신이 한심스러워 견딜 수가 없었으나 미처 한 가지 사실을 자각하지 못했다.

그렇게 말하고 그것을 한심하게 생각할 정도면 어느 정도 상대에 대한 두려움에서 벗어나 있다는 사실을.

화는 곧 어리둥절해졌다.

신무룡은 자신의 오른쪽 무릎을 어루만지고 있었다.

무릎에는 발버둥치면서 황금 촛대와 부딪친 듯 조그만 상처가 나 있었다.

그가 몇 번 어루만지자 차가운 기운이 주위에 맴돌면서 상처에서 흘러나오든 핏줄기가 멎었다.

'단순히… 날 치료해 준 것뿐인가?'

신무룡이 손을 떼며 말했다.

"요구한 대로 아프지 않게다. 만족한가?"

화는 얼굴이 빨갛게 달아올랐다.

상대는 전혀 그럴 마음도 없는데 혼자 겁탈당할까 두려워하며 온갖 상상에 빠져 버린 것이다.

화는 내심 자책했다.

'솔직히… 난 가슴도 작고… 인정하긴 싫지만 여자로서의 매력은 떨어져. 그런 나를 굳이 힘들게 납치해 온 목적이 겁탈하기 위해서란 건 뭔가 이상하지. 저자는 잘생기고 힘이 있으니까 가만있어도 따르는 여자들이 수없이 많을 텐데 말야.'

현실을 냉정히 자각하자 조금 씁쓸했지만 일방적인 두려움에서는 벗어날 수 있었다.

마음이 조금 편해졌다.

상대에게 말을 걸 용기도 생겼다.

"왜 절 납치한 거죠?"

그녀의 질문에 신무룡은 순순히 대꾸했다.

"넌 수밀지체니까."

화는 마른침을 삼키며 물었다.

"수밀지체… 그게 대체 뭐죠?"

신무룡은 감정이 실리지 않은 음성으로 말했다.

"넌 어릴 적 대법을 받아 수밀지체가 되었다. 넌 여자로 태어났지만 대법의 결과로 기운 그 자체는 음과 양이 고루 조화를 이루게 되었다. 그래서 육경천의 힘을 순순히 받아들일 수 있는 꿈의 신체가 되었지. 그로 인해 여자로서의 성징은 약해지긴 했지만 말이다. 가슴이 작은 것은 그 때문이다."

화는 양팔로 가슴을 가리며 아미를 치켜세웠다.

기슴이 작다는 건 물론 스스로도 인정하는 사실이긴 했지만 다른 남자의 입에서 그런 이야기를 듣고 싶진 않았다. 화가 났다.

"너는 수밀지체로서 육경천의 힘을 모두 받아들일 수는 있지만 너스스로 그 힘을 쓸 수는 없다. 하지만……."

신무룡은 화의 두 눈을 똑바로 쳐다보며 말을 이었다.

"다른 이들에게 그 힘을 나눠줄 수는 있지. 그게 바로 너의 가치다."

화는 몸서리쳤다.

자신의 존재 가치라는 것이 육경천인지 뭔지 하는 힘의 도구로서라니… 서글픔도 느껴졌다.

'근데… 그 힘을 어떤 식으로 나눠준다는 거지?'

내심 그런 의문이 일었지만 차마 묻기가 두려워 입을 열 수가 없었다.

신무룡이 말했다.

"본래 수밀지체로 만드는 방법은 비전으로 교주에게만 전해 내려왔다. 그런데 어찌 된 영문인지 그 방법이 적힌 비급이 삼십 년 전 외부로 유출되어 버렸다. 뜻밖에도 신농산장으로. 당시 싸움과 싸움, 혼란의 와중이었으니까… 라고는 해도 이해할 수 없는 일이었다."

화는 내심 납득이 가면서 동시에 화가 났다.

'그걸… 아버진 사내 아이가 될 수 있는 비법이라 착각했던 거구나! 아니, 나쁜 건 신농산장의 장주야! 그렇게 아버질 속였으니까!'

화는 또다시 떠오르는 생각이 있어 간절히 말했다.

"그럼, 그 비급을 다시 찾으면 되잖아요. 그만한 능력은 있을 테니까. 그럼 다른 사람을 찾아 다시 그 대법을 행하면……."

화는 자신의 말이 얼마나 이기적인지 알고 있었다. 자기 대신 다른 희생양을 찾아달라는… 하지만 당장 눈앞에 나타난 구원의 실마리를 뿌리칠 수는 없어 그렇게 불쑥 말하고 말았다.

신무룡은 잘라 거절했다.

"무리다."

"……."

"아무나 수밀지체가 될 순 없다. 그게 수월했다면 본교에 벌써 성녀가 나타났겠지. 또한 찾아 성공했다 한들 자라나기까지 또다시 오랜 세월을 기다려야 한다."

"…성녀?"

"본교에 전해 내려오는 전설이 있다. 기원을 담은 주문이기도 하다."

"그게… 뭐죠?"

"성녀가 여섯 개의 수호성신(守護聖神)을 모두 받아들이는 날 하늘이 열리고 땅이 갈라지리라. 그때면 모두가 성령의 은총을 입으리라. 도검(刀劍)이 불침하고 귀신(鬼神)이 불범하리라. 모두가 영생불멸(永生不滅)하리라. 모두가……."

화는 그의 말을 통해 마교에서 순순히 자신을 놓아줄 가능성이 없음을 알았다. 절망이 밀려왔지만 최대한 알 건 알아야겠다고 생각하고 애써 침착함을 유지하며 물었다.

"그 수호성신은 무엇을 말하나요? 혹시……."

신무룡은 전혀 거리낌 없이 대답해 주었다.

"육경천의 신물을 말한다. 너를 따라다니는 그 상화구도 그중의 하나지. 또한……."

신무룡은 말끝을 흐리며 천천히 몸을 일으켰다. 손바닥을 펴서 오른

손을 옆으로 쭉 뻗었다. 그리고 허공을 움켜쥐는 듯하자, 마치 환상처럼 푸르스름한 얼음으로 형성된 검이 그의 손아귀에서 불쑥 솟아올랐다.

신무룡은 말했다.

"이것은 태양력의 수호자, 태양검이다. 역시 여섯 개의 수호신물 중 하나다."

화는 부르르 몸을 떨었다.

이번에는 두려움 때문이 아니었다. 그 얼음 검에서 뻗어 나오는 한기 때문이었다.

순식간에 방 안의 공기가 차가워져 갔고 뿌연 안개가 끼었다. 방 안을 둘러싼 초들과 가장 떨어진 천장에는 서리가 얼어 있었다.

화는 더듬거리며 부탁했다.

"아, 알았으니까 그건 좀 거둬주시겠어요? 너무… 추워요."

신무룡은 검을 거두지 않은 채 입을 열었다.

"내가 온 목적을 말할 때가 온 것 같군."

화는 추위에 살갗이 갈라지고 정신이 가물거리는 것 같았다.

실제 보통 사람이라면 금세 동상에 걸릴 정도로 방 안의 공기는 내려가 있었다.

하지만 추위에 반발하듯 가슴에서 한 가닥 밝고 따듯한 기운이 흘러나와 심맥을 보호하고 있어 어느 정도 추위를 견딜 수 있었다.

화는 그가 여기 온 목적을 이야기하려 하자 긴장했다.

더 이상 약한 소리는 하지 않기로 했다.

그는 아무리 애원한다 하더라도 동정이라는 감정에 의해 자신의 의지를 거둘 인간으론 보이지 않았다.

신무룡이 말했다.

"너에게 선택권을 주겠다."

난데없는 그의 말에 화는 아미를 찌푸렸다.

"하나는 네가 이 태양검의 힘을 흡수한 후 본교의 성녀가 되는 것이다. 그리하여 본교의 엄선된 기재들과 혼령대법에 세뇌된 정파의 기재들에게 네가 가진 상화력과 태양력을 나눠주는 것이다. 네가 이것을 선택하는 순간, 너는 본교에서 가장 존귀한 자가 된다."

화는 애써 정신을 차리고 궁금했지만 차마 묻지 못했던 문제를 꺼내어 물었다.

"그 힘을 어떻게… 나눠준다는 거죠?"

신무룡은 담담히 말했다.

"너의 능력이 천인합일의 경지에 이르렀다면 상대의 머리에 손을 대는 것만으로도 가능할지 모르겠지만……."

"현재의… 나라면?"

"가장 손쉬운 방법을 선택하겠지. 음양 합일 같은……."

"……."

"이것을 위협으로 생각하지 마라. 너의 의사는 최대한 존중될 것이다. 거칠게 대하지 않을 것이며, 네가 원한다면 최음약을 사용해도 좋다. 너는 순수하게 쾌락을 즐기기만 해도 된다."

그런 문제가 아니잖아!

그렇게 소리치고 싶었지만 화는 그럴 만한 기력이 생기지 않았다.

사랑하는 상대가 아닌 다수의 얼굴도 모르는 자들과 합방하다니 말도 안 된다고 생각했다.

신무룡은 그녀의 기색을 살피며 말했다.

"너는 아직 남자를 모른다. 그래서 그것이 어쩌면 끔찍스럽다고 상상할지 모르겠지만, 실제론 다르다. 순결이나 한 남자와 상대해야 한다는 생각은 인간이 만들어낸 하나의 개념에 불과하다. 너는 실제로 말 잘 듣는 하인을 거느리는 위치에 서게 된다. 여왕개미가 되어 갖은 봉사를 받으며 힘을 나눠주는 위치에 서게 된다. 그렇게 쾌락과 편리함을 맛보고 적응하다 보면 너는 지금의 두려움이 얼마나 어처구니없는 것이었던가 실소하게 될 것이다."

화는 씁쓸하게 웃으며 고개를 저었다.

"어쩌면… 그럴지도 모르지요. 하지만 지금은 아니에요."

신무룡은 눈살을 찌푸리며 물었다.

"왜지?"

화는 갑자기 분기가 치밀어 올라 그에게 소리쳤다.

"왜라뇨? 사랑은요? 그렇게 힘을 나눠주며 생긴 권력으로 사랑도 얻을 수 있나요?"

"사랑도 하나의 생각에 불과할 뿐이다. 감정의 공백이 만들어내는 외로움, 상대에 대한 호감, 그리고 그 상대로부터 얻을 수 있는 쾌락의 기대치가 함께 만들어낸 환상에 불과하다."

"그런 말도 안 되는……!"

신무룡은 갑자기 왼팔로 그녀의 어깨를 끌어안았다. 그리고 입을 맞추었다.

화는 갑작스런 그의 행동에 두 팔로 가슴을 밀어내었지만 철벽이라도 되는 양 전혀 미동조차 하지 않았다.

차가운 숨결이 입을 통해 밀려왔다.

육체는 물론 영혼마저 얼어붙는 듯했다.

추위에 전신의 모든 신경이 바짝 곤두섰다. 소름이 돋을 지경이었다.

생각이 얼어붙고, 마음도 얼어붙었다.

낯선 남자에게 갑작스런 입맞춤을 당했다는 부끄러움보다 이대로 얼어 죽고 마는가 하는 두려움이 더 크게 일었다.

두려움의 끝, 생각이 멈춰진 그 자리, 갑자기 빛이 쏟아져 들어왔다.

두려움의 긴장은 갑자기 극한의 쾌감으로 변화해 버렸다.

추위에 얼어붙었던 신경들이 갑자기 깨어나며 모든 자극을 쾌감으로 받아들인 것이다.

몽롱함 속에 육체가 어디 있는지 알 수 없었고, 무한한 기쁨만이 샘솟고 있었다.

화는 자신도 모르게 상대를 끌어안고 말았다.

신무룡이 갑자기 그녀를 밀쳐 내며 무심하게 말했다.

"이제 알겠는가? 너는 쾌감을 맛보고 그것을 계속 유지하고 싶어 나를 끌어안은 것이다. 그 행동이 날 사랑하기 때문이라 말할 수 있는가?"

화는 그제야 자신의 행동을 자각하고 수치심에 얼굴을 빨갛게 물들였다.

그녀는 기운이 빠져 두 팔로 바닥을 짚고 숨을 헐떡였다.

조금 전의 그 쾌감을 좀 더 맛보고 싶은 욕구가 아직 남아 있음을 느끼고 더한 자책감에 휩싸였다.

화는 그의 얼굴을 마주치지 못해 눈길을 아래로 떨군 채 겨우 물었다.

"제게 남은… 또 다른 선택은 뭐죠?"

신무룡은 무심하게 말했다.

"나의 부인이 되는 것이다."

화는 흠칫하여 고개를 들었다.

순간 차가운 기운이 머리끝으로부터 밀려와 등골이 오싹했다.

신무룡은 태양검을 자신의 정수리 위에 대고 있었다.

"고개를 끄덕이는 순간 이 검은 치워질 것이다. 성녀가 될 필요가 없으니까. 넌 단지 나의 부인이 되어 네가 지닌 상화력을 내게 물려주기만 하면 된다."

화는 부르르 몸을 떨었다.

고개를 저을 경우 당장 어떻게 하겠다는 말인가?

설마 하니 검을 머리에 꽂겠다는 걸까?

고개를 끄덕인다면… 또 무슨 짓을 하겠다는 걸까?

순간 유검의 얼굴이 떠올랐다.

기이하게도 마음이 편해졌다.

후일 지금의 위기를 말해 준다면 그래서? 라며 멀뚱멀뚱한 눈으로 되물을 것 같았다.

'좋아, 이 모든 걸 네 탓으로 해두자. 내가 불행해진 만큼 그건 모두 네 책임이라구.'

그 말을 듣고 난감해할 유검의 얼굴을 떠올리니 키득거리는 웃음이 속에서 올라왔다.

화는 어깨를 펴고 당당히 신무룡의 얼굴을 올려다보며 말했다.

"구혼(求婚)의 의식치고는 너무 심하지 않나요? 꽃다발과 함께라면 조금 생각해 볼지 몰라도 이런 방식은 낙제감이군요."

신무룡의 눈에 처음으로 감정과 같은 빛이 어렸다.

"여유가 생겼군. 혹… 사랑하는 이가 있어 아무것도 두렵지 않다, 같은 생각 때문인가?"

"편하게 생각하세요."

"아직 현실을 모르는군. 내게 순결을 빼앗겨도 그 관계가 유지될까?"

"나의 의지는 아니니까 괜찮아요."

"그 말은 이상하군. 조금 전 경험하지 않았던가? 쾌감에 떨며 나를 부둥켜안았던 사실을. 그 행동은 너의 의지가 아니었다는 말인가?"

"배가 고프면 적이 주는 음식이라도 먹어요. 다를 게 뭐죠?"

"훗, 그렇다면 지금 네가 겪은 그 경험을 그 녀석에게 말해 줄 수 있다는 건가?"

"꽤 재밌었다고 말해 줄게요."

신무룡의 입가에 희미한 미소가 지어졌다.

"그렇군. 최소한… 나의 부인이 될 생각은 없다는 거군."

화도 같이 미소를 지었다.

"둔친 줄 알았는데 의외로 눈치가 빠르시군요."

그녀의 정수리를 겨누고 있는 태양검이 잠시 떨렸다. 그리고 천천히 아래로 가라앉기 시작했다.

"윽……!"

화는 정수리로부터 쏟아져 들어오는 거대한 기운의 충격에 두 눈이 크게 떠졌다. 그리고 곧 정신을 잃어갔지만 입가에 띤 미소는 사라지지 않았다.

황금 촛대에서 일렁이는 촛불과 상관없이 화에게서 푸르스름한 빛이 파도처럼 일렁이고 있었다.

신무룡이 중얼거렸다.

"본교는 드디어 성녀를 가지게 되는군. 받아들인 수호신물이 단둘뿐이긴 하지만……."

태양검이 모두 화에게로 흡수되자 방 안은 물결대는 푸른 파도로 넘쳐흐르는 것 같았다.

그녀는 서리로 뒤덮여 있었다.

신무룡이 그녀를 안아 들자 입고 있던 나삼이 부서져 바닥으로 떨어졌다.

화를 침상에 눕히고 나서 신무룡은 손을 떼지 않고 잠시 그녀를 안은 채 그대로 있었다.

기이한 느낌이 일어서였다.

가냘프고 연약하기 그지없는 육체였다. 조금만 힘을 줘버리면 그대로 품속에서 부서져 버릴 듯했다.

그는 두 가지 충동을 함께 느꼈다.

하나는 이대로 그녀를 철저히 파괴시켜 버리고 싶은 욕구, 또 하나는 자기 품속으로 들어온 작은 새를 지켜주고 싶은 마음. 그 마음속에는 묘하게도 그녀가 좀 더 자신에게 의지해 주었으면 하는 기분도 있었다.

감정이 없는데 어떻게 그런 기분이 들 수 있다는 말인가?

신무룡은 의아해하면서도 한 가지 새로운 사실을 발견한 듯 중얼거렸다.

"이런 기분으로 여자를 안는 모양이군."

그는 원하기만 한다면 어떤 여자든 불러 안을 수 있다.

이렇게 목석처럼 가만히 잠들어 있는 소녀가 아니라 가슴도 크고 색기와 교태가 넘쳐흐르는 여자를.

몇 명 불러 여자를 안는 경험을 해볼까 하는 생각이 일었으나 곧 눈살을 찌푸리고 말았다.

어쩐지 뭔가가 다른 것 같았다.

신무룡은 천천히 몸을 일으켜 앉아 뭐가 다른가, 하는 생각으로 한참 동안 서리에 뒤덮여 있는 그녀의 나신을 바라보았다. 푸른 빛 속에서 그녀의 나신은 하얗게 빛나고 있었다.

손을 뻗어 허벅지를 어루만졌다.

매끄럽고 탄력있는 촉감이 손끝을 타고 전해져 왔다.

한참 후, 그는 고개를 끄덕였다.

"그렇군. 금지된 것을 깨뜨리고자 하는 것이 인간의 원초적 욕망. 내 뜻에 좌우되지 않는 여자의 마음을 얻고 싶은 지배욕, 그것이군."

그 이유만으론 뭔가 불충분하다 싶었지만 일단 그것으로 납득했다.

신무룡은 이곳으로 온 볼일을 마쳤다 판단하고 문가로 걸어갔다. 문을 열고 나서 그는 자신도 모르게 다시 침상으로 눈길을 돌렸다.

자는 듯 누워 있는 화를 한참 동안 바라보다 그는 눈살을 찌푸렸다.

다시 돌아가 그녀를 안아보고 싶었던 것이다. 다시 안고서 지켜주고 있다는 거짓된 기분을 느껴보고 싶었던 것이다.

신무룡의 입가에 희미한 조소가 떠올랐다.

"미련이라니……."

그는 태양검의 기운에 취해 잠자듯 누워 있는 화를 보며 중얼거렸다.

"나는 이미 태양력만으로 무공의 극치에 올랐다. 홀로 수정궁으로 들어갈 수 있을 정도니 너의 상화력 따윈 없어도 상관없다."

신무룡은 그녀에 대한 조그만 미련의 끈을 잘라 버리며 중얼거렸다.

"너는 성녀가 되어 본교의 힘을 백배 이상 키워주게 될 것이다. 그리고 나는……."

그는 문을 나섰다.

"신(神)이 된다."

꽝!

돌이킬 수 없는 결정임을 선포라도 하듯 문을 세차게 닫았다.

◆第七章
노인은 마지막 두려움의
관문을 말하다

노인은 마지막 두려움의 관문을 말하다

"귀, 귀신이야!"

다우가 놀라 소리쳤다.

유검이 다우와 함께 지하 수로의 물살에 몸을 맡긴 채 떠내려가는데 난데없이 한 노인이 어슴푸레한 빛과 함께 전면에 모습을 나타냈다.

유검은 그가 검은 눈동자의 괴상한 노인임을 알아보고는 눈살을 찌푸렸다.

아무래도 또 어려운 문제를 들고 왔을 듯해서였다.

유검은 다우에게 말했다.

"귀신은 아니니까 그냥 모른 척 지나가면 돼."

우르릉!

갑자기 굉음과 함께 전면의 천장이 무너져 내렸다. 돌덩이가 비 오듯 쏟아져 내렸다.

다우는 비명을 질렀고 유검은 급히 그녀를 안은 채 몸을 세웠다. 바닥에 두 발을 내딛었지만 물살의 흐름이 거칠게 와류하는 바람에 일시 지간 중심을 잡지 못했다.

노인이 고개를 저으며 중얼거렸다.

"지진(地震)이군. 요사이 지진이 꽤 자주 일어나더니… 결국 은……!"

유검은 어이가 없어 노인에게 외쳤다.

"올려진 그 손은 뭡니까! 어르신이 저지른 거잖아요!"

"잠시 기지개를 켰을 뿐이라네."

유검은 짧게 한숨을 내쉬며 말했다.

"그렇군요. 저도 잠시 기지개를 켜겠습니다."

다우가 노인의 얼굴을 기억해 내곤 볼멘 듯 중얼거렸다.

"쳇, 귀신이 아니었잖아."

유검은 한천검을 뽑아 무너진 전면을 향해 치켜들었다. 휘황한 빛무리가 검 주위로 일었다.

거대한 기운이 몰려들며 물살의 흐름이 급박해졌다.

우르릉—

전면의 천장은 계속해서 무너져 내리고 있었는데 유검이 기운을 일으키자 수로 전체가 공명하고 있었다.

노인이 혼잣말하듯 조그맣게 중얼거렸다.

"정말 지진을 일으키려는 겐가? 수로가 무너지면 산사태가 일어날 지도 모르네. 수목이 쓰러지고 평화롭게 살고 있던 동물들이 횡액을 겪게 될 거야. 지나가던 사람이 있으면 역시 산사태에 휩쓸려 소중한 목숨을 잃고 말겠지. 뭐, 다들 천재지변으로 생각할 테니 자넨 상관없겠구먼. 네 녀석의 잘못으로 목숨을 잃었는데도 원한조차 품을 생각도 못할 테니."

"……."

노인의 말이 이어지며 푸시시 가랑비에 불씨가 꺼지듯 유검이 들고 있던 한천검 주위의 빛무리는 사라져 갔다.

유검은 투덜거렸다.

"누가 그런 바보 짓을 한답니까."

말을 끝내기도 전에 유검은 다우와 함께 물속으로 쑥 들어갔다. 그리고 바닥을 박차고 무너지는 전면의 수로를 향해 몸을 날렸다. 물을 뚫고 떨어져 내리는 바윗덩어리를 박살 내면서 신검합일(身劍合一)하여 거침없이 달려갔다.

이십여 장 정도 빠르게 달려나간 순간, 갑자기 발 밑이 허전했다.

잠시 허둥대다가 유검은 허공에서 신형을 바로잡았다.

뒤돌아보니 수로의 물살은 폭포가 되어 아래로 떨어져 내리고 있었다.

천장이 무너져 내리며 물줄기는 점차 약해지고 있었다.

고개를 밑으로 향해 보니 이십여 장 아래 거대한 호수가 있었다.

이 모습을 본 순간 유검은 뭔가 이상하다고 생각했다.

기재들을 담은 관이 십여 개가 모자란다. 아마도 지하 수로를 통해 운반했을 것이라고 생각했다. 시간상으로 얼마 가지 못했을 것이라 판단하고 천천히 자연스런 물살의 흐름에 몸을 맡기며 뒤쫓아왔다.

하지만 수로의 끝이 절벽이라면 문제가 있다.

기재들을 죽일 생각이 아니라면 어떻게든 안전하게 아래로 운반해야 할 것이다. 하지만 다들 능공허도를 손쉽게 펼칠 수 있는 것도 아닐 테니 어떻게 아래로 운반한단 말인가. 갑자기 절벽에서 호수로 이어지는 이 운반로에 특별한 안배의 흔적도 보이지 않는데 말이다.

유검은 한 가지 떠오르는 생각이 있었다.

'혹시… 수로의 위쪽으로 향한 것은 아닐까?'

애당초 지하 수로의 운반로가 확실하고 안전했다면 기재 모두를 옮겼을지 모른다. 그런데 그렇게 하지 못하고 십여 명만 옮기고 대부분 남겨두고 만 것은, 그들이 마음씨가 좋아서는 아닐 것이다.

혹시 수로를 역행하여 기재들 담은 관을 운반할 만한 고수가 십여 명뿐이기 때문은 아닐까?

유검은 그들이 기재들을 지하 수로를 따라 운반했을 것이라고 너무 쉽게 판단해 버린 자신이 너무 안이했던 것은 아닌가 반성했다.

하다못해 빠르게 지하 수로를 탐색해 봤어도…….

유검은 이왕 지난 일은 후회해 봤자 소용없다며 고개를 저었다.

뚫린 수로에서 떨어지는 물줄기는 점차 약해져 가고 있었다. 천장에서 떨어지는 돌 덩어리로 수로가 막혀 버린 듯했다.

지금이라도 무너진 동굴을 뚫고 지하 수로의 상류를 향해 쫓아가는 것은 자신의 능력으로 충분히 가능한 일이다. 하지만 노인의 말대로 지진을 일으키게 될지도 모른다.

지상으로 수로의 근원을 향해 쫓아가는 것도 현재는 힘들어 보였다. 보통 때라면 지하 수로의 물소리를 듣고 천천히 뒤쫓아갈 수 있겠지만, 지금은…….

유검은 짧게 한숨을 내쉬었다.

다우는 일이 어떻게 되었는가 상관없이 캄캄한 곳에서 빠져나와 별들이 반짝이는 밤하늘을 보게 되자 기뻐하고 있었다.

상공에서 바라본 아랫세상은 여전히 눈으로 뒤덮여 은빛으로 빛나고 있었다.

"요즘 젊은것들은 너무 성급하구먼. 노인의 말을 공경할 줄 모르면 항상 손해를 보지."

어느새 노인이 옆에 나타나 있었다.

유검은 찌푸려지는 미간을 애써 펴고 노인에게 물었다.

"제 앞에 나타나신 까닭이 무엇인지 물어봐도 실례는 아니겠지요?"

피하려 하다간 계속 방해만 받을 것 같아 순순히 말을 들어주기로 하고 그렇게 물었다.

노인은 고개를 끄덕였다.

"묻지 않아도 말해 주려 했네. 그래도 예의는 아는 젊은이였구먼."

"예, 요즘 보기 드문 젊은이입죠."

"흠……."

노인은 허공에 뜬 채 느긋하게 뒷짐을 지고 밤하늘을 올려다보며 입을 열었다.

"자네 말대로 비운 자를 찾아보았지."

"…전 아무것도 모릅니다."

노인은 길게 한숨을 내쉬었다.

"보는 자는 누구이며, 보이는 자는 또 누구던가? 나는 알게 되었네. 보는 자와 보이는 자는 둘이 아닌 하나임을 말일세."

다우는 눈을 끔벅거리며 유검의 옷자락을 잡아당겼다. 무슨 소린지 묻는 것이다.

유검은 어깨를 으쓱하며 고개를 저었다. 모른다는 표시였다.

노인은 다시 천천히 입을 열었다.

"바다는 항상 파도치네. 파도는 일어났다 가라앉지. 어느 날 어떤 파도가 소리쳤다네. 난 알고 보니 바닷물이었어. 나도 바닷물, 너도 같은 바닷물, 우린 하나야!"

"……."

"휴, 내게 일어난 일은 바로 그것이었네. 완전한 침묵과 함께 깨어났던 거지."

유검은 말없이 노인의 말을 들어주었다.

"사실 어려운 게 아니었어. 고행도 수련도 그다지 필요했던 것은 아니었던 게야. 단지… 받아들이기만 하면 되는 거였어. 진실을……."

유검은 조심스럽게 대꾸했다.

"축하… 드립니다. 원하시던 것을 드디어 이루셨군요."

노인은 쓴웃음을 지으며 고개를 저었다.

"아닐세. 난……."

노인은 밤하늘을 올려다보며 탄식하듯 말했다.

"나는 무엇인가? 누구인가? 웃고 슬퍼하는 게 바로 나인가? 생각하고 있는 게 바로 나인가? 이 육체가 나인가? 마음이 나인가? 대체 무엇이 나인가? 모두가 헛되고 헛되었다. 그래서 비우고 또 비웠다네. 진리의 검으로 나를 베고 또 베어버렸지. 하지만… 마지막 모든 것을 내려놓으려는 순간……."

노인은 고개를 저으며 말했다.

"거대한 두려움이 일었네. 그리고 그 두려움은 의심을 낳았지. 과연모든 것을 비우고도 '나' 라는 것이 남아 있을까? 혹시나 전혀 다른 존재가 들어와 버리는 것은 아닐까? 나는 생각도 마음도 없는 꼭두각시가 되어버리는 것은 아닐까?"

노인은 쓴웃음을 지었다.

"난 그 깊고 깊은 근원적인 두려움을 극복하지 못했네. 그래서 튕겨 나오고 말았지. 그 침묵의 세계에서… 한없는 행복과 아름다움이 가득한 그 절대의 세계에서 나 스스로 빠져나오고 말았단 말일세. 신에서 다시 인간으로… 그토록 한평생 염원해 왔던 경지인데 말일세."

유검은 머리를 긁적거렸다.

"제게 그런 걸 말씀하셔도……"

노인은 갑자기 유검을 매섭게 노려보며 물었다.

"네놈이 완전한 무상검의 경지에서 머무르지 못하고 자꾸만 인간의 마음으로 돌아오는 것 역시 두려움 때문이더냐?"

유검은 노인의 말에 눈만 끔벅거렸다.

"어쩌면… 그렇겠군요."

곧 이어 말했다.

"저는 아무것도 모릅니다. 하지만 단 하나 알고 있는 것이 있습니다. 이렇게 인간의 마음으로 있는 것, 그것이 저의 선택이라는 것을요."

유검은 미소를 지었다.

"언젠가는 무상검의 절대 경지에 머무를지 모르겠지만… 아직은 인간으로서의 삶을 더 느껴보고 싶은 거겠지요."

"인간의 삶? 고해(苦海)뿐인 인간의 삶을 더 느껴보고 싶다고?"

"어르신은 모릅니다. 이렇게 아름다운 소저랑 같이 있는 게 얼마나 기분 좋고 행복한 것인지를."

"홍, 언젠가는 백골로 썩어 문드러질 육체에 집착하겠다는 말이냐?"

"그때 가선… 뭐 다시 생각해 보면 되겠지요."

순간 다우가 옆구리를 꼬집었기에 유검은 급히 말을 돌렸다.

"백골이라도 여기 이 소저는 분명 예쁠 겁니다. 그러니 기름 칠해서

광을 내고 하루에도 백 번씩 입을 맞추며 사랑해 줄 겁니다."

다우가 꽥 소리를 질렀다.

"싫어! 난 얌전히 무덤에 묻히고 싶단 말야!"

곧 자신이 무슨 말을 했는지 깨닫고 시무룩해졌다.

"싫어… 내가 왜 이런 이야길 해야 되는 거지? 난 아직 어리잖아. 근데 왜……."

유검은 다우의 기분을 풀어주기 위해 다독거리고 위로해 주었다.

그 모습을 보고 노인은 탄식했다.

"실망이군. 네 녀석이라면… 네놈은 바보니까 그딴 두려움 따윈 얼마든지 극복하고 넘어설 수 있으리라 보았는데… 오히려 욕망에 물든 인간의 마음에 집착하려 들다니… 어리석게도……."

유검은 가슴을 펴고 당당히 노인에게 말했다.

"실망을 끼쳐 드려 죄송합니다. 하지만… 제 가슴에서 외치고 있어요. 난 살아 있다! 지금 이대로 살아라. 단지 존재하라. 아무것도 바라지 말라. 이 순간을 살아라……."

한 팔로 다우를 꽉 끌어안으며 미소 지어 보였다.

"그러니까 화를 내든, 분노를 느끼든, 슬픔에 잠기든, 그리고 사랑에 빠지든… 그것은 내 가슴속 영혼의 노랫소리입니다. 그것은 나의 선택이며, 그것은 내가 받아들여야 할 모든 것입니다. 전 그렇게 있고 싶습니다. 그 결과가 무엇이든 간에요!"

그리고 다우에게 다시 웃음을 보여주며 전음으로 뻐기듯 말했다.

―어때? 조금 근사해 보이니?

―근데… 괜찮겠어?

―…응? 뭐가?

─저렇게 화나게 만들어도……

다우의 손길은 노인을 가리키고 있었다.

노인의 손은 옆으로 뻗어 있었다. 하얀 빛살들이 튀어나와 주위를 맴돌다 소용돌이치며 앞으로 뻗어 나갔다. 순식간에 이 장 길이의 거대한 검이 생겨났다. 아니, 마치 거대한 창처럼 보였다.

창에는 수많은 역날의 갈퀴들이 달려 있었는데 어두운 밤 속에서 푸르스름하게 빛나고 있었다.

유검의 두 눈이 동그래졌다. 유검은 노인의 손에 들린 검, 아니, 창의 형체를 이룬 것이 무엇인지 알고 있었다. 정체 불명의 하얀 빛살들. 자신의 몸속에도 동화되어 있지만, 그 정체는 여전히 알지 못한다.

하지만 느낌으로 확실히 알 수 있었다. 노인의 손에 들린 저 창은… 지극히 위험하다는 사실을.

설령 금강불괴라도 여지없이 파괴시키고 말 것이다.

유검은 이마 위로 한줄기 식은땀을 흘리면서 애써 얼굴에 미소를 띠려 노력하며 노인에게 물었다.

"서, 설마… 말다툼 정도로 절 죽이려는 건 아니시겠죠?

노인은 고개를 저었다.

"내가 그렇게도 어리석어 보이느냐? 너를 죽이다니… 너만한 인재를 구하기가 어디 쉽겠느냐? 게다가 어쩌면 구원의 실마리를 쥐고 있을지도 모르는데 말이다. 또한 너를 죽이고자 하여도 그럴만한 능력이 되는지도 조금은 의문스럽고……"

유검은 노인의 말을 믿어야 할지 말아야 할지 갈등했다.

말과는 달리 노인이 내뿜는 살기는 살갗이 따가울 정도였다.

다우의 안색은 이미 새파래져 있었다. 유검은 전신을 바짝 긴장시켰다.

혹시나 하는 기대를 한 가닥 품고 노인에게 조심스레 물었다.

"그, 근데… 그런데 왜 그렇게도 흉악해 보이는 무기를……."

"음? 이것 말인가?"

"옙!"

노인은 자신의 손에 들린 긴 창을 힐끔 보고선 별것 아니라는 식으로 말했다.

"이건 네 녀석의 욕망이 얼마나 덧없는가를 깨우쳐 주기 위한 도구지. 형체만 다른 여의주로 보면 되네."

"아… 그랬군요."

고개를 끄덕일 시간은 없었다.

노인이 말을 마침과 동시에 창을 휘둘러왔기 때문이다. 그 느닷없는 빠르기는 마른하늘에 갑자기 번개가 내리꽂히는 것 같았다.

도저히 피할 시간이 없었다.

유검의 허리춤에서 하얀 빛무리가 뻗어져 나갔다. 한천검이었다.

한천검과 노인의 창이 서로 맞부딪치는 동안 유검은 다우를 안은 채 급히 지면으로 떨어져 내렸다.

쿵!

미처 속도를 줄일 여유가 없었기에 지면에 충돌하다시피 했다. 흙먼지가 뭉게뭉게 피어올랐다.

지면에 부딪친 충격을 간접적으로 받은 다우는 내상을 입은 듯 괴로운 표정으로 입가에 핏줄기를 흘리고 있었다.

유검은 지면에 도착함과 동시에 어검술로 한천검을 다시 거둬들이려 했는데 순간 그것이 여의치 않음을 알았다.

고개를 들어보니 한천검이 부서져 가고 있었다. 유리 조각처럼 잘게 잘게 부서져 사방으로 비산하고 있었다. 달빛에 빛의 꽃다발이 허공에 수놓아진 듯했다.

"거, 검이……!"

유검은 한천검과 연결된 심령이 갑자기 끊겨진 충격과 그동안 생사를 함께해 왔던 한천검을 잃고 말았다는 소실감이 겹쳐져 한순간 휘청거리고 말았다.

유검은 화가 나 소리쳤다.

"이젠 거짓말까지 하십니까? 절 죽이지 않겠다고 하셔놓고선……."

노인은 고개를 저었다.

"거짓말한 적 없다."

말과 함께 노인은 다시 창을 들어 올려 유검에게로 겨누었다.

하얀 빛이 어른거리는 듯하자 유검은 퉁기듯 몸을 옆으로 날렸다.

얼마나 다급했는지 주위를 제대로 살펴보지 못했다.

부딪친 수목은 꽈지직 부러지고 피하는데 장애물이 된 바위는 통째로 박살이 났다.

순식간에 이십여 장 밖으로 몸을 피한 후 재차 허공으로 몸을 띄우려는데 옆에서 핏줄기가 뿜어져 나왔다.

고개를 돌려본 유검의 미간에 내천(川) 자가 그려졌다.

다우의 입가로 핏줄기가 흘러내리고 있었다. 애써 고통을 참는 듯 아미가 찌푸려져 있었다.

"나, 난 괜찮아……."

다우는 소맷자락으로 입가의 핏물을 닦아내며 그렇게 말했다.

유검은 마음대로 몸을 피할 수 없음을 깨달았다. 순간적인 가속도를 그녀의 육체가 견뎌내지 못하는 것이다.

갑작스런 방향 전환, 그리고 멈춤…….

그녀가 만약 무공을 익히지 않은 일반인이었다면 벌써 심맥이 파열되어 죽어버렸을지도 모른다.

유검은 허공으로 몸을 띄우지 않고 피하던 방향 그대로 몸을 날렸다.

꽈르릉!

조금 전까지 유검이 있던 자리엔 거대한 구덩이가 파이고 거센 돌풍과 함께 흙먼지가 일었다.

꽝! 꽝! 꽝!

노인의 손길은 바빠졌고, 유검이 계속 속도를 높일 수밖에 없었다. 그럼에도 구덩이는 점점 빠르게 다가왔다.

다우는 호신강기로 주위를 보호하고 있음에도 괴로운 얼굴이었다. 이미 심맥에 손상을 입은 탓이었다.

문득 떠오르는 생각이 있었다.

"서, 설마……!"

뒤돌아보니 노인이 둥실 허공에 뜬 채로 쫓아오고 있었다.

노인이 소리쳤다.

"네가 사랑하는 그 여인의 육체를 내가 소멸시켜 주겠다. 넌 그제야 알게 될 것이다. 삶이란 얼마나 허무한 것인지를……. 오로지 영원불멸한 그 무엇만이 진정한 가치가 있음을 알고 다시 제자리로 오게 될 것이다."

유검은 여전히 몸을 날려 노인의 공격을 피하며 소리쳤다.

"사람을 죽이려 하다니! 그게 올바른 도리라 생각하십니까?

"모르느냐? 인간의 육체란 한낱 도구에 불과하다. 그 여인은 지금 죽음을 맞이하겠지만 결국 다시 환생하여 새로운 업을 쌓고 풀고 하겠지. 이번 생에서 너와의 인연은 끝이니라. 그것이 너의 운명이다."

"운명이든 뭐든 제가 선택합니다! 당신에게 부탁한 적은 없어요!"

"이것은 나의 선택이다. 그렇게 운명과 운명이 뒤섞여 숙명이 되는 것이지. 얌전히 받아들이도록 하거라."

유검은 순간 등 뒤로 거대한 기운이 몰려옴을 느꼈다.

전력을 기울이면 피할 수는 있겠지만 다우의 몸이 견디지를 못할 것이다.

유검은 몸을 비틀어 돌리며 자유로운 오른손을 앞으로 쭉 뻗었다.

순간 하얀 빛살이 장심을 중심으로 소용돌이치며 튀어나와 거대한 하나의 방어막을 형성했다.

노인이 뻗어낸 창이 방어막과 부딪쳤다.

한순간 주위는 정적으로 뒤덮였다.

잠시 후 거대한 굉음과 함께 태풍이 일고 흙구름이 뭉게뭉게 피어올랐다. 마치 운석이 떨어진 것 같았다.

유검은 다우를 안은 채 두 개의 긴 고랑을 만들며 삼십여 장 뒤로 물러나 있었다.

노인은 표홀히 날아와 유검 오 장여 앞에 섰다.

유검은 더 이상 물러서기 어려움을 깨닫고 조용히 다우를 땅에 내려놓았다. 풍환의 힘과 호신강기를 펼쳐 그녀를 보호했지만 그럼에도 간접적으로 받은 충격을 감당 못해 기절해 있었다.

유검은 안타까운 시선으로 그녀의 뺨을 어루만졌다.

아마도 다우는 자신이 싸우는 데 쓸모없는 방해물이 되었다고 느꼈을 것이다. 그래서 무서웠을 텐데 비명조차 지르지 않았다. 그리곤 저렇게 기절해 버리고 말았다.

"바보 녀석……."

유검은 그녀의 손목을 잡아 신문혈(神門穴)로 진기를 불어넣었다. 진기의 흐름을 통해 전신의 경맥을 조사해 보니 다행히 크게 내상을 입지는 않은 듯하여 내심 안도의 한숨을 내쉬었다.

호신진기를 불어넣는데 노인이 말했다.

"보아라. 나의 가벼운 일격조차 감당 못하는 자신의 처지를 말이다. 인간의 마음을 남겨둔 채로 있으니 제대로 무상검을 펼칠 수도 없지 않느냐."

유검은 씁쓸히 웃으며 말했다.

"어르신만 절 괴롭히지 않는다면… 이 정도만으로도 충분합니다."

유검은 천천히 몸을 일으켰다.

"그리고 아주 가끔은… 잠시 인간의 마음을 내려놓을 수도 있지요."

노인을 바라보는 유검의 시선이 점차 투명해져 갔다. 노인을 바라보는지 아니면 시야에 들어오는 모든 것을 바라보는 것인지, 시선의 방향은 허공에서 사라져 버린 듯했다.

노인의 주름 진 얼굴이 출렁였다. 웃는 것이다.

"호오… 마음만 먹는다면 얼마든지 나 정돈 물리칠 수 있다는 건가? 그 소저의 육체를 소멸시키려는 나의 공격을 막으면서 말이다."

노인의 주위에 회오리바람이 일고 있었다. 단순한 바람이 아니었다. 바람이 스친 주위로 돌멩이들이 가루가 되어 휘날리고 있었으니까.

유검은 아무런 대꾸 없이 두 손을 합장하고 있었다.

노인은 중얼거렸다.

"광오하다고 해야 할지… 내일쯤 사람들은 말하겠군. 장백산 근처에 때 아닌 지진이 일어났다고 말이야."

합장한 유검의 두 손에서 하얀 빛살이 실이 되어 뽑아지고 있었다. 계속 뽑혀진 빛의 실은 어지러이 주위를 맴돌다 갑자기 다우를 감싸기 시작했다.

땅에는 순식간에 거대한 누에고치 하나가 만들어졌다.

노인은 유검의 속셈을 눈치 채고 웃었다.

"생각은 그럴듯하다만… 과연 그것이 나의 공격을 견딜 수 있을까?"

꽈앙!

갑작스런 폭음과 함께 유검 주위로 갑자기 흙들이 위로 숫구쳤다. 유검이 발을 굴리면서 생겨난 현상이었다.

흙구름 속에서 하얀 빛이 번쩍 튀어나오는 것을 보고 노인은 미소를 지었다.

"얄팍한 눈속임수를 쓰려 하다니… 무공이 갈수록 퇴화하는구나."

노인의 손에 들린 창은 밤하늘을 향해 숫구쳤다 다시 횡으로 거대한 원을 그렸다.

창이 유검에서 튀어나온 하얀 빛을 가르는 순간,

삐리리링~

이상한 피리 소리와 함께 하얀 빛은 사방으로 퍼져 하나의 얼굴을 그려내었다.

메롱 하며 혀를 쑥 내미는 바보의 얼굴이었다.

유검은 강기를 몇 가닥 모아 저런 모습이 되도록 쏘아보낸 것이다.

당연히 상대를 공격하기 위함이 아닌 잠시 신경을 분산시키기 위한 허초였다.

제법 효과는 있었다. 노인은 무슨 영문인지 알 수 없어 잠시 동안 멍하니 그것을 바라보고 있었으니까.

다시 눈길을 돌려 유검 쪽을 향했을 때는 가라앉은 흙먼지 사이로 어떤 인기척도 발견할 수 없었다.

노인은 이목을 순식간에 사방 십여 리까지 확장시켰다.

동물들이 으르렁거리는 소리, 눈 위를 걷는 발자국 소리, 부엉이 소리, 온갖 밤의 소리들은 있었지만 찾는 유검의 인기척은 발견할 수 없었다.

노인은 미간을 찌푸렸다.

"종적을… 숨겼군."

그리고 다우의 행적까지 발견할 수 없었다.

애당초 유검은 원한다면 스스로를 인식할 수 없게 할 능력이 있었다. 그럼에도 노인이 유검의 뒤를 쫓을 수 있었던 것은 다우의 종적 때문이었다.

그녀에게 깃들어 있는 군화지기(君火之氣)는 다른 것과는 아주 구별되는 독특한 기운이기에 찾는 데 그리 어렵지 않았다.

그런데 지금은 다우의 존재감 그 자체가 사라져 버린 것이다.

노인은 그제야 유검이 다우를 하얀 빛살로 누에고치를 만든 이유를 깨달았다.

"교활한 녀석… 왜 그짓을 하나 했더니……!"

노인은 뒷짐을 진 채 밤하늘만 올려다보았다.

그리고 자신이 유검을 위해 무엇을 해줄 수 있을지 고민에 빠졌다.

물론 그런 노인의 마음은 사랑하는 손자에게 선물을 주고 싶은 것처럼 선의에 가득 차 있었다. 더불어 나쁜 친구들과 어울려 나쁜 짓을 하는 손자를 보고 눈물을 흘리며 매를 들 수밖에 없는 안타까운 심정도 함께 어우러져 있었다.

◆第八章
불완전한 각성

'고약한 늙은이 같으니라구!'

유검은 멀리 도망친 것이 아니라 누에고치로 변한 다우와 함께 바로 근처 흙 속에 파묻혀 있었다.

그가 발을 굴릴 때 흙덩이들은 솟구쳤고, 구덩이가 생겨났다. 노인의 신경이 잠시 분산된 틈을 타서 유검은 다우를 데리고 그 속으로 들어간 것이다. 그리고 떨어지는 흙덩이들이 자연스럽게 둘의 모습을 감춰주었다.

그 속에서 유검은 바깥의 동정에 귀를 기울이고 있었다.

별달리 노인의 흔적으로 짐작되는 소리는 들려오지 않았지만 유검은 자신할 수 없었다.

노인 역시 자신과 마찬가지로 보아도 보지 않은 것처럼, 들어도 들리지 않는 것처럼 자신을 전혀 인식시키지 못하게 할 수 있는 능력이 있기 때문이었다.

처음 노인을 보았을 때라던가 객잔 주위에서 만났을 때를 기억하고 있다. 처음부터 그 자리에 있었는데도 난데없이 뚝 하고 나타난 것처럼 보였던 것을.

노인은 자신보다 먼저 그 능력을 가지고 있으며 이미 익숙하다. 그러니 이렇게 시야에서 모습을 감췄을 때라면 몰라도 직접 시야에 비치면 들켜 버릴지도 모른다.

무엇 하나 확실한 것은 없었다. 유일하게 믿는 것은 등잔 밑이 어둡다는 속담 하나뿐이었다.

차라리 나가서 저 늙은이와 싸워볼까 하는 생각도 일순간 들긴 했지만, 그것은 맨 정신으로 일부러 미친 짓 하는 것보다 더 허망하고 의미 없는 행동이라는 결론을 내고 포기했다.

중요한 것은 저 미친 늙은이로부터 다우를 지키는 일인 것이다.

얼마나 시간이 지났을까.

다우는 천천히 깨어났다.

눈을 떠보니 주위는 캄캄했다.

'여긴… 어디지?'

아무것도 보이지 않았지만 그다지 두려움은 들지 않았다. 바닷물에 떠 있는 듯한 부유감 속에 기분은 편안하기 그지없었다.

다우는 몸을 일으키려 했지만 곧 뭔가에 부딪혀 다시 누워버리고 말았다.

손을 움직여 주위를 더듬어보았다. 곧 갇힌 공간임을 깨달았다.

'…관?'

다우가 마지막으로 기억하는 것은 유검과 함께 도망치다 기혈이 뒤틀려 기절한 것까지다. 그리고 깨어난 곳은 어둡고 갇힌 공간.

다우는 한 가지 가정이 떠올랐다.

'난… 죽어버린 걸까? 아니, 내가 죽은 것으로 알고 오라버니가 그냥 관에 넣어 묻어버린 건 아닐까?

그럴 가능성이 높았다. 아니, 그 가능성 말고는 다른 경우는 있을 수 없어 보였다.

그녀의 얼굴이 창백해졌다. 살려달라는 소리조차 내지 못하고 있었다. 이미 땅에 묻힌 것이라 생각하고 소리쳐 봤자 소용없을 것이라며 미리 절망해 버린 것이다.

그녀의 눈에서 주르르 눈물이 흘러내렸다.

절망에 빠져 멍하니 어둠 속을 바라보던 다우의 두 눈이 갑자기 커졌다.

"아냐! 이대로 죽을 순 없어. 설령 난 죽더라도… 아기는 살려야 해!"

그녀는 아직 잉태되었는지 아닌지 알지도 못하면서 유검과 하룻밤을 잤으니 무조건 아기가 생겼을 거라 확신하고 있었다. 그녀가 알고 있는 상식의 한계였다.

어쨌든 그 덕분에 모성애가 자극받아 살고자 하는 의욕이 강렬하게 불타올랐다.

다우는 어둠 속의 벽을 두들기며 소리쳤다.

"누구 없어요?! 오라버니 거기 없어? 살려줘요! 살려달라구요!"

그녀는 공력을 끌어 모아 어둠 속의 벽을 향해 쳐보았지만, 꿈쩍도 하지 않았다.

몇 번 그렇게 반복하다 보니 숨이 찼다.

그녀의 전신은 곧 땀으로 흠뻑 젖었다.

유검이 특별히 하얀 빛살로 만든 이 누에고치는 노인으로부터 완전히 기척을 숨기기 위해 완벽하게 밀폐되어 있었다.

그래서 소리는 일체 빠져나갈 수 없었지만 일장을 가하는 그 충격의 미미한 진동은 유검이 감지할 수 있었다.

'깨어났나 보구나.'

유검은 주위의 음파는 차단시켜 놓았지만 그래도 혹시나 하는 조심성에 한껏 목소리를 낮춰 누에고치에 대고 말했다.

"조금만 참아라, 조금만……. 몸부림치지 말고 잠시만 조용히 있어다오."

말을 하다 유검은 자신이 만든 누에고치의 특성을 깨달았다.

완전 밀폐!

완전 방음은 물론 일체 공기나 물, 사소한 기운의 흐름까지 막혀져 있다.

"……."

현재 자신은 흙더미 속에 파묻힌 상태, 바깥은 노인이 다른 곳으로 가버렸는지 아닌지 알 수 없다.

만약 바깥에 노인이 머물러 있다면 누에고치를 풀어주는 순간 즉시 들키고 말 것이다.

하지만 이대로 두면…….

식은땀이 주르르 관자놀이를 타고 흘러내렸다.

"헉헉……."

다우는 숨이 막혀왔다.

자신이 내뿜은 숨결이 주위에 쌓이고 있는 기분이 들었다.

"숨이… 숨이 막혀!"

다우는 다시 공력을 끌어 모아 어둠 속의 벽을 향해 쌍장을 밀어내었다.

펑!

내뿜은 진기는 다른 곳으로 빠져나가지 못하고 누에고치 안을 휘돌아다녔다.

다우는 점점 더 숨이 막히고 답답해짐을 느꼈다.

옷은 땀으로 흠뻑 젖어 있었다.

다시 공력을 끌어 모으려는 순간, 가슴 전중혈 아래로 뜨거운 기운이 솟구쳤다.

"몸이… 몸이 뜨거워!"

괴로움에 다우는 몸부림을 쳤다. 누에고치 안은 좁았기에 손발을 제대로 움직일 수도 없었다.

답답함의 괴로움에 숨을 몰아쉬다가 다우는 곧 기이한 감각을 느꼈다.

전신이 스물거리고 있었다.

누군가 마치 혀로 전신을 핥는 듯했다. 간지러운지 고통스러운지 알수가 없었다.

그렇게 감춰진 감각들이 소스라치게 놀라며 깨어나고 있었다.

다우는 자신도 모르게 자신의 옷을 찢고 있었다.

갈망이 생겨났다. 대상없는 그 무언가에 대한 열정이 솟구치고 있었다. 그 무엇으로도 적실 수 없는 갈증이 한꺼번에 분출되고 있었던 것이다. 그리고 그 조그만 일부는 욕정으로 나타나기도 했다.

누에고치 안은 어느새 어둠이 물러나고 붉은 기운이 은은히 감돌고 있었다.

극한 상황에 이르자 어릴 적 그녀 내면에 깃들게 된 군화력(君火力)이 드디어 날개를 펴고 그 모습을 드러내려 하고 있는 것이다.

그런데 누에고치로 그 힘의 발산이 막히자 뚫고 일어나려는 그 반발은 더욱 커져만 갔다.

그렇게 거대한 군화력이 깨어나며 몸부림치자 다우는 형언할 수 없는 고통에 정신을 잃어갔다.

'도와줘! 제발 도와줘 오라버니……!'

유검은 당황했다.

다우가 들어 있는 누에고치가 미친 듯 진동하기 시작한 것이다.

누에고치 안에서 무슨 일이 벌어지고 있음을 직감했다.

"다우야!"

유검은 즉시 누에고치를 형성하고 있던 하얀 빛살을 불러들였다.

하얀 빛살의 조임이 느슨해지는 순간, 번쩍! 붉은빛이 터져 나왔다.

그 붉은빛은 신비로웠다.

촛불에서 흘러나오는 붉은빛도 아니었으며, 지는 노을 속에 깃든 붉은색과 조금은 비슷했지만 보다 더 은밀했다.

형언하기 어려웠지만 굳이 말하자면 모든 색이 포함되어 있는, 보라색을 닮은 붉은빛처럼 보였다.

그 빛 속에 다우가 있었다.

붉은빛이 외부로 터져 나오는 그 충격에 걸치고 있던 옷들은 가루가 되어가고 있었다.

그리고 그녀가 지니고 있던 진천뢰들이 일시에 폭발하려 하고 있었다.

심상치 않음을 자각한 순간부터 유검의 두 눈은 투명해 가고 있었다. 투명한 눈동자는 붉은빛으로 물들여졌다.

그 찰라 속에서 유검은 그 모든 것을 똑똑히 보고 있었다. 그의 주위만 시간이 지독히 느리게 흐르고 있는 것 같았다.

유검은 두 팔을 뻗었다.

흙덩이는 위로 솟구쳤고, 진천뢰들은 유검의 의지에 의해 일시에 두 손바닥 사이로 들어왔다. 그리고 폭발했다.

부르르 유검의 신형이 사시나무 떨리듯 했다.

맹렬한 압력을 바깥으로 밀어내며 무엇이든 박살 내어 버릴 듯 폭발하던 진천뢰들이 유검이 만든 한 자 크기의 둥근 막 이상을 벗어나지 못했다.

셋 정도 헤아릴 무렵, 폭발은 소멸되고 합장한 유검의 두 손바닥 사이에는 파편이 뭉쳐진 쇳덩어리들만 남아 있었다.

뚝.

유검은 손에 들고 있던 쇳덩어리를 놓치고 말았다.

그리고 넋을 잃은 듯 붉은빛이 쏟아져 오는 곳을 바라보았다.

다우는 태어날 때 그대로의 모습으로 신비로운 붉은빛에 휘감긴 채 천천히 어둠 속의 허공으로 떠오르고 있었다.

붉은빛은 하나의 형체를 이루고 있는 것 같았는데, 마치 다우의 양 겨드랑이에 거대한 한 쌍의 날개가 달린 것 같았다.

하늘은 어느새 구름이 잔뜩 끼어 있었는데 그 형세가 심상치 않았다. 기묘하게도 소용돌이를 이루고 있었다.

그리고 눈보라가 휘몰아치고 있었다.

유검은 거부할 수 없는 아름다움에 취해 눈길을 돌릴 수 없었다. 그 아름다움이 그녀 때문인지 아니면 신비로운 붉은빛 때문인지 분간할 수 없었다.

자신도 모르게 그녀를 향해 한 걸음 한 걸음 다가섰다.

그때 차가운 목소리가 들려왔다.

"군화정이 깨어났군."

유검은 그제야 정신을 차렸다. 흠칫하여 고개를 돌려보니 노인이 굳은 얼굴로 서 있었다.

노인은 허공에 떠 있는 다우를 바라보며 혼잣말하듯 중얼거렸다.

"저 아이가 군화정을 지니고 있다는 것은 이미 알고 있었지만… 설마 하니…….."

유검은 긴장했다.

누에고치가 터져 나가며 흩어져 버린 하얀 빛살들을 끌어 모았다. 그리고 노인이 했던 것을 흉내 내어 하나의 검 모양을 만들었다. 박살 나 버린 한천검의 모습이었다.

노인은 고개를 저었다.

"지금은 공격하지 않을 테니 내 말을 들어보거라."

유검은 방심하지 않았다.

노인의 선심이란 어떤 형태로 나타날지 모르기에 말투가 부드러울수록 더욱 긴장되었다.

노인이 말했다.

"군화정은 스스로 주인을 선택한다. 가장 순수한 마음을 지닌 어린 소녀만이 선택될 자격을 지녔지. 군화정은 어느 순간 각성하게 되는데 아직까지 인간의 몸을 지닌 채 그것을 견딘 자는 없다."

그리고 신비로운 붉은빛에 휘감긴 채 허공에 떠 있는 다우에게로 눈길을 돌리며 말을 이었다.

"하지만… 처음으로 성공한 것 같군."

이때 갑자기 붉은빛이 사라지며 다우는 눈보라치는 허공에서 뚝 떨어져 내렸다.

유검은 황급히 달려가 그녀를 받아 안았다.

황급히 장삼과 윗옷을 전부 벗어 그녀에게 입혔다.

노인은 눈살을 찌푸리다 고개를 다시 끄덕였다.

"흐음… 아무래도 완전한 성공은 아니었나 보군."

유검은 그 말에 불길함을 느끼고 소리쳐 물었다.

"대체 뭘 말하는 겁니까? 완전한 성공이 아니면 어떻게 되는 거지요?"

"만약 견뎌내지 못했다면 아마도 한 줌의 가루가 되어버렸겠지. 뭐, 언제고 일어날 일이었으니 자네 탓은 아니야. 어쨌든 일단 각성은 성공한 것 같은데… 완전하지는 않은 것 같군."

유검은 노인의 느긋함에 반비례하여 초조해졌다.

금방이라도 다우를 죽이려 들었던 노인이다. 그런데 지금은 언제 그랬냐는 듯한 태도.

다우의 변화와 관련이 있는 게 틀림없다.

대체 다우는 앞으로 어떻게 된단 말인가?

유검은 초조함을 감추지 못하고 물었다.

"그러니까 완전하지 않으면 어떻게 되는 겁니까? 제가 알고 싶은 것은 그것입니다."

혹시나 얼마 살지 못하는 것은 아닐까.

그렇기에 노인은 이제 손쓸 필요가 없다 여기고 저렇게 태연한 것은 아닐까.

그런 의문이 강하게 들었다.

노인은 고개를 저으며 말했다.

"곧 알게 될 걸세. 내가 군이 입 아프게 말하지 않아도 자연히 알게 될 거네."

"……."

"좋아, 조금 더 설명해 주지."

유검의 눈이 투명해지자 노인은 어쩔 수 없다는 듯 어깨를 으쓱이곤 다시 입을 열었다.

"군화정이란 무엇인가? 군화력을 상징하는 신물(神物)이다. 그 이름에 임금 군(君) 자를 쓴 이유가 무엇이겠는가? 육경천의 으뜸임을 말해주는 것이다. 그러니 여타 다른 육경천의 신물과 같이 보아선 곤란하지. 풍환이나 상화구처럼 외물의 형태를 빈 것도 있고, 태양검처럼 내부에서 원하는 형태를 만들어낼 수도 있다. 하지만 군화정의 경우는…그 구별이 없다."

"그렇다면……."

"쉽게 말해 저 아이의 육체가 바로 군화정이 외부로 모습을 드러낸 형태가 된다는 말이지. 현재 이미 그렇게 되어버린 것 같군."

유검은 자신도 모르게 눈길을 아래로 향했다.

다우는 평화롭게 잠들어 있는 듯 보였다.

조각상처럼 아름다우면서도 어딘가 장난기가 어려 있는 얼굴이었다. 홀린 듯 다우의 긴 속눈썹을 바라보다 유검은 부르르 몸을 떨었다.

갑자기 그녀를 와락 안고 덮치고 싶은 충동이 일었던 것이다. 그와 함께 아득할 정도의 쾌감이 전신을 덮쳤다. 하마터면 정신을 잃을 뻔했다.

유검은 한 팔을 뻗어 내리는 눈덩이를 진기로 흡인하여 끌어 모았다. 그렇게 뭉쳐진 눈을 얼굴에 처박았다. 그것만으로 부족한 듯하여 뭉쳐진 눈을 입으로 마구 삼켰다. 차가운 눈이 식도를 타고 내려가자 다시 정신이 맑아지는 것 같았다.

"대체……!"

노인은 잠들어 있는 다우에게로 눈길을 돌리며 씁쓸한 미소를 지었다.

"좋은 꿈을 꾸고 있나 보구먼."

유검은 미간을 찌푸렸다.

자신이 다우의 본 모습을 처음 보았을 때가 떠올랐다. 순간적으로 넋이 나가 버렸던.

무상검의 경지에 오른 후 다시 관조하여 살펴본 결과 단순히 다우의 아름다움 때문만은 아니었다. 그녀는 마치 거울처럼 인간의 감춰진 욕망과 그 모습을 적나라하게 비추게 만드는 기묘한 능력을 가지고 있던 것이다.

그것은 아마도 군화정을 가지고 있음으로 발휘되었을 것이다.

그런데 그 군화정이 각성해 버리고 말았다.

전과 대체 어떤 차이가 있는가?

뭔가 다른 점이 있음을 이 순간 느꼈지만, 그것이 무엇인지 명확하지는 않았다.

유검이 의문의 눈길을 던지자 노인은 길게 한숨을 내쉬었다.

"위험해. 너무 위험해."

"뭐가요?"

"곧 알게 되겠지. 당부하건데 절대 사람들 앞으로 데려가지 말게나. …자네 힘으로 가능할지 모르겠네만."

"뭘 말하고 싶은 겁니까? 제발 속 시원히 말씀해 주십시오!"

"또 하나, 어떻게 될진 나도 모르겠네만… 되도록 그녀를 기분 나쁘게 하지 말게. 비위를 최대한 맞춰주게. 그게 자네가 살길이야."

유검은 한 가지 의심이 일었다.

"혹시… 일부러 되는 대로 거짓말을 하고 계시는 건 아닙니까? 군화정이 각성했네 어쩌네 하면서 저를 혼란시키고, 그 틈을 타서……."

유검의 말에 노인은 앙천광소를 터뜨렸다.

엄청난 내공이 실려 있어 내리던 눈보라가 갑자기 사방으로 폭파되어 퍼져 나가는 것 같았다. 주위 수목의 잎사귀와 나뭇가지 등에 쌓였던 눈들이 부르르 몸을 떨며 떨궈졌다.

만약 눈이 조금 더 쌓였더라면 눈사태가 일어났을 것이다.

노인은 허탈한 얼굴로 말했다.

"걱정 말게. 솔직한 심정으론 그녀를 당장이라도 소멸시켜 버리고 싶지만… 나의 능력으론 무리니까."

"…무리요?"

"그녀의 신체는 이미 군화정과 하나로 동화되어 버리고 말았다. 육경천의 신물은 어떠한 경우에라도 파괴되지 않는다. 즉, 나의 능력으론 파괴시킬 수 없다는 말이다. 아니면 왜 여태껏 가만히 있었겠는가?

자네가 함께 모습을 드러낼 때부터 바로 공격해 버릴 수도 있었는데 말이다."

"……."

"게다가 나로서는… 신인(神人)이 남긴 신물(神物)을 훼손시킬 자격이 없다네."

노인은 자조의 웃음을 띠었고, 유검은 멍하니 지켜보고만 있었다.

노인의 말은 거짓말처럼 보이진 않았다.

유검은 진지하게 물었다.

"다우를… 사람들 앞에 데려가지 말라는 것은 이해를 하겠는데… 대체 그녀의 기분을 맞춰줘야 하는 이유는 무엇입니까?"

유검의 질문에 노인은 바로 대답하지 않았다. 한참 동안 구름 낀 하늘을 바라보다 입을 열었다.

"사람들은 그녀를 보게 되는 순간부터, 아니, 주위에 있는 순간부터 절대적인 영향을 받게 되기 때문이다.

"예전에도 그랬습니다만……."

"아니, 다르다. 이젠 달이 아니라 태양이 되고 말았으니까."

"달과… 태양요?"

"그렇다. 예전에는 사람들의 욕망을 내비추는 거울과 같았다. 바로 달과 같지. 하지만 각성해 버린 지금은……."

노인은 말하기 괴롭다는 표정이었다.

"자신의 기분과 욕망을 바깥으로 발산시켜 사람들에게 절대적인 영향을 미치게 된다. 마치 태양이 끊임없이 빛을 쏟아내고 있듯 말이다."

유검은 일시지간 이해를 할 수 없어 눈만 끔벅거렸다.

노인은 쓸쓸하게 웃으며 말을 이었다.

"쉽게 말해 주지. 그녀가 화를 내면 주위의 사람들은 모두 화를 내게 될 것이다. 영문도 모른 채. 그녀가 슬픔에 잠기면 주위의 모든 사람들이 슬픔에 잠길 것이다. 물론 스스로 슬픈 감정을 느꼈다고 생각하겠지만 사실은 절대적 영향을 받은 것이지. 그녀가 욕정을 느끼면 사람들은 최음제에 중독된 듯 욕정에 시달리게 될 것이다. 자네조차 한순간 정신을 못 차릴 정도이니 다른 사람들의 경우는 말할 나위 없겠지. 심지어……."

노인은 탄식했다.

"만약 저 소녀가 내리는 이 눈이 뜨겁다고 생각한다면, 주위 사람들은 모두 내리는 눈에 화상을 입게 되겠지. 길가의 돌멩이가 황금보다 더 가치있다고 생각한다면 사람들은 너도나도 돌멩이를 줍기 위해 칼을 뽑아 들고 싸우게 될 것이고. 어떤 사람이 정말 싫다고 느끼면 그 사람은 영문도 모른 채 공적이 되고 말겠지. 이해할 수 없는 이유로.

유검은 부르르 몸을 떨었다.

만약 다우가 마음만 먹는다면 온 세상을 변화, 아니, 파멸시킬 수도 있다는 무시무시한 이야기가 아닌가.

'그럴 리가 없겠지. 다우는 착하니까…….'

갑자기 오싹한 한기가 느껴졌다. 그리고 내리는 눈들이 모두 악귀의 형상이 되어 자신을 물어뜯으려 하고 있었다.

그것이 환상임을 알고 있음에도 불구하고 유검은 치밀어 오르는 공포심을 일순간 누르기 힘들었다.

노인이 다우를 가리키며 씁쓸히 말했다.

"악몽을 꾸고 있나 보군."

다우를 내려다보니 그녀의 아미가 찌푸려져 있었다. 이마엔 식은땀을 흘리며 미약한 신음 소리를 내고 있었다.

"귀신을 무서워하니… 귀신 꿈을 꾸고 있나 보군요."

유검은 손등으로 그녀의 뺨을 어루만지며 무서워할 필요는 없으니까 안심하라고 조그맣게 중얼거렸다.

그 말을 들었는지 어땠는지 그녀의 입가에 희미한 미소가 천천히 떠올랐다.

유검은 치밀어 오르던 공포심은 사라지고 마음이 편안하고 행복해짐을 느꼈다.

노인이 말했다.

"이런 말하는 것이 과연 적절한지는 모르겠지만…….

유검이 고개를 드니 노인은 고뇌에 찬 얼굴로 다우를 바라보고 있었다.

"자네의 책임일세. 그녀에 대한 모든 것은."

강요는 싫어하는 편이지만 노인의 말에 유검은 고개를 끄덕일 수밖에 없었다.

자신이 아니면 누가 과연 그녀에 대해 책임질 수 있단 말인가.

노인은 또다시 입을 열었다.

"그리고 명심하게. 그녀에게 휘둘리지 않는 유일한 길은 일체 모든 욕망이 소멸되고 마음마저 죽어버린 무상검의 경지에 머물러 있는 것뿐이라는 것을…….

할 말을 다 했다는 듯 노인의 모습이 흐릿해져 가고 있었다.

멍하니 그것을 지켜보다 유검은 미처 듣지 못한 이야기가 있음을 깨달았다.

"아참, 완전하지 않았다고 했는데, 그건 어떤 의미…….

노인의 모습은 이미 사라졌다.

참으로 허탈하기 그지없었다.

하늘을 보니 소용돌이치던 구름은 다시 정상으로 돌아왔지만 휘몰아치는 눈보라는 여전했다.

유검은 그녀를 안은 채 묵묵히 눈보라 속을 걸어나가며 중얼거렸다.

"괜찮아. 걱정할 것 없어. 하늘이 갈라지고 땅이 무너질 거라는 이야기보다는 꽤 희망적이잖아. 안 그래?"

물론 다우는 대답이 없었다.

벗어젖힌 유검의 맨 어깨 위로 눈은 자꾸만 쌓여가고 있었다.

눈보라는 그칠 기미를 보이지 않았다.

유검은 눈보라 속을 돌아다녔지만 몸을 피할 만한 동굴을 발견하진 못했다.

그러다 장정 열은 있어야 겨우 둘러쌀 수 있을 정도로 거대한 고목을 발견했다.

살펴보니 중간에 사람 몸통만한 구멍이 나 있었는데, 안을 살펴보니 아래는 비어 있었다. 사람 하나는 누워도 될 만큼 자리는 제법 널찍해 보였다.

유검은 다우를 안은 채 그 안으로 들어갔다.

다우를 바닥에 눕혀두고 빙정신소를 꺼내어 진기를 불어넣으니 희미한 빛이 생겨나 주위를 비추었다.

그것을 등잔 삼아 다우 옆에다 놓아두었다.

유검은 다시 밖으로 나가 풀잎들을 한 아름 주워왔다.

풀잎들은 눈에 젖어 있었지만, 잠시 삼매진화(三昧眞火)를 일으키니 삽시간에 물기는 말라 버리고 마른 건초가 되었다.

그것을 자리에 깔고 그 위에 다시 다우를 눕혔다.

유검은 풍환에게 명하여 바람이 못 들어오게 막았다. 그리고 진기를 허공에 퍼뜨려 따뜻한 온기를 만들어내었다.

고목 안이 제법 훈훈해졌다.

유검은 가부좌를 틀고 앉아 다우의 맨발을 부드럽게 주물러 주었다.

'그 노인의 힘으로도 어찌할 수 없다니, 이런 추위에 동상 걸릴 일은 없겠지만……'

망연히 그녀를 바라보다 유검은 근심이 일었다.

그녀를 사람들 앞에 데려갈 수 없다.

그렇다면 이대로 둘이 산속으로 들어가 은거라도 해야 한단 말인가?

할 일은 어떡하고?

무림에 평화를, 같은 거창한 일까진 아니더라도 최소한 여문과 화는 자기 손으로 구출해 내어야 하지 않는가. 물론 십여 명의 기재들도 구할 수 있으면 좋고.

그렇다고 할 일을 마치는 동안 다우를 누구에게 맡겨둘 수도 없는 노릇이다.

"흠……!"

유검은 팔장을 낀 채 허공을 노려보다 씨익 웃었다.

"뭐, 어떻게든 되겠지."

정 급하면 조금 전처럼 다우를 누에고치로 만들어 버리자고 결심했다. 그것이라면 일순간 군화정의 기운을 막을 수 있을지 모른다.

아쉬운 대로 갑작스런 혼란은 막을 수 있을 것이다.

유검은 다우 옆에 누워서 그녀의 머리를 자신의 왼쪽 팔 위에 올려놓았다.

"잘 자거라. 나의……."

가볍게 그녀의 볼에 입을 맞추는데 갑자기 거대한 충격이 오른쪽 관자놀이를 강타했다.

얼굴이 일그러지고 머리가 휙 돌아갔다.

여태껏 맛보지 못한 강렬한 일격이었다.

그 충격이 얼마나 컸던지 능력을 회복한 후 금강불괴나 마찬가지인 자신이 머리가 어질거리고 눈앞에 별이 반짝거릴 정도였다.

유검은 불의의 일격을 가한 자신의 주먹을 멍하니 바라보았다.

주먹의 위력에 감탄하면서 의문을 금치 못했다.

분명 주먹에 자신의 머리를 때리라는 명령을 내린 기억이 없었던 것이다.

물론 지금과 비슷한 돌발적 자학 중세는 머리털 나고 여태껏 한 번도 없었다.

다우가 잠꼬대로 중얼거렸다.

"나쁜 자식……!"

그제야 유검은 일이 어떻게 되었는지 알 수 있었다.

한숨이 나왔다.

"대체… 무슨 꿈을 꾸는 거니? 응? 왜 날 때리고 싶었던 건데, 응?"

망연히 다우의 잠든 모습을 바라보다 다시 눈을 감고 잠을 청하려는데,

스르릉—!

기묘한 소리가 들려왔다.

이상한 느낌에 눈을 떠보니 자신의 오른손에 하나의 날카로운 검이 쥐어져 있었다.

하얀 빛살로 이뤄진 검이었다.

그것을 보는 순간 유검은 최대한 고개를 꺾었다.

픽!

검은 아슬아슬하게 뺨을 스쳐 바닥에 꽂혀 버렸다.

식은땀이 이마에서 한 방울 흘러내렸다.

하얀 빛살로 이뤄진 검이라면 금강불과나 마찬가지인 자신의 몸뚱아리지만 절대 무사하다고 장담할 순 없을 것이다.

노인의 말이 귓가에 울려 퍼졌다.

"되도록 그녀를 기분 나쁘게 하지 말게. 비위를 최대한 맞춰주게. 그게 자네가 살길이야."

당시는 '그게 살길'이란 말을 그냥 흘려들었지만, 지금은 그 말이 설실히 공감되고 이해되었다.

유검은 망연자실해졌다.

'깨어 있어야 비위를 맞추던가 하지… 꿈속의 일을 나보고 어떡하란 말인가?'

자신 역시 마찬가지다.

깨어 있을 때야 눈치를 채고 어떻게든 막는다 쳐도, 만약 자신이 잠들어 있는 상태라면?

'그게 살길'이라는 노인의 말이 또다시 귓가에 울려 퍼지고 있었다.

유검은 한숨을 내쉬었다.

그녀 곁에 머무르며 살아남는다는 게 결코 쉽지는 않아 보였다.

유검은 힘없이 중얼거렸다.

"그러니까 평소에… 미움받지 않겠금 잘해줘야 한다는 거군. 꿈속에서조차 절대 불만을 가지지 않도록.

그게 가능한지 여부는 차후의 문제였다. 생존을 위해서는 어떻게든 해내야만 하는 것이다.

멍하니 다우의 잠든 모습을 지켜보며 유검은 꼬박 밤을 새웠다.

눈보라는 여전히 그칠 기미가 보이지 않았다.

"으으음…….

가벼운 기지개와 함께 다우가 눈을 떴다.

그 모습을 보고 유검은 겨우 긴장을 풀 수 있었다.

지난밤은 악몽이었다.

잠시 방심하다간 자신의 손이 언제 목숨을 노릴지 모르는 상황이었다.

하룻밤 새 얼굴이 핼쑥해질 정도였다.

이제 아침이 밝았고 눈보라는 그쳐 있었다. 환한 햇살이 나무 둥지 중간의 구멍을 통해 비쳐 들어오고 있었다.

그리고 다우는 잠에서 깨어났다.

유검은 지난밤 지녔던 비관적인 전망이 모두 날아가 버린 듯 마음이 가벼워졌다.

밝게 미소를 지으며 그녀에게 인사를 건넸다.

"좋은 아침이구나. 잠은 잘 잤어?"

유검은 아무렇지도 않은 척했다. 그녀에게 사실대로 말해 줄 수는 없었다.

　스스로가 지닌 능력에 놀라 겁을 먹고 상처받는 일은 이미 경험했기에 그녀를 놀라게 하진 말자고, 어떻게든 자신이 해결해 보자고 마음먹었다.

　다우는 일어나 앉아 유검을 돌아보았는데 잠이 덜 깼는지 눈은 반쯤 감겨져 있었다.

　"재수없는 얼굴이네."

　그렇게 중얼거리고선 두 팔을 길게 뻗어 기지개를 켰다.

　"……."

　전혀 예측 못한 다우의 시큰둥한 말과 태도에 유검은 눈만 말똥거렸다.

　다우는 멍하니 유검의 얼굴을 바라보다 다시 하품을 하고는 자리에 누워버렸다.

　새근거리며 다시 잠들어 버렸다.

　그 모습을 보고 유검은 떨떠름하게 웃었다.

　'알고 보니 잠이 덜 깬 거였구나. 그래서 무심코 평소 생각이 나와 버린 거야. 하하하…….'

　내심 그렇게 중얼거리다 미간을 찌푸렸다.

　'평소… 생각?'

　유검은 빙정신소에 자신의 얼굴을 비춰보며 고개를 갸웃거렸다.

　갑자기 다우가 벌떡 일어나 앉았다. 눈이 게슴츠레한 것이 아직도 잠이 덜 깬 것 같아 보였다.

　유검은 애써 미소를 띠고 인사를 건넸다.

　"잘 잤어?"

다우는 유검을 돌아보며 시큰둥하게 말했다.

"뭐야? 낯짝도 참 두껍네. 날 관 속에 가둬 생매장시키려 한 주제에 아무렇지도 않은 얼굴로 아침 인사를 건네고 말야."

"……."

유검은 뒤늦게 말뜻을 알아듣고 황급히 입을 열었다.

"어, 어제 일은 말야. 그러니까……."

"변명 안 해도 알고 있어. 분명 어쩔 수 없었던 거겠지. 피치 못할 사정 등등……."

"……."

다우가 먼저 그렇게 말해 버리자 유검은 할 말이 없었다.

다우는 천천히 몸을 일으키더니 자신의 옷차림을 내려다보며 중얼 거렸다.

"꽤 악취미군. 자고 있는 내게 상의만 입혀놓고 뭘 감상했던 거지? 내 다리가 그렇게 보고 싶었나?"

과격한 그녀의 말에 유검은 대꾸도 못하고 눈만 끔벅거렸다.

다우는 팔짱을 낀 채 턱 끝으로 유검의 하의를 가리키며 말했다.

"벗어."

"…응?"

"벗으라구! 설마 나보고 이 꼴로 돌아다니란 거야?"

유검은 그녀의 비위를 거슬리지 말라는 노인의 말을 떠올리며 황급 히 바지를 벗어 주었다. 손가락으로 장화를 가리키자 그것도 벗어 주 었다.

다우는 당연하다는 듯 바지와 장화를 건네받아 입고 신었다. 바지의 긴 하단을 대충 장화 속으로 집어넣고 나서 소맷자락을 걷어 올려 팔

길이도 맞추었다. 팔 다리를 조금씩 움직여 보더니 긴 머리카락을 쓸어내렸다. 머리카락은 엉덩이까지 내려왔다.

"어째 몸이 가볍군."

그리고 유검에게로 눈길을 돌렸다.

발가벗어 하체만 겨우 가린, 어찌 보면 비참해 보이는 몰골이었다.

다우는 빙정신소와 바닥에 놓여진 몇 가지 물품을 주워 품속에 갈무리하고는 유검에게 고개를 살짝 끄덕여 보였다.

"안녕."

그리곤 훌쩍 몸을 날려 나무 둥지의 구멍을 통해 밖으로 나가 버렸다.

멍하니 그 모습을 지켜만 보고 있던 유검은 뒤늦게 다우의 말이 작별 인사라는 것을 깨달았다.

"자, 잠깐만……!"

유검은 황급히 그녀를 뒤쫓아 나갔다.

밖은 온통 눈 세상이 되어 있었다.

다우는 어디 갈 곳이 정해져 있기라도 한 듯 저벅저벅 거침없이 눈길을 걸어나가고 있었다.

유검은 훌쩍 몸을 날려 그녀 앞에 내려섰다.

"대체 왜 이러는 거니? 내가 뭘 잘못했는지 제발 말해 줘. 반드시 고칠게. 응?"

애원조로 그렇게 말했지만, 다우는 걸음조차 멈추지 않은 채 건성으로 말했다.

"네가 잘못한 것은 없어."

"그, 그럼……."

"그냥 네가 싫어졌을 뿐이야. 재수없는 그 얼굴을 이젠 더 이상 보고 싶지 않아졌어."

"……."

유검은 충격을 받아 그 자리에 얼어붙었다.

다우는 오라버니라는 말 대신 너라고 지칭하고 있었다. 그리고 뭔가 불만이 있는 듯한 화난 목소리도 아니고 그냥 귀찮다는 말투였다.

유검은 깨달았다.

그녀는 단순히 삐쳐 있는 게 아니었다.

마치 완전히 다른 사람이 되어버린 것 같았다.

노인의 말이 머리 속을 떠돌았다.

둘이 아닌 하나… 불완전한 각성… 부작용…….

순간 한 가지 의심이 일었다.

유검의 신형이 잔영을 남긴 채 갑자기 사라졌다.

다우 앞에 나타난 유검은 그녀의 양 어깨를 잡고 매섭게 두 눈을 쏘아보았다.

"넌 누구냐?"

"……."

"넌 다우가 아니다. 군화정인가? 그렇지? 네가 다우의 몸과 마음을 대신 차지해 버린 거지?"

고개를 끄덕인다면 당장이라도 죽여 버릴 듯 살기가 묻어 있는 음성이었다.

다우의 두 눈이 가늘어졌다.

"한심하군."

피식 웃으며 말을 이었다.

"뭘 보고 그런 소릴 하는 거지? 어떻게 행동해야 나답다는 거야? 네가 나에 대해 얼마나 알지?"

"그, 그건……."

그녀의 쏘아붙이는 말에 유검은 미간만 찌푸렸다.

다우는 비웃듯 말했다.

"널 싫어한다는 게 그렇게도 이상해? 네 장난감이나 애완 동물 노릇을 하고 있어야 나다운 건가? 대체 뭐가 이상하지? 애교 부리고 순진한 척하며 얼굴을 붉힌 채 입맞춤이나 해주기만을 기다리는 바보가 아니라서 이상한 거야? 아니면 네가 무슨 말을 하든 헤헤거리며 웃어주지 않아서 이상한 거야?"

뜨끔했다.

그녀의 독설에 유검은 아무런 반박도 못하고 가슴만 움켜쥐어야 했다.

다우는 냉소하며 말했다.

"왜, 내가 갑자기 똑똑해졌다고 생각해? 난 어젯밤 꿈속에서 또 다른 나를 만났어. 그녀와 아주 오랫동안 이야기를 나누었어. 아주 솔직한 이야기들을. 그리고 난 내가 얼마나 멍청했는지를 깨달았어. 난 바보였지. 아니, 바보이고 싶었어. 핏줄이라고는 하나도 없었기에 누군가에게 의지하고 싶었어. 그래서 네게 호감을 느낀 순간부터 가족으로 삼고 싶었지. 난 단지 혼자가 아니고 싶었던 거야. 그래서 널 사랑한다고 나 스스로 최면을 걸고 있었던 거지."

다우는 어깨를 으쓱거렸다.

"하지만 이제 그런 환상 놀이는 싫증이 나버렸어. 더 이상 가면을 쓰고 있을 수가 없게 되어버렸어. 그뿐이야."

"……."

"잘 있어. 그동안 고마웠다고 말해 줄게."

그 말을 끝으로 다우는 유검을 스쳐 지나 눈길을 다시 걸어갔다. 눈은 무릎 이상 쌓여 있어 걷는 게 그리 쉽지는 않아 보였다.

유검은 멍한 눈길로 어렵게 눈길을 헤치고 걸어가는 그녀의 뒷모습을 오랫동안 지켜보았다.

그녀의 모습이 숲 속으로 들어가며 희미해지자 유검은 눈길을 시리도록 푸르른 하늘로 돌렸다.

"흠……."

유검은 팔짱을 끼고 그녀의 말을 이제야 겨우 납득한 듯 고개를 끄덕였다.

"좋아! 본래 그랬었군!"

그래도 다행이라고 생각했다.

노인의 말에 의하면 그녀의 감정이나 기분에 의해 주위 사람들이 절대적인 영향을 받을 것이라고 했다. 하지만 그녀가 잠에서 깨고 나서 별다른 것을 느끼지 못했던 것이다.

노인의 걱정은 기우에 불과했다.

'어젯밤 일은 내가 그 늙은이의 말을 너무 의식한 나머지 나도 모르게 나 스스로를 공격해 버린 거였을 테지.'

어쨌든 이제 그녀로 인해 세상의 평화가 깨어질 리 없으니 다행이었다.

정말 다행이라고 생각했다.

눈 덮인 세상은 참으로 아름답고 평화로웠다.

돌이켜 생각해 보면 이 세상이 조그만 한 소녀에 의해 어찌 될 리는 없는 것이다.

단지 그 소녀는 환상에서 깨어나 본래 자신을 싫어하고 있다는 것을 깨달았다.

일어난 일은 단지 그뿐이다.

그러니 그녀를 뒤쫓아갈 이유 따윈 없다.

이대로 조용히 보내주면 된다.

그리고 자신에게는 할 일이 있다. 실종된 기재들과 여문과 화 등을 구해내어야 한다. 그러기 위해선 일단 마교 녀석들을 찾아야 한다.

이렇게 가만히 있을 때가 아니다.

고개를 주억거리며 몸을 일으켰다.

다시 눈이 시리도록 푸른 하늘로 눈길을 돌렸다. 마음이 한없이 넓어지는 것 같아 미소를 띠었다.

세상의 일 따위는 정말 별것 아닌 것처럼 여겨졌다.

"정말 그렇지."

고개 끄덕이며 발걸음을 옮기다 갑자기 바닥을 향해 일 장을 내려쳤다.

픽! 하는 소리와 함께 눈이 사방으로 튕기며 눈보라가 일었다.

유검은 이를 갈 듯 소리쳤다.

"젠장! 납득할 수 있을 리 없잖아! 왜 갑자기 내가 싫어졌다는 거지? 왜?"

유검은 땅을 박차고 허공으로 몸을 띄웠다.

십여 장 상공에서 다우가 걸어간 숲 쪽을 노려보다 갑자기 픽! 하고 신형이 사라졌다.

◆第九章
**하늘도 땅도 두려워 않는
파천신마(破天神魔)!**

하늘도 땅도 두려워 않는 파천신마(破天神魔)!

수령이 수천 년은 되어 보이는 나무들이었다. 하나같이 하얀 눈 모자를 쓴 채 하늘을 향해 꼿꼿이 몸을 세우고 있었다.

그런 울창하기 그지없는 침엽 수림 속 눈길을 다우는 걷고 있었다. 무엇에 홀린 듯 혹은 잠이 덜 깬 듯 몽롱한 눈이었다.

갑자기 나무 등걸에 발이 걸려 넘어졌다.

다우는 나무토막처럼 그대로 엎어지더니 눈 속으로 전신이 파묻혔다.

그리고 돌아가던 물레방아가 멈춰 버린 것처럼 꼼짝도 하지 않았다.

이대로 시간이 멈춰 버린 듯했다.

한줄기 바람이 불어와 나뭇가지 위의 눈들을 우르르 털어낼 때 쓰러진 다우 곁에 유검이 나타났다.

유검은 다우를 내려다보며 머뭇거리고 있었다.

이대로 몸을 일으켜 줘야 할지, 아니면 혹시 당장이라도 깨어날지 모르니 조금 더 기다려야 할지…….

몸을 일으켜 주는데 깨어나 냉정한 말투로 왜 날 뒤쫓아 다니냐고 묻는다면 대체 무어라 말할 것인가. 또다시 싫다는 말을 들으면 더 이상 뒤쫓아 다닐 자신이 없었다.

이때 저 멀리서 두런거리는 말소리가 들려왔다.

"제기랄, 두목도 너무하군. 이런 날 누가 나다닌다고 장사를 나가라는 건가? 나 원……!"

"쫄다구인 우리야 어쩔 수 있습니까? 할 수 없죠. 까라면 깔 수밖에."

"젠장! 으~ 춥군. 그나저나 이 추위는 도무지 적응이 안 되는군."

"헤헤, 사실 무지 독한 화주(火酒)를 한 병 가져왔습니다요. 대충 숨어서 이거나 마시죠? 그럼 몸이 좀 풀릴 겁니다."

두 명이 서로 잡담을 나누며 걸어오고 있었다.

모두 산짐승의 털가죽으로 만든 옷을 걸치고 있었는데 옷차림새는 조잡하고 세련과는 거리가 멀어 보였지만 꽤 따뜻해 보였다.

그중 한 명은 제법 덩치가 있어 보였는데 털보에 칼자국이 나 있는 험악한 인상으로 마치 얼굴에 나는 산적이라는 말을 써 붙인 듯 전형적인 모습이었다.

그리고 그 옆에는 얄팍한 입술에 끊임없이 간사한 미소를 짓고 있는 조그만 체구의 사내가 있었다.

조그만 체구의 사내가 쓰러져 있는 다우를 먼저 발견하고 소리쳤다.

"어라? 저거 사람인 것 같은데요?"

"나도 눈이 있다, 임마!"

"근데… 남잔가, 여잔가? 잘 모르겠는데요? 남자치곤 머리카락이 너무 길긴 하지만……."

"가서 보면 알지. 음… 옷차림새로 보아 별로 값진 걸 가지고 다닐 것 같진 않지만……."

시큰둥한 말투와는 달리 덩치 큰 사내는 희죽희죽 웃고 있었다.

설령 값진 걸 건져 내지 못하더라도 일단 쓰러진 자의 의복을 벗겨 가면 놀지 않고 열심히 장사했다는 증거가 될 것이다.

가까이 다가서던 조그만 체구의 사내가 다우의 뒷모습을 훑어보곤 반색하며 소리쳤다.

"후와~ 저 탱글탱글한 엉덩이를 보십쇼. 틀림없이 계집입니다, 계집! 그것도……!"

덩치 큰 대한이 군침을 꿀꺽 삼키며 입을 열려는데 갑자기 싸늘한 목소리가 들려왔다.

─나는 저승사자다. 널 데려가야 할 때가 되었으니 준비하거라.

그 음성은 누군가 바로 옆에서 이야기하는 것 같기도 하고 머리 속에서 그냥 울려 퍼지는 것 같기도 했다.

대한은 깜짝 놀라 주위에 대고 소리쳤다.

"누, 누구냐! 숨어 있지 말고 나와라! 정체를 썩 밝히지 못하겠느냐!"

─어리석은 놈. 말했잖느냐, 저승사자라고. 준비는 되었느냐?

조그만 체구의 사내가 어리둥절해 물었다.

"저… 대체 누굴 보고 그러시는지……."

"저, 저 소리가 들리지 않는단 말이냐?"

"저… 무슨 소리를……."

덩치 큰 사내는 갑자기 몸이 뻣뻣해짐을 느꼈다. 손발이 마비가 된 듯 감각이 없어졌다.

'지, 진짜 저승사자란 말인가? 그럼 지금 내가 죽는 건가? 이렇게 갑자기?'

사내는 사색이 되어 소리쳤다.

"어이쿠, 전 아직 죽을 때가 되지 않았습니다! 제발 살려주십쇼."

—안 된다. 너는 악행을 너무 저질러 예정된 수명보다 삼십 년은 단축되고 말았다. 벼락을 내려야 하나, 눈이 내리는 바람에 쉽지 않게 되었다. 그래서 할 수 없이 내가 특별히 직접 너를 데리러 온 것이다.

사내는 특별히 직접 데리러 왔다는 말에 정말로 사색이 되고 말았다.

"어이쿠, 악행이라뇨? 저보다 더 악독한 짓을 하고도 잘 먹고 잘 사는 두목을 놔두고 어찌 저를 잡아가신단 말입니까요? 제발, 제발 한 번만 봐주십시오! 저 대신 두목을… 아니면 이 옆에 있는 호가를 데리고 가십쇼. 저는…….

—내가 맡은 건 너다. 다른 자를 대신 데리고 갈 수는 없다. 열을 헤아린 후 너의 명줄을 끊을 테니 준비하거라.

사내는 간절히 부탁했다.

"제발… 제발 제 목숨을 살려주십시오. 무슨 짓이라도 하라면 할 테니…….

유검은 사내의 사색이 된 안색을 대충 살펴보곤 이제 되었다 싶어 말했다.

—흠… 선행을 하면 악행이 조금 지워질 수 있기는 한데…….

"서, 선행요?"

─좋다, 특별히 선심을 쓰지. 일 각 내로 열 개의 선행을 베풀어보거라. 그 선행의 정성에 따라 명줄을 늘여보도록 해보마.

사내는 몸이 다시 움직여지는 것을 느꼈다.

조그만 체구의 사내는 그가 왜 저러나 싶어 두 눈만 동그랗게 뜨고 있었다.

이때 다우가 신음 소리와 함께 깨어나더니 천천히 몸을 일으켰다.

의아해하는 얼굴로 주위를 두리번거리다 눈앞의 두 사내를 보고 물었다.

"누구세요?"

곧 그들의 행색을 보고 다시 되물었다.

"혹시… 산적?"

덩치 큰 사내는 펄쩍 뛰며 부인했다.

"천부당만부당합니다! 그냥 지나가는 길손이온데…….."

곧 옆의 조그만 체구의 사내를 향해 버럭 소리쳤다.

"뭐 하냐! 빨랑 벗어!"

그러면서 자신도 털가죽으로 된 윗옷을 훌쩍 벗었다.

하나, 둘, 숫자를 헤아리며 벗어젖히더니 옆의 사내의 옷도 강제로 벗겼다.

둘이 옷을 벗어젖히자 다우는 황급히 눈길을 돌렸다.

"여섯, 일곱, 여덟…….."

옷가지와 장화, 내려놓은 칼 두 자루를 합쳐 헤아리다 화주 한 병을 집어 들며 아홉이라고 외쳤다.

그 모두를 다우 앞에 내려놓더니 헤헤 웃으며 말했다.

"이렇게 우린 그냥 시도 때도 없이 좋은 일을 하고 싶어 안달이 난 사람입죠. 예, 예… 헤헤…….”

그리곤 아직 하나가 남았다며 사내는 초조해하더니 황당해하는 조그만 체구의 사내를 끌고 발가벗은 채 어디론가 달려가기 시작했다.

혼자 남은 다우는 멍하니 남겨놓은 털가죽과 칼 등을 보다가 갑자기 웃음이 나왔다.

뭐가 뭔지는 몰라도 우스웠다.

지나가던 통행인의 물품을 터는 산적은 흔히 봤어도, 일부러 가진 것을 다 내놓는 사람은 처음이었던 것이다. 게다가 이런 추위에, 옷까지 몽땅 다 내놓다니…….

한참 웃다가 다우는 주위를 돌아보았다.

“근데… 여긴 어딜까? 난 왜 여기 있는 거지?”

다우는 길게 한숨을 내쉬었다.

“오라버니는 어디에 있는 걸까? 왜 날 혼자 내버려 두고…….”

다우는 낙심한 얼굴로 천천히 일어나 산적들이 내놓은 털가죽 하나를 집어 몸에 걸친 채 다시 걷기 시작했다.

터벅터벅 힘없는 걸음걸이였다.

한 인영의 그림자가 그 자리에 희미하게 투영되더니 본래부터 있었던 것처럼 모습을 나타내었다.

유검은 미간을 찌푸렸다.

'내가 왜 이러지? 왜 갑자기 웃음이 나오려 하다가 이젠 슬퍼지는 거지?'

유검은 산적들이 내려놓은 옷가지들을 걸쳐 입었다.

털가죽까지 걸치고 병기를 등 뒤에 울러 메자 한 명의 그럴듯한 산적이 탄생되었다.

유검은 술병을 집어 들어 맛을 보았다.

화끈한 감각이 식도를 따라 흘러갔다. 상당히 독했다.

'쓸 만하군.'

"대체 왜 이러는 겁니까? 옷을 다 벗어주지를 않나… 또 선행을 하나 더 해야 한다니……."

조그만 체구의 사내는 볼멘소리를 했고, 덩치 큰 대한은 초조한 얼굴로 뭔가 선행을 베풀 일을 찾아서 주위를 두리번거리며 무작정 달리고 있었다.

이때 저승사자의 목소리가 들려왔다.

―너의 모습을 지켜보았다.

사내는 그 자리에 멈춰 선 채 사색이 되어 외쳤다.

"아직 일 각이 지나지 않았습니다요! 그러니까……."

―이 근처에서 관을 멘 사람들을 본 적이 없느냐? 네 녀석 대신에 다른 놈을 하나 잡아가야 한다. 많을수록 좋다. 많을수록 네 명줄은 늘어날 것이다.

사내의 두 눈이 동그래졌다. 산삼을 발견한 심마니처럼 기뻐 소리쳤다.

"봐, 봤습니다! 동쪽으로 이십여 리 정도 올라가면 폭포가 하나 나오는데, 어젯밤 검은 인영들이 물속에서 관을 울러 메고 나왔습니다! 산채에서 바로 내려다보이는 곳이라서 똑똑히 봤습죠. 소변 누러 나왔다가……."

유검은 혹시나 싶어 물어보았는데 뜻밖의 소득에 기뻐하며 다시 물었다.

―그들은 어디로 갔느냐?

"그, 그게 너무 순식간에 일어난 일이라 자세히 보지는… 하지만 북쪽으로 간 것은 틀림없어 보였습니다요!"

유검은 웃으며 말해 주었다.

―오래 살아라.

다우는 힘겹게 눈길을 헤치며 걷고 있었다.

손이 시려운지 입김을 호호 불어넣으며 중얼거렸다.

"대체 여긴 어딜까? 오라버니랑 싸우는 꿈을 꾼 것 같은데… 앗!"

눈 속에 파묻혀 있는 나무 등걸에 또다시 발이 걸린 듯 다우는 엎어지고 말았다.

다우는 몸을 일으키며 훌쩍거렸다.

그러다 울먹이는 목소리로 유검을 소리쳐 불렀다.

"오라버니―!"

길 잃은 아이가 엄마를 소리쳐 부르듯 애처롭기 그지없는 모습이었다.

몰래 뒤따르고 있는 유검은 곤혹스러웠다.

'설마 정말로 날 찾는 걸까?'

갑자기 다시 사람이 바뀐 듯했다. 게다가 무공조차 없는 듯 걸핏하면 넘어지는 저 모습은 또 무엇인가?

유검은 가슴이 아팠다. 그리고 이상하게도 눈시울이 뜨거워졌다.

'…눈물?'

손가락으로 닦아낸 물기를 보며 유검은 한동안 멍하니 있었다.

물론 다우의 모습이 애처러워 보이는 것은 사실이었지만 눈물까지 흘리다니…….

아무래도 정상적인 반응이라곤 볼 수가 없었다.

유검은 짧게 한숨을 내쉬었다.

노인의 말이 사실이었음을 다시 깨달은 것이다.

유검은 망설이다 조심스럽게 다우 앞에 모습을 드러내었다.

훌쩍이던 다우는 갑자기 나타난 유검을 보고 두 눈이 동그래졌다.

"아……!"

유검은 머뭇거리다 겨우 입을 열었다.

"날 왜 찾는지는 몰라도……."

말은 더 이상 이어지지 않았다. 다우가 품속으로 날아 들어왔던 것이다.

더 이상 말은 필요없었다.

유검은 와락 그녀를 끌어안았다.

새삼 깨달았다.

이 조그맣고 부드러운 몸을 얼마나 안고 싶어했는지를.

얼마나 간절히 그녀의 체온을 느끼고, 숨소리를 듣고, 머리카락의 향기를 맡고 싶어했는지를…….

다우는 가슴에 얼굴을 묻은 채 울먹이듯 말했다.

"나쁜 꿈을 꿨어. 내가 막 이상한 소릴 하며 오라버닐 떠나는 꿈이었어. 내가 왜 그랬을까… 난 속으로 아니라고 막 소리쳤는데……."

"괜찮아, 괜찮아. 단지 그건 꿈이니까……."

다우는 천천히 고개를 끄덕였다.

"정말… 정말 다행이야, 꿈이라서……."

유검은 이젠 절대 놓치니 않겠다는 듯 그녀를 꼭 안고 조심스런 손길로 머리카락을 쓰다듬어 주었다.

　　꼬르르—

　갑자기 다우의 뱃속에서 천둥 치는 소리가 났다.

　유검도 배가 고파졌다. 그러고 보니 언제부터 굶었는지 기억도 나지 않을 정도다.

　유검은 술병을 꺼내 들고 말했다.

　"아, 술을 좀 마셔볼래? 속이 따뜻해질 거야."

　다우는 거절하지 않고 마셨다.

　한 모금 마셔보더니 너무 독한 듯 아미를 찌푸렸다. 하지만 속이 따뜻해지고 편해지자 다시 몇 모금 더 마셨다.

　그녀의 얼굴이 빨갛게 달아올랐다.

　"헤헤……."

　술 마시고 얼굴이 빨개진 모습을 보이는 게 쑥스러운지, 아니면 유검을 다시 만나 기분이 좋은지 혀를 쏙 내밀며 웃어 보였다.

　유검은 다우를 지켜보기만 하는데도 머리가 몽롱해졌다. 그녀의 영향을 받아 자신도 취한 것 같았다.

　'이럴 때는 제법 편리하네.'

　세상은 무척 아름답게 보였다.

　눈은 하얀 솜이불이 되어 푹신해 보였고, 울창한 숲들은 손을 흔들며 다정하게 웃고 있었다.

　'이 녀석은… 세상을 이렇게 보고 있구나.'

　마치 꿈속의 세상 같았다. 어떤 다툼도 없으며 평화와 사랑만이 가득 찬 세상.

　그렇게 전혀 다른 눈으로 바라보는 세상은 무상검의 경지에서 바라볼 때와는 또 다른 경이를 가져다주었다.

얼굴이 빨개진 채 웃는 다우의 모습은 신비로운 빛의 융단을 뒤집어쓴 듯 환하게 빛나고 있었다.

그것을 보고 유검은 내심 웃었다.

'녀석! 지금의 자기 모습이 무척 예쁘다고 생각하고 있군!'

물론 이견을 내놓을 생각은 전혀 없었다.

유검은 천천히 고개를 숙여 부드럽게 그녀에게 입을 맞추었다.

사랑스러워 견딜 수가 없었다.

허공에 둥실 떠 있는 듯한 행복감 속에 시간의 흐름이 멈춰진 듯했다. 이 모든 것이 자신이 느끼는 것인지, 아니면 그녀가 느끼는 것인지 분간을 할 수가 없었다.

다우는 눈 이불 위로 쓰러졌고, 유검의 입술은 차츰 아래로 향해 갔다.

목덜미를 지나 가슴의 옷자락 사이로 얼굴을 파묻었다.

"아……!"

다우는 깨어나는 감각을 견딜 수 없어 자신도 모르게 몸을 비틀었다. 간지러움인지 아니면 쾌감인지 분간할 수 없었다.

그녀의 얼굴은 술기운과 부끄러움으로 붉게 물들어 있었다. 두 팔로 유검의 머리를 꽉 껴안았다.

유검은 그녀의 가슴을 입 안에 물고 행복감에 젖어 있었다. 그녀의 가슴은 형언하기 힘들 정도로 부드러웠다.

자신이 그녀 속으로 녹아 들어가는 느낌이었다.

깊은 잠을 자고 있는 것처럼 아무런 생각도 떠올리지 못하고 본능적으로 가슴을 물고 있었다.

조금 더 그녀를 알고 싶다는 욕구와 그녀의 기분과 느낌이 그대로 전달되는 기묘한 체험 속에서 유검은 그녀의 하의 속으로 손을 집어넣었다. 매끄러운 허벅지를 한참 동안 더듬다 드디어 결심한 듯 안쪽으로 향했다.

부드러운 털 아래 매끄러운 살갗의 감촉을 느끼는 순간 갑자기 맥이 풀리며 전신의 힘이 빠져 버렸다. 급소에 일격을 당해 꼼짝 못하고 쓰러지는 황소가 된 듯했다.

'……'

부끄러움과 한줄기 두려움이 밀려왔다. 모두가 그녀의 영향이었다.

유검은 속으로 투덜거렸다.

'임마! 이번이 처음은 아니잖아. 근데 왜 그렇게 민감한 거냐?'

이번에는 그녀의 영향에서 벗어나기 위해 마음 자리를 비웠다. 그리고 다시 재차 진입을 시도하는데 그녀의 다리가 움찔거렸다. 그리고 취한 듯 몽롱했던 머리가 갑자기 맑아졌다.

차가운 목소리가 들려왔다.

"이봐, 내게 뭔 짓을 하는 거야?"

왠지 수상쩍은 기분에 설마 하며 유검은 고개를 들었다.

다우가 서늘한 눈으로 자신을 내려다보고 있었다.

유검은 직감적으로 알았다.

'아까 그녀다!'

뭔가 말을 꺼내기도 전에 그녀가 외쳤다.

"네가 싫다고 했잖아!"

퍽—!

그녀는 무릎을 사정없이 올려 찼고, 유검은 신음 소리와 함께 아랫도리를 움켜쥐고 뒤로 물러나야만 했다.

다우가 품속에서 빙정신소를 꺼내 들어 날리려 하자, 눈으로 분간하기 어려울 정도의 빠른 속도로 순식간에 그녀의 뒤로 신형을 이동시켰다.

빙정신소를 빼앗고 그녀의 팔을 뒤로 꺾으며 말했다.

"잠깐! 넌 알고 있지? 또 다른 네가 있다는 것을 말이다."

"이거 놔! 놓지 못해?! 너 따윈 싫다고 말했잖아. 왜 날 쫓아다니는 거지?"

"넌 날 싫어할지 모르지만 또 다른 너는 나를 사랑하고 있다. 그러니까 널 떠날 수 없다."

"홍, 낯 뜨거운 소릴 잘도 지껄이는군. 그 멍청이가 널 사랑하든 말든 나와는 아무런 상관이 없어! 내가 바보 같은 모습 보일 때면 정말 싫어 죽겠어!"

그녀의 말에 유검은 문득 깨달았다.

"혹시……."

"공격 안 할 테니 팔이나 놔줘."

그녀의 말에 유검은 순순히 팔을 풀어주었다.

그리고 물었다.

"혹시 네가 날 싫어하는 건… 또 다른 네가 날 사랑하고 있기 때문이야? 그렇지? 날 만나면 순진하고 바보 같은 모습만 보이니까……."

"그렇다면 어쩔 테지?"

그리고는 벌떡 일어나 옷 매무새를 바로 하고는 성큼성큼 걸어가기 시작했다.

유검은 황급히 그녀의 팔을 잡았다.

"잠깐만······."

다우는 고개를 홱 돌리곤 차갑게 물었다.

"뭐야? 좀 전에 하던 일을 마저 하고 싶다는 건가? 좋아, 어차피 네무공이라면 난 꼼짝도 못하고 당하고 말 테니까."

말을 마치자 하의를 쑥 내렸다.

"자, 해! 대신 이걸 마지막으로 해줘."

그리고는 눈 위에 누워버렸다.

그녀의 눈길은 그냥 허공을 향해 있었다. 유검이 자신에게 무슨 짓을 하던 이번만은 전혀 상관 않겠다는 태도였다.

유검은 어이가 없어 버럭 화를 내었다.

"뭐야? 내가 네 몸만 탐하는 그런 놈으로 보이는 건가?"

"그럼 아니란 거야?"

유검은 기가 막혀 시선을 하늘로 두었다.

다우의 현재 상황을 대략 짐작할 수 있었다. 군화정의 불완전한 각성 때문인지는 몰라도 그녀의 마음은 둘로 나누어져 버린 것 같았다. 하나는 자신의 감정에 충실한 다우, 또 하나는 차가운 이성으로 스스로를 보호하려는 다우.

왜 그런지는 몰라도 전자는 군화정의 능력이 발휘되고 후자는 그렇지 않은 것 같았다.

자신은 그녀를 어떻게 대해야 할까? 참으로 막막하기 그지없었다.

유검은 머리를 긁적거리다 웃었다.

어쨌거나 나름대론 다행이라고 생각했다.

어떤 모습이든, 그리고 자신에게 어떻게 대하든 다우는 다우다. 전혀 다른 사람이 되어버린 것은 아니다.

그 정도면 충분하지 않은가.

유검은 그녀 곁에 다가가 쭈그려 앉았다.

그리고 싱글벙글 웃으며 물었다.

"그러고 있으면 안 부끄러워? 날도 추운데 말야."

"…할려면 맘 바뀌기 전에 빨리해."

"근데… 무슨 짓이라도 괜찮겠어?"

"…그래, 대신 마지막이야!"

다우는 각오한 듯 두 눈을 찔끔 감았다. 이까지 꽉 다물고 어서 빨리 시간이 흐르기만을 기다리는 모습이었다.

징그러운 해충을 떨쳐 버리기 위해서는 이 정도의 희생은 어쩔 수 없이 각오한다는 태도였다.

유검은 흥미가 일었다.

그런 그녀의 태도에서 다우의 일면을 볼 수 있었던 것이다. 정말 싫다면 악을 쓰며 난리를 치면 그뿐이다. 자신의 성격을 알고 있을 테니 그걸 생각 못했을 리 없다.

하지만 아마도 그게 꼴사납다고 생각한 모양이다.

그리고 깔끔하게 헤어지기 위해서, 또 하나의 자신이 불만을 가지지 않도록 나름대로 배려를 베푼 것이다.

자신은 싫으면서도 상대를 배려하는 그 모습에, 지금의 다우가 자신을 싫어하든 말든 역시 마음은 따뜻하다는 것을 알 수 있었다.

유검은 그녀의 가슴에 손을 얹었다. 그녀의 몸이 부르르 떨렸다.

내심 실소했다.

'민감한 것도 역시 똑같구나.'

같은 육체니까 다를 리 없다.

유검은 장난기 어린 미소를 띠었다. 곧 그녀의 입술에 부드럽게 입을 맞추며 살짝 손가락을 뻗어 그녀의 겨드랑이를 간질였다. 손가락 끝에 진기를 불어넣어 가는 진동을 일으키게 만들었기에 몇 배나 더 간지러웠다.

눈을 꼭 감고 있던 다우가 벌떡 몸을 일으켰다.

"뭐, 뭐 하는 거야!"

유검은 태연히 대꾸했다.

"애무잖어. 몰라?"

"그, 그런 거 하지 말구 빨리 끝내!"

"너무하네. 마지막인데 금방 끝내고 싶을 리 없잖아. 난 눈물이 나올 지경이라구."

마지막, 눈물, 이런 말에 다우의 표정이 누그러졌다.

"조, 좋아. 하지만 이번이 정말 마지막이야! 알았지?"

다짐시키는 그 말투는 본래의 다우 모습과 꼭 같았기에 유검은 내심 웃음을 금치 못했다.

당당하게 허락을 받고 나자 유검은 노골적으로 손가락으로 그녀의 겨드랑이와 무릎 허벅지 등 무차별로 간질이기 시작했다. 심지어 장화를 벗기고 발바닥까지 간질였다. 게다가 입술로 전신을 간질이며 함께 진기를 불어넣었다.

다우는 이를 꽉 다물고 참으려 했지만 결국 데굴데굴 구르고 말았다.

"헉헉… 그, 그만 해! 그만……."

너무 웃어 그녀의 눈가엔 눈물이 고였고 배가 아픈지 목소리는 힘이 없었다.

유검은 천천히 몸을 일으키곤 그녀의 옷매무새를 바로잡아 주었다.

"자, 끝났다!"

"……?"

숨을 몰아쉬며 의아한 눈길을 던지는 그녀에게 유검은 미소 지으며 말했다.

"마지막으로 원없이 너의 웃는 얼굴을 보고 싶었을 뿐이야. 더 하다 간 네가 울 것 같으니까 그만둔 거고."

그녀를 일으켜 주고 나서 옷에 묻은 눈을 털어주었다.

옷자락을 잡고 진기를 불어넣으니 은빛이 그녀의 전신을 휘감았다. 옷이 순식간에 말라 버렸다.

사기쳐서 얻은 산적의 털가죽을 잡고 흔들자 뻣뻣해지면서 느긋하게 잘살고 있던 이와 빈대들이 한꺼번에 쫓겨나고 말았다.

털가죽을 건네주며 유검이 말했다.

"한 번만… 더 볼 수 없을까? 네 웃는 얼굴 말야. 마지막이잖아."

"…바보."

그녀의 퉁명스런 대꾸에 유검은 어깨를 으쓱거렸다.

"할 수 없지."

유검은 그녀에게 가까이 다가가 부드럽게 입술을 맞추었다. 다우는 흠칫 했지만 거부하지는 않았다.

"잘 있어."

미소 지은 얼굴 그대로 유검의 신형이 서서히 옅어져 갔다. 마치 연기가 흩어지듯…….

다우는 무심히 사라져 버린 유검의 잔영을 멍하니 바라보았다

한참 후 다우는 아미를 찌푸리며 길게 한숨을 내쉬었다.

"하아… 웃는 얼굴? 끝까지 괴롭히네."

마지막으로 유검이 입을 맞추었던 입술에 손가락을 대고 한참 동안 움직일 줄을 몰랐다.

다우는 멍한 시선을 하늘로 돌리며 중얼거렸다.

"이제 어디로 갈까?"

무작정 유검에게서 일단 벗어나는 것이 우선이었다. 이제 유검이 스스로 떠나 버리자 막상 어디로 향해야 할지 막연해져 버렸다.

한줄기 바람이 불어왔다. 눈보라가 휘날렸다.

손바닥으로 눈을 가렸다 뜨니 수목 사이로 조그만 소로(小路)가 나 있었다.

"일단 저쪽으로 걸어가 보자."

걸어가는 다우 바로 뒤 전형적인 산적 복장에 녹안(綠眼)의 괴인이 뒤따르고 있었다. 괴인이 바로 한두 발짝 뒤에 바짝 붙어 뒤따르는 데도 다우는 전혀 눈치 채지 못하고 있었다.

'마지막이라고 말한 건 유검, 하늘도 땅도 두려워 않는 대마두이자 여자만 보면 사죽을 못 쓰는 색마인 나 파천신마(破天神魔)와는 전혀 상관없는 이야기지.'

괴인은 내심 그렇게 중얼거렸다.

'근데 왜 실패한 걸까? 간질이면 반드시 바뀔 줄 알았는데……'

웃는 얼굴이 보고 싶어서라고 둘러댈 수 있었던 것은 참으로 다행이라고 생각했다.

착한 소녀를 속이고도 전혀 양심의 가책을 느끼지 않는 이 사기꾼에게 마른하늘에서 날벼락이 떨어지지는 않았다. 물론 하늘도 땅도 두려워 않는 파천신마가 날벼락 따위를 신경 쓸 리는 없겠지만.

다우는 절벽 가에 도착하여 우측 아래 얼어붙은 폭포를 내려다보고 있었다. 눈이 쌓여 있지 않는 걷기 편한 길이 이어지기에 쭈욱 따라 오다 문득 정신을 차려보니 여기였다.

폭포는 비류직하(飛流直下)하는 모습 그대로 얼어붙어 있었으나 그 안으로 물은 계속해서 흐르고 있었다.

폭포가 못으로 떨어지는 소리는 귀를 먹먹하게 만들었다.

"어떡할까? 다시 되돌아가려면……."

이때 우르르 절벽 끝이 무너져 내렸다.

다우는 급히 중심을 바로 세우며 뒤로 물러나려 했으나 이미 늦었다.

거대한 바윗덩어리가 통째로 무너졌고 다우는 함께 휩쓸려 아래로 떨어졌다.

비명을 지르며 허공에서 허우적대다 다우는 순간 자신의 몸이 가볍다는 것을 깨달았다.

일단 몇 차례 공중제비를 돌면서 중심을 바로 세우려는 데 자신의 두 발이 어느새 지면에 착지해 있었다. 무너져 내린 거대한 바위는 땅에 부딪혀 두 조각이 났는데 자신은 그 한쪽 조각의 맨 위에 서 있었던 것이다.

"……?"

이십여 장은 되어 보이는 절벽 위를 멍하니 바라보며 중얼거렸다.

"내 경공술이 언제 이렇게 굉장해졌지?"

곧 뭔가 이상함을 느끼고 주위를 두리번거렸다. 혹시나 유검이 있나 살펴보는 것이다.

하지만 인기척은 전혀 없었다.

"쳇, 자존심도 없는 하류 잡배라면 모를까 대장부가 일구이언(一口
二言)하며 약속을 지키지 않을 리는 없겠지."

그렇게 투덜거리는 바로 옆에 녹안의 괴인이 고개를 끄덕이고 있었
다.

'물론! 난 파천신마라오. 그대와 약속한 유검과는 전혀 상관 없는
사이지.'

우르릉!

갑자기 마른하늘에 천둥이 쳤다.

괴인은 자신과는 전혀 상관없다는 듯 멀뚱히 올려다볼 뿐이었다.

유검은 주위를 살폈다. 연못의 규모에 비하여 이어지는 시냇물의 크
기는 무척 작아 보였다. 아무래도 이 연못은 지하 수로로 이어져 있는
것 같다고 생각했다.

그리고 연못은 전체가 얼어붙어 있었는데, 중앙은 이미 한 번 깨어
졌는 듯 살얼음만 끼어 있었다.

산적의 말대로 이곳을 통해 관들이 운반되어 온 것이 틀림없어 보였
다.

'여기서 나와 어디로 갔을까?

덩치 큰 산적은 그들이 북쪽으로 갔다고 말했지만 그 말을 온전히
믿지는 않았다. 물론 그가 거짓말을 했을 것이라고 보지는 않았다. 다
만 마교 사람들이 너무 쉽게 노출되었다는 사실이 마음에 걸렸다.

어쩌면 일부러 북쪽으로 간 척하면서 실제로는 다른 곳으로 향했을
지 모른다.

눈길을 다우에게로 돌렸다.

그녀는 연못 옆 바위에 앉아 멍하니 폭포만 바라보고 있었다. 인생을 다 산 것처럼 그녀의 눈길은 횅해 보였다.

스산한 바람이 스쳐 지나가자 그녀의 머리카락이 쓸쓸히 나부꼈다. 짙은 외로움과 고독이 그녀 주위를 에워싸고 있는 것처럼 보였다.

유검은 가만히 서서 그런 그녀를 보고만 있었다.

산중의 해는 빨리 진다. 날은 어느새 점차 저물어가고 있었다.

구름이 끼더니 눈발이 다시 휘날리기 시작했다.

다우는 손을 뻗어 내리는 눈송이를 받았다. 손바닥 위에서 눈은 금세 녹아내렸다.

그녀의 입술이 열리며 뭐라고 소곤거리는 것 같았다.

첫마디를 놓쳤기에 유검은 다시 귀를 기울였다.

그녀는 들릴 듯 말 듯 작은 목소리로 말하고 있었다.

"들려줄게. 진실을……."

유검은 주위를 두리번거렸다. 그녀가 누구에게 말을 거는지 찾아보기 위해서였다.

자신의 이목을 속이고 가까이 와 있는 자를 발견할 수는 없었다.

'혹시 눈에게 이야기하는 것일까?'

다우는 손바닥 위에서 녹아버린 눈에게 소곤거리듯 말을 건네고 있었다.

"그때도 세상은 회색 빛이었어. 지금처럼……. 그러다 한 사람을 만났단다. 처음엔 그냥 호기심이었어. 놀리거나 장난치면 꽤 재밌었거든. 그런데… 점점 빠져들어 버렸어. 나도 모르게 말이야. 난 그걸 사랑이라고 생각했어."

그녀의 눈빛이 쓸쓸해졌다.

"하지만 이젠 진실을 알아. 난 사랑에 빠진 척해 보고 싶었던 것뿐이란 것을……. 어쩌면 어릴 때 입은 마음의 상처를 치유하기 위해서였을지도 몰라. 혹은 단지 재밌었기 때문일지도 모르고. 그 사람은… 착했어. 또 만만했지. 그래서 아무 거리낌 없이 그렇게 할 수 있었던 걸 거야."

중얼거리는 그녀의 입가로 언제부터인지 맑은 액체가 흐르고 있었다.

"근데 웃기게 되어버렸단다. 사랑에 빠진 내 모습이 정말로 사랑스러워서… 언제부터인가 그게 진짜 나라고 생각해 버린 거야. 사랑에 빠진 가면을 쓰고는 그게 진짜 나의 모습이라고……."

그녀의 어깨가 들썩이고 있었다.

"그렇게 난 꿈을 꾸었던 거야. 사랑에 빠진 나의 모습이 너무 좋아서… 그래서 그 꿈속에서 빠져나오기 싫어서… 싫어서……."

목소리는 울먹이고 있었다.

"그 사람은 달리 사랑하는 사람이 있었는데… 난 나만 바라봐 달라며 생떼를 쓰곤 했어. 그런 내가 가증스러웠어! 정말 부끄러웠어! 그래서 무작정 달아나 버렸어. 미안하단 말도 못하고……."

주위는 어둑해져 가고 있었다. 눈발은 조금씩 거세지고 있었다.

다우는 소매로 눈물을 쓱 닦고 또 중얼거렸다.

"잠이 들면 나는 또 꿈을 꾸겠지. 사랑에 빠진… 예뻐진 나를… 그리곤 그 사람이 없어진 걸 보고 슬퍼하겠지. 찾아헤맬지도 몰라. 하지만……."

그녀의 슬픈 두 눈이 눈 내리는 허공을 떠돌고 있었다.

"난… 가면을 쓴 나의 모습을… 그 사람에게 더 이상 보여주고 싶지 않아!"

그녀의 고개가 떨구어졌다.

"그런데… 그런데 왜 이렇게 피곤한 걸까? 왜 자꾸만… 그 사람 생각이 나는 걸까……."

눈송이를 움켜쥔 조그만 주먹 위로 맑은 액체가 떨어지고 있었다.

더 이상 움직이지 않는 그녀의 머리카락과 어깨 위로 눈이 쌓여져 갔다.

유검은 그런 그녀를 묵묵히 바라보다 눈길을 허공으로 돌렸다.

한참 동안 휘날리는 눈송이를 쫓다가 유검은 천천히 다우에게로 다가갔다.

그녀 앞에 무릎을 꿇고는 천천히 고개를 숙여 그녀의 꽉 쥔 주먹에 입을 맞추었다. 그녀의 이야기를 모두 엿들었던 자신의 존재를 알리는 행위였다.

다우의 어깨가 부르르 떨렸다.

볼 수는 없었지만 누군가 자신의 주먹에 입을 맞춘 감촉은 느낀 것이다.

그녀의 얼굴이 창백해졌다.

당혹, 놀람, 부끄러움, 그리고 혼란…….

한참 후에야 그녀는 입을 열 수 있었다.

"누, 누구시죠?"

이런 능력을 보일 자는 유검뿐임을 이미 알고 있었다. 하지만 아니길 바라며 그렇게 묻지 않을 수 없었다.

두려웠던 것이다.

대체 어떻게 반응해야 한단 말인가.

약속을 어기고 자신의 뒤를 쫓아오고 또 자신의 진심을 엿듣고 게다가 그 사실을 알려주기라도 하듯 존재를 드러낸 그에게 대체 어떻게⋯⋯.

혼란은 곧 분노로 변했다.

얼굴을 붉히며 벌떡 일어나 소리치려는데 와락 누군가에게 안겨 버리고 말았다. 강렬하기 그지없어 손가락 하나 움직일 수 없었다.

귓가에 목소리가 들려왔다.

"난 파천신마! 유검이 꿈꾸는 또 하나의 모습."

"파천신마⋯⋯."

"그렇다. 하늘도 땅도 두려워 않는 대마두지. 게다가 여자라면 사족을 못 쓰는 색마이기도 하다."

변명으로 듣자면 유치하기 이를 데 없다. 하지만 다우는 자신도 모르게 울면서 웃고 말았다. 분노, 부끄러움 이전에 일단 그를 다시 보게 된 기쁨이 앞서 버렸던 것이다.

그리고 그런 자신의 모습이 한심해 울고 말았다.

"⋯그럼 유검과 다를 것이 없잖아!"

"그야 내가 꿈꾸는 모습 중 하나이니까. 사랑에 빠진 너의 모습도, 그리고 지금의 네 모습도 모두 너의 꿈인 것처럼."

다우는 누군가 눈물을 닦아주는 것을 느꼈다.

"지금⋯ 나의 모습도 꿈이라고?"

유검은 대답하지 않고 그녀를 좀 더 강하게 안을 뿐이었다.

다우는 멍하니 하늘만 바라보았다.

유검의 모습은 보이지 않았기에 마치 포근한 눈 이불을 뒤집어쓴 것 같았다. 정말로 꿈을 꾸고 있는 듯한 기분이 들었다.

다우는 긴장이 풀리고, 곧 자포자기 비슷한 마음이 들어 차분하게 말했다.

"그래, 잘됐어. 이제 알았을 테니까. 난… 널 사랑한 게 아니었다는 것을. 보시다시피 이렇게 이기적이고 쓸데없이 고집만 부리는 내 모습이 진짜 나야. 넌 이것도 나의 꿈이라고 말하지만… 이건 진짜야."

"상관없어. 말하지 않았나? 네가 어떤 모습일지라도… 최소한 넌 여자잖아. 난 여자라면 사죽을 못 쓰는 색마. 그러니까… 상관없어."

"바보 농담으로 듣지 마! 아직도 모르나 본데… 난 단지 사랑에 빠진 척해 보고 싶었을 뿐이야. 그 상대가 너 아닌 다른 사람이라도 전혀 상관없었다는 거라구!"

"날 선택해 주다니 영광이군."

"휴, 다시 말해 넌 내 연극의 도구에 불과했단 말이야!"

"도구라도 좋아."

"……"

부드러운 입맞춤이 귓가를 간질였다. 차츰 목덜미를 따라 내려가는데도 다우는 뿌리칠 수 없었다. 생각 이전에 몸은 이미 그의 애무를 반기고 있었던 것이다.

도무지 어떤 게 진짜 자기 모습인지, 또 진짜 마음인지 전혀 알 수가 없었다.

다우는 생각을 그쳤다. 주위를 바라보니 회색 빛으로 보였던 세상이 날이 어두워지고 눈발이 거세어 지는데도 불구하고 포근하고 따스하게 변해 있었다.

다우의 눈빛이 흔들렸다.

길게 한숨을 쉬며 다시 바위에 앉고는 허공을 향해 차갑게 말했다.

"좋아, 솔직하게 말할게. 사실 네가 애무해 주는 게 그리 기분 나쁘진 않아. 그렇게 널 단지 날 기분 좋게 해주는 도구로서는 곁에 둘 수 있어. 단 지금처럼 모습이 보이지 않는 파천신마로서만. 유검은 나에게 마지막이라 약속했으니까. 뭐, 그 정도면 그냥 추위를 막을 따뜻한 목도리 하나 걸친 것으로 여기면 되니까… 그래도 넌 견딜 수 있겠어?"

"나도 한 번쯤은 꿈꾸었지. 너처럼 아름다운 소저의 하인이 되는 것을 말이야. 흐음, 정말 잘됐군! 같은 꿈을 꾸게 되다니!"

"…하늘도 땅도 두려워 않는 파천신마라며?"

"그 녀석은 본래 그래."

"…바보구나."

"그런가 보다."

다우는 눈길을 다시 허공으로 돌렸다.

거세게 내리는 눈발이 꽤 포근해 보인다고 생각하며 다우는 짐짓 거만한 표정을 지으며 명령했다.

"그럼… 발을 주물러 줘."

장화가 벗겨지고 얼어붙은 발가락에 따스한 온기와 가벼운 진동이 느껴졌다. 곧 전신이 이완되고 기분이 편안해졌다.

다우는 이 정도로 타협하기로 했다.

최소한 사랑하는 상대를 쫓아다니며 마음을 졸이고 애타하는 바보 같은 모습은 아니니까.

현재의 모습이 일면 더 만족스럽다는 것을 자각하자 문득 조금 전 유검, 아니, 파천신마의 말이 떠올랐다.

어쩌면 그의 말대로 지금의 모습 역시 자신의 꿈 중 하나가 아닐까?

그렇다면 진짜 자기의 모습은 어떤 것일까?

눈송이를 잡다 다시 펼쳐 보니 손바닥엔 물만 고여 있었다.

차가운 건지 따뜻한 건지 역시 꿈속에 있는 것 같았다.

마법의 시간은 이어지고 있었다.

어린아이 몸통만한 바위와 나뭇가지들이 허공을 둥실 날아오더니 저절로 모닥불이 피워졌다.

날은 어두워지고 모닥불은 따스한 온기와 불빛을 선사했다.

거센 눈발은 하늘하늘한 눈송이로 바뀌었고, 차갑게 몰아치던 북녘의 한풍(寒風)은 따스한 봄날의 바람이 되었다.

유검이 일부러 무공을 발휘한 것인지, 아니면 생각이 멈춰지며 나른함에 취해 몽롱해진 탓인지 구분할 수가 없었다.

일어나 맨발로 눈밭을 걸으니 다시 정신이 맑아졌다.

하지만 여전히 꿈속인지 아니면 현실인지 분간하기 어려웠다.

어쩌면 유검의 목소리도 자신의 환상이 아니었을까?

뭔가 깨어지는 소리에 다우의 눈길이 연못 중앙으로 향했다.

◆第十章
용서받지 못할 짓

용서받지 못할 짓

퍼서석―!

살얼음이 깨어지며 세 명의 인영이 불쑥 수면 위로 머리를 내밀었다.

백몽추, 초영영, 제갈소혜, 세 명의 여인이었다.

여인들은 숨을 거칠게 몰아쉬며 주위를 두리번거리다 다우와 모닥불을 발견하고는 헤엄쳐 왔다. 얼음이 두껍게 얼어 있는 부위에 이르자 날렵하게 몸을 뒤집으며 수면에서 빠져나왔다.

겨우 뭍에 당도하자 세 여인은 어깨를 들썩이며 숨을 한참 동안 몰아쉬었다.

"이, 이곳으로 온 게 틀림없을까?"

"모, 몰라… 헉헉……."

그렇게 말을 주고받는 여인들의 얼굴은 추위에 하얗게 질려 있었다.

입술도 파랬으며 덜덜 턱을 떨고 있었다. 다들 추위에 지치고 녹초가
된 모습들이었다.

초영영이 말했다.

"뒤쫓는 것보다 일단 몸부터 녹이자."

다른 두 여인은 이견없이 맞장구를 쳤다.

세 여인은 다우에게 양해를 구하는 말을 했지만 얼마나 급했던지 승
낙 여부를 묻기도 전에 모닥불 가에 빙 둘러앉았다.

세 여인은 따뜻한 모닥불의 온기를 접하자 이제야 살 것 같다며 하
나같이 안도의 한숨을 내쉬었다.

하지만 그것으론 부족했다. 젖은 옷을 통해 파고드는 한기와 습기는
견디기 힘들 정도로 불쾌했다. 게다가 몸도 빨리 따뜻해지지 않았다.

초영영이 아미를 찌푸리며 말했다.

"아무래도… 옷을 벗어서 말려야겠어."

그러면서 다른 두 여인의 눈치를 살폈다.

백몽추와 제갈소혜도 그러고 싶은 마음은 굴뚝같았지만 차마 낯선
곳에서 옷을 벗는 것이 꺼려졌다.

하지만 생존은 부끄러움보다 더 강렬했다. 게다가 하나가 아닌 셋이
함께라는 것이 결단을 도왔다.

세 여인이 옷을 벗으려 하자 멍하니 지켜보고 있던 다우가 한마디했
다.

"조심하는 게 좋아요. 어쩌면 어떤 색마가 지켜보고 있을지도 모르
니까요."

다우 곁에 있던 파천신마는 가슴이 뜨끔했다.

세 여인은 일단 결심을 했기에 그런 그녀의 충고 따위는 전혀 아랑

곳하지 않았다.

"얼어죽는 것보단 나아요!"

이구동성으로 그렇게 외치고 초영영이 한마디 덧붙였다.

"살아서 복수해 주면 되니까!"

제갈소혜가 아미를 찌푸리며 물었다.

"혹시… 유 공자가 이 근처에 있는 건가요?"

그 말에 다른 두 여인들도 흠칫하며 주위를 돌아보았다. 그리고 두 팔로 벗다 만 몸체를 가리며 긴장된 얼굴로 다우를 쳐다보았다.

다우는 아미를 찌푸렸다.

뭐라고 대답해야 할까? 망설여졌다.

"그 사람은 여기 없어요. 하지만……."

유검이 아닌 파천신마로 단지 자기 목도리 역할을 하고 있다라고 말하려다 그냥 말끝을 흐려 버리고 말았다. 그 이유를 장황하게 설명해 주려면 자신에 대해서도 말하지 않을 수 없다. 그건 싫었다.

세 여인이 아직도 자신을 뚫어져라 쳐다보자 다우는 손가락을 위로 향하며 말했다.

"하늘이 지켜보고 있잖아요."

세 여인은 얼떨떨한 얼굴로 고개를 끄덕였다.

"그, 그렇군요."

초영영이 훌쩍 옷을 벗어버리며 말했다.

"그 녀석만 없다면 난 괜찮아. 누군가 숨어서 지켜보고 있다면 반드시 복수해 줄 테니까!"

다른 두 여인도 옷을 벗었다.

그렇게 세 여인이 모두 옷을 벗어 모닥불에 대고 말리기 시작하자 다우는 짧게 한숨을 내쉬고선 털가죽을 벗어 그녀들에게 건네주었다.

"일단 이거라도 걸치세요."

백몽추가 그것을 받아 들고 난감한 얼굴로 다른 두 여인을 돌아보았다. 털가죽은 하나, 젖은 사람은 셋.

그때 제갈소혜가 고개를 갸웃거리며 말했다.

"근데… 이상하게 이 근처는 따뜻한 거 같지 않아? 바람도… 왠지 차갑지 않은 것 같구 말야."

백몽추 역시 의아해했다.

"그러고 보니… 여긴 눈 내리는 것도 어째 이상하네? 저길 봐, 저긴 세차게 몰아치는데… 여긴……."

그러면서 세 여인은 의문의 눈길로 다우를 보았다. 먼저 와 있었으니 이유를 알지 않겠느냐 하는 생각으로.

다우가 중얼거리듯 말했다.

"하늘이 노망 들었나 보죠."

그리고 이어 말했다.

"만약 볼까 말까 고민하고 있다면 난 아무래도 상관없다고 말할 거에요. 나랑은 전혀 상관없으니까."

"저… 누구에게 하는 말이죠?"

"하늘요."

세 여인은 다우의 말에 고개만 갸웃거렸고 다우는 어깨만 으쓱거리며 눈길을 다른 곳으로 돌려 버렸다.

유검은 잔뜩 미간을 찌푸리고 있었다.

세 명의 절세가인이 나체로 자기 앞에 앉아 옷을 말리고 있다.

이 광경을 안 본다면 무척이나 억울할 것 같다. 한 백 년은 후회 속에서 살아갈 것 같다.

하지만 양심은 그런 짓 하면 안 된다고 타이른다.

'난 지금 파천신마. 하늘도 땅도 두려워 않는 대마두에 여자라면 사족을 못 쓰는 색마다. 안 본다면 뭔가 이상하지 않을까?

유검으로선 여기 있을 수 없으니까 일견 타당한 의견이라 스스로 납득하기도 했다.

그렇게 눈을 감고 뜰까 말까 고민하고 있는데 백몽추의 목소리가 들려왔다.

"근데… 왜 혼자 계시죠?"

"그건……."

"말씀하기 싫으시면 안 해도 되요. 이미 짐작하고 있으니까."

분노에 찬 초영영의 목소리가 들려왔다.

"그대 역시 속아 넘어간 거죠? 그리고 홀로 버려진 거죠? 그럴 줄 알았다니깐요. 나쁜 자식……!"

듣고 있던 유검은 속으로 투덜거렸다.

'대체 나를 어떻게 생각하고 있는 걸까? 물론 저게 나에 대한 세간의 평가는 아니겠지만……'

희망 사항을 내심 중얼거리는데 백몽추의 목소리가 들려왔다.

"아시다시피 그 나쁜 놈이 우릴 내버려 두고 가는 바람에 석실에 갇혀 버렸죠. 아… 그대를 원망하진 않아요. 그대야 무슨 죄가 있겠어요? 나쁜 건 그놈이지!"

나쁜 놈, 나쁜 놈 하는 소리를 듣고 유검은 자신의 행동을 돌이켜 보았다.

설마 하니 이 철없는 아가씨 세 명을 데리고 다녔어야 옳았단 말인가?

그것을 거절할 권리가 자신에게는 없다는 말인가?

그렇게 정당성을 주장하며 투덜거렸지만, 물론 자신이 인식되지 않는 안전한 상태에 있기에 가능한 이불 속 웅변이었다.

백몽추의 목소리가 들려왔다.

"처음엔 사람들이 구출해 주기를 기다리고 있었는데, 이대로 돌아갈 순 없다는 생각이 들었어요."

"…왜죠?"

"생각해 보세요. 대마두랑 오랜 시간을 보냈는데… 우릴 보는 시각이 어떨 것 같아요? 아무리 사실을 말해 줘도 그냥 지어낸 상상 내지는 변명으로 들을걸요. 겉으로 우릴 위로하며 속으론 온갖 상상을 다 하겠죠. 그게 싫었어요."

유검은 내심 중얼거렸다.

'그대들이 자초한 것이올시다.'

제갈소혜의 목소리가 이어 들려왔다.

"우린 일단 지하 수로를 따라 뒤쫓아 가보자고 결정했어요. 그래서 지하 수로를 따라 헤엄쳐 가다가 문득 이상하다는 생각이 들었어요. 관들 중에서 겨우 십여 개의 관만 없어지다니… 틀림없이 그럴 수밖에 없는 사정이 있었을 것이라 판단했어요. 아마도… 소수의 고수들이 관을 짊어진 채 상류를 거슬러 올라왔을 것이라 추측했지요."

유검은 고개를 끄덕였다.

'생각보다 똑똑한 처자로군.'

"그래서 우리도… 하지만 정말 이렇게 힘들고 추울 줄은 몰랐어요.

내공에 제법 자신이 있었는데… 하마터면 죽을 뻔했어요. 가까스로 여기까지 오긴 했지만 너무 지쳐 운기조식(運氣調息)할 기력조차도 없었죠. 마침 여기 모닥불이 피워져 있지 않았더라면… 생각만 해도 끔찍하네요."

유검은 자신이 세 여인의 목숨을 구했구나라며 스스로 감동했다.

초영영의 퉁명스런 목소리가 들려왔다.

"이 모든 게 그 나쁜 놈 때문이죠!"

"……."

갑자기 다들 말이 없어졌다.

수다스런 세 여인이 갑자기 침묵을 지키자 유검은 무슨 일일까 궁금해졌다.

그러다 백몽추의 의아해하는 목소리가 들려왔다.

"저기 쌓여 있는 눈이… 조금 이상하지 않아?"

일어서는 소리가 들렸다. 그리고 인기척이 가까이 다가왔다.

유검은 자기도 모르게 눈을 뜨고 말았다.

순간 이미 예정된 일인 양 두 눈이 절로 커졌다.

백몽추가 자신을 향해 걸어오고 있었다. 그녀의 몸매는 조각상을 깎아 만든 듯 날씬했다. 그리고 그 뒤로 또 다른 두 명의 절세가인이 모닥불 가에 나체로 앉아 옷을 말리고 있었다.

일단 눈을 뜨자 감을 수가 없었다. 눈꺼풀과 목은 이미 자신의 의지를 벗어나 있었다. 양심과 본능 사이의 갈등은 눈을 뜸으로써 사라졌다. 본능의 일방적인 승리였다.

백몽추는 유검의 머리와 어깨 위에 쌓인 눈을 털어보며 말했다.

"뭔가… 이상해. 그렇지 않아?"

이성은 지금 상황의 위험을 알렸지만 유검은 여전히 꼼짝할 수가 없었다.

이 상태에서 움직이면 정말로 들키고 말 것이라는 현명하고 지혜로운 생각 때문은 아니었다. 함정인 줄 알면서도 먹이를 찾아 덫에 뛰어드는 새머리가 되어 있었기 때문이다.

그렇게 유검은 꼼짝도 못하고 본능의 포로가 되어 자신의 눈앞에서 왔다 갔다 하는 백몽추의 허벅지를 넋을 잃고 바라보았고, 이성은 지나친 행운은 명줄을 갉아 먹는다는 낡은 충고만 읊을 뿐이었다.

그때 구원의 목소리가 들려왔다.

"혹시……."

다우는 손가락으로 폭포를 가리키며 말했다.

"저곳으로 도망친 건 아닐까요?

세 여인의 시선이 자기에게로 집중되자 다우는 어깨를 으쓱거리며 문득 떠올렸을 뿐이라는 얼굴로 말했다.

"이야기책을 보면 흔히 있잖아요. 폭포 뒤에 동굴… 뭐 그런……."

제갈소혜가 고개를 절레절레 흔들며 회의를 나타내었다.

"설마… 그런 우연이……."

초영영이 눈살을 찌푸리며 폭포를 뚫어지게 바라보다 벌떡 일어나 외쳤다.

"일단 가보자!"

백몽추와 제갈소혜도 일단 그녀의 의견을 따라보기로 하고 몸을 일으켰다.

세 여인이 대충 말려진 옷을 서둘러 입고 폭포 쪽으로 가버릴 때까지 유검은 두 눈만 말똥거리고 있었다.

다우는 천천히 장화를 신으며 중얼거렸다.

"개에게 미리 변명할 거리를 마련해 두는 게 좋을 거야. 뭐, 나와는 상관없지만……."

"……."

"참고 삼아 이야기해 주지만 개는 잘 삐치는 것 같아. 어쩌면 울고 불고하면서 저네들에게 고자질할지도… 물론 나와는 전혀 상관없어."

주르르—

여신을 가장한 그녀의 말에 식은땀이 흘러내려 눈 안으로 들어갔다. 그제야 눈꺼풀은 깜빡거려야 하는 본연의 의무를 행하기 시작했다.

유검은 내심 중얼거렸다.

'무상검의 경지에 오른 나의 눈으로 바라볼 때 이 모든 것은 환상이나 다름없다. 불가에서도 색즉시공(色卽是空) 공즉시색(空卽是色)이라 말하지 않던가. 그러니까…….

퍽—!

어디선가 돌멩이가 날아와 뒤통수를 쳤다.

물론 암수(暗手)의 장본인을 찾아내어 복수하겠다는 따위의 허망한 생각 따위는 품지 않았다.

끊임없이 색즉시공 공즉시색을 외워봤지만 별 도움은 되지 않았다. 그래도 남자의 꿈은 이뤘다, 라고 중얼거려 봐도 역시 위안은 되지 않았다.

애당초 보느냐 마느냐로 갈등하느라 화약고 옆에 불을 쥐고 앉아 있다는 것을 깨닫지 못했던 자신의 어리석음에 긴 한숨만 나올 뿐이었다.

이는 치기 어린 영웅심에 아무런 무기도 없어 감당할 수 없는 검진(劍陣) 속으로 뛰어드는 것이나 다를 게 없다.

역시 어리석었다고 되뇌었지만, 두 눈은 이성을 배신하고 조금 전 보았던 환상적인 절경을 애써 그려내고 있었다.

"어이없네, 정말……."

폭포 뒤에 정말로 동굴이 하나 나 있었다. 그것을 보고 제갈소혜가 혀를 찼다.

그녀는 동굴 속으로 사람들이 지나간 흔적이 있는지 세심히 살피며 말을 이었다.

"아직은 몰라. 이 안이 마교의 본거지로 연결되어 있다는 섣부른 추측은 금물이야."

초영영이 투덜거렸다.

"네가 더 흥분한 것 같은데?"

세 여인은 기름종이를 꺼내었다. 그 속에 밀봉되어 있던 화섭자를 꺼내어 불을 붙였다.

그리고 조심스럽게 시커먼 입을 벌리고 있는 동굴 속으로 천천히 걸어 들어가기 시작했다.

다우는 그 뒤를 따라서 같이 걸어갔다.

어디선가 물이 졸졸 흐르는 소리가 들려왔다. 바닥은 미끄러웠다.

제갈소혜가 단정했다.

"최소한 많은 사람들이 드나들 만한 통로는 아니야!"

이때 철컹―! 하는 소리가 났다.

뭔가 기관 장치가 발동되는 소리에 세 여인은 깜짝 놀라 뒷걸음질 쳤다.

하지만 곧 의아해할 수밖에 없었다. 기관 장치가 발동된 어떤 흔적도 찾아볼 수 없었던 것이다.

"이상하네. 꼭… 뭔가 튀어 오를 것 같았는데……."

백몽추가 아미를 찌푸리며 그렇게 중얼거리자 다우가 말했다.

"아마 녹이 슬어 고장났나 보죠."

세 여인은 납득하기 힘들었지만 일단 그런 걸로 치고 계속 안으로 들어갔다.

유검은 다우의 어깨를 주물러 주었다.

급한 상황이라 바로 기관 장치에서 튀어 올라오는 강철 화살들을 가루로 만들어 버렸다. 혹시나 이 일로 자기 존재를 눈치 채면 어떡하나 우려하는데 다우가 다행히 말을 돌려준 것이다.

그래서 어깨를 주무르는 것으로 감사를 전했다.

다우가 시큰둥한 목소리로 말했다.

"조금 더 위로……."

물론 그 명령을 거역할 리 없었다.

유검은 내심 그녀의 기분을 좋게 해주는 도구로써의 역할을 충실히 이행할 것을 맹세했다.

반각 정도 더 걸어가자 전면을 가로막는 거대한 철문이 나타났다.

제갈소혜는 주위를 두리번거리다 사람들을 물러나게 하고 돌 벽 속의 줄을 잡아당겼다.

그러자 그르릉 소리를 내며 양쪽에 쇠사슬 달린 철문이 뒤로 넘어갔다.

초영영이 감탄해 말했다.

"넌 정말 재주도 좋아."

제갈소혜는 아미를 찌푸리며 뭔가 이상하다는 표정으로 말했다.

"아냐, 너무… 허술한 거야. 그냥 이렇게 쉽게 열릴 리 없을 텐데… 암기 같은 것도 없고……."

유검은 좀 더 열심히 다우의 어깨를 주물러 주었다.

다우는 어쩔 수 없다는 듯 시큰둥한 목소리로 그녀들에게 말했다.

"하늘이 도우신 거겠죠. 본래 옳은 일을 하면 천운(天運)이 따른다잖아요."

그 말에 고개를 갸웃거리다 쉽게 납득해 버리는 세 여인의 행동에 다우는 내심 생각했다.

'똑똑한 줄 알았는데… 왜 저리 눈치를 못 챌까?'

하지만 다우는 알지 못했다.

세 여인은 유검이 있을 가능성을 부인하고 싶어한다는 것을. 그러니 눈치를 못 채고 있다기보다는 눈치 채고 싶지 않다는 것이 더 옳을 것이다.

결국 세 여인은 인정하고 싶지 않았던 것이다. 자신들을 버리고 떠난 유검이 여전히 다우 곁에 머물러 있을 수도 있다는 사실을.

그런 미묘한 여인의 질투심 때문에 유검은 가느다란 명줄을 연맹하는 행운을 누릴 수 있었다.

철문 안으로 들어서자 쇠를 긁는 듯 탁한 음성이 들려왔다.

"한심하군. 죽을 줄 뻔히 알면서 촛불에 날아드는 불나방 같아……."

웅후한 내공이 실려 있어 심맥이 진동했다. 다들 휘청거리며 귀를 막았다.

오장 밖, 한 괴인이 어둠 속에 가부좌를 틀고 앉아 있었다.

"여기까지 오느라 고생 많았다. 하지만 저승길은 편하게 해주지. 크크크……."

음성에 실린 내공은 둘째 치고 쇠를 긁는 듯한 목소리 자체부터 소름 끼쳤다.

백몽추는 안색을 굳힌 채 그를 향해 입을 열었다.

"귀하는……."

괴인은 음산한 미소를 지으며 입을 열었다.

"본좌는 본교의 오산인(五散人) 중……."

웅후한 내공을 실어 말을 하다 갑자기 멈췄다.

세 여인은 긴장한 채 한참 동안 뒷말을 기다리다 뭔가 이상함을 느끼고 조심하면서 괴인에게 접근했다.

적이 접근해 오는 데도 괴인은 가부좌를 틀고 앉은 채 꼼짝도 하지 않았다.

그런 괴인의 모습에 초영영이 어이없어하며 투덜거렸다.

"설마… 하늘이 노하셔서 갑자기 급살 맞아 죽었다던가 그런 거야?"

화섭자의 불빛을 괴인에게로 비춰보던 백몽추가 힘없이 대꾸했다.

"잠든 것 같아."

"……."

기다렸다는 듯 괴인은 앉은 자세 그대로 드르릉 코를 골기 시작했고 세 여인은 한동안 아무 말도 하지 못했다.

다우는 내심 투덜거렸다.

'적당히 할 것이지… 너무 이상하잖아!'

초영영이 뭔가 알겠다는 얼굴로 고개를 끄덕이며 말했다.

"천운은 확실히 우리에게 있는 게 분명해. 이자는 적을 기다리며 몇 날 며칠 동안 긴장한 채 있었어. 그러다 막상 우리를 보게 되니 긴장이 풀어지고 만 거지. 그리곤 쏟아지는 잠을 견디지 못해 이렇게……."

말하다 보니 스스로도 뭔가 이상함을 느꼈는지 아미를 찌푸렸다.

잠든 괴인에게 살수(殺手)를 펼칠 수도 없어 그냥 내버려 두고 세 여인은 일단 계속해서 안으로 들어가 보기로 했다.

또 하나의 철문이 나타났다.

제갈소혜는 조금 전에 했던 것처럼 돌 벽 속의 줄을 잡아당겼다. 예상했던 것처럼 그르릉 소리를 내며 양쪽에 쇠사슬이 달린 채 철문이 뒤로 넘어갔다.

두 번째 똑같은 상황이 반복되자 제갈소혜조차도 더 이상 이상하다고 여기지 않았다. 본래 쉽게 열리게 되어 있는 건가 보다 생각했다.

화섭자를 들고 무심코 안으로 들어서다 여인들은 갑자기 멈춰 섰다.

오싹한 느낌이 들었던 것이다. 살기와는 다른 맹금류(猛禽類)의 위압감과 비슷했다.

소름이 돋고 등줄기로 식은땀이 절로 흘러내렸다.

안은 사방 십여 장 넓이의 광장이었다.

화섭자의 희미한 불빛을 안으로 비춰보던 백몽추가 신음 소리를 흘렸다.

"저들은……!"

광장 중앙, 열두 명의 흑포인들이 둥근 원을 그리며 앉아 있는 모습이 희미하게 들어왔다. 모두 십이지지(十二地支)의 열두 개 동물 가면을 쓰고 있었다.

위압감은 그들의 존재로부터 흘러나오고 있었다.

백몽추는 또다시 놀랐다.

그 열두 명은 바닥에 앉아 있는 것이 아니라 허공에 반 자 정도 떠 있었던 것이다.

제갈소혜가 딱딱하게 굳어진 얼굴로 중얼거렸다.

"이야기는 들은 적 있어. 십이지지의 동물 가면을 쓴… 교주 직속 친위대. 한 명 한 명의 무공이 본 맹의 장로와도 맞먹는다고 해."

곧 눈살을 찌푸렸다.

"왜… 어째서지? 왜 저들이 나서는 거야? 본맹의 기재들을 왜 그렇게나 중시하는 거지? 왜?"

"분명한 것은……."

초영영이 딱딱한 음성으로 대꾸했다.

"저들이 주범인 건 확실해 보여. 중앙을 봐, 우리가 찾던 관들인 것 같아."

그녀의 말대로 십여 개 정도의 관들이 그들 중앙에 가지런히 세워져 있었다.

열두 명의 십이사자들은 세 여인과 다우의 등장에 전혀 아랑곳하지 않고 자기 자리만 지키고 있었다.

단지 그중 원 안쪽에 있는 소의 가면을 쓴 자만 힐끔 이쪽을 바라보았을 뿐이었다.

투명해 보이는 눈빛이었는데 마주친 세 여인은 소름이 끼쳐 부르르 몸을 떨었다.

유검은 다우의 어깨를 열심히 주물러 주며 심각하게 고민했다.

저들을 제압하는 것은 그리 어렵지 않다고 쳐도 '자신의 존재를 숨긴 채'라는 단서를 만족시키기는 어려워 보였던 것이다.

머뭇거리다 다우에게 전음으로 부탁했다.

―또 한 번… 신비의 여 고수 편은 어떨까?

아주 간절한 어조였지만 다우는 아예 들은 척도 하지 않았다. 잠이 오는지 눈이 반쯤 감겨져 있었다.

백몽추가 아미를 찌푸리며 다른 두 여인에게 물었다.

"어떡할래? 우리 세 명이 힘을 합쳐도 저들 한 명조차 당해내기 어려울 거야."

초영영이 퉁명스레 대꾸했다.

"난 지금 우리가 왜 도망치지 않고 이렇게 있는 걸까, 그리고 저들은 왜 저렇게 가만히 있는 걸까 그게 이상해."

"그럼 일단 후퇴를……."

갑자기 제갈소혜가 강경한 어조로 외쳤다.

"안 돼! 도망칠 순 없어! 저 관 속의 기재들을 반드시 우리 힘으로 구해내어야 해! 그렇지 않고선 사람들 앞에 나설 명목이 없어!"

그 말에 백몽추도, 초영영도 흠칫하다가 동의한 듯 고개를 끄덕이는데 소머리 가면을 쓴 자 외에도 염소 가면을 쓴 자까지 이곳으로 시선을 향했다.

둘의 시선이 합쳐지자 오싹한 위압감은 배로 늘었다.

염소 가면을 쓴 자가 중얼거렸다.

"예정에 없던 일이지만… 숨어든 쥐새끼는 일단 처리하는 게 낫겠군."

그리고 천천히 손을 치켜들었다.

세 여인의 안색이 창백해졌다. 저자의 손에 무시무시한 공력이 실려 있다는 것 정도는 충분히 짐작하고도 남았다. 광장 안에 우웅거리는 소리가 벌써부터 들려올 정도였으니까.

백몽추가 더듬거리며 말했다.

"여, 역시… 일단 도망 아니, 후퇴하는 게……."

"바, 발이 안 떨어져……."

그자는 손을 귀밑까지 들어 올리더니 벼락처럼 손을 내뻗었다. 순간 반경 일 장은 넘을 듯한 무시무시한 장풍(掌風)이 오 장여 거리를 단숨에 좁히며 해일처럼 세 여인을 덮쳤다.

"피, 피해!"

백몽추의 외침과 함께 세 여인은 메뚜기처럼 사방으로 튀어 나갔다.

이때 염소머리의 가면을 쓴 자의 손에서 은빛이 번득였다. 그와 함께 세 가닥의 가는 쇠사슬이 촤르르 뻗어 나와 단숨에 세 여인의 몸뚱아리를 휘감았다.

미처 막고 피하고 할 새도 없었다. 무공이 너무 현격하게 차이가 났기에 눈을 뜨고도 꼼짝없이 당할 수밖에 없었다.

허공에서 낚여진 물고기처럼 세 여인은 퍼덕거리며 소 가면을 쓴 자에게로 이끌려 갔다.

여인들은 한 가지 사실을 알 수 있었다.

저들은 자신들의 무공 수위를 단숨에 알아보았다. 마음만 먹으면 언제든지 제압할 수 있기에 서두르지 않은 것이다.

그 사실을 지금 알게 되었다는 게 결코 유쾌하지는 않았다.

어떻게 발버둥을 쳐보려고 해도, 은빛 쇠사슬은 몸을 휘감으며 교묘히 혈도를 압박하고 있었기에 꼼짝을 할 수가 없었다.

뒤늦게 너무 무모했다며 후회를 하면서도 백몽추는 내심 의아함을 감추지 못했다.

'근데… 왜 이렇게 전혀 걱정이 안 되는 거지?'

다른 두 여인들도 쇠사슬에 끌려가는 처지면서도 역시 자신들이 전혀 겁먹지 않고 있다는 사실에 의아해하고 있었다.

세상에는 때로 기적, 혹은 전혀 예측할 수 없었던 기이한 일이 자주 일어나곤 한다.

지금의 상황도 그러했다.

쇠사슬에 이끌려 가던 세 여인은 허공에서 멈춰졌다. 쇠사슬이 째쟁거리며 모두 끊어져 버렸다.

세 여인은 낙엽이 떨어지듯 천천히 아래로 내려섰다.

소머리 가면을 쓴 자가 흠칫하며 여인들을 향해 빠르게 세 줄기 장풍을 내뿜었으나, 마치 거대한 벽에 가로막힌 듯 웅후한 장풍은 허공에서 소멸되고 말았다.

기적 혹은 기이한 일이 일어나면 사람들은 흔히 놀람과 경이에 사로잡히곤 한다. 하지만 세 여인들에겐 전혀 그런 기색이 없었다. 마치 당연히 일어나야 할 일을 보는 듯 태연했다.

다만 안색은 하나같이 굳어 있었다.

소머리를 한 자가 살광을 내뿜으며 천천히 자리에서 일어났다.

"무공을 숨겼나?"

"멈춰!"

쥐머리 가면을 쓴 자가 그의 행동을 제지했다.

"검진을 지킨다. 그게 가장 우선이다!"

그는 세 여인을 힐끔 바라보다 광장 한쪽 구석에서 쪼그리고 앉아 자는 척하는 다우에게로 시선을 돌렸다.

"그대의 솜씨인가?"

그는 다우의 얼굴을 알아보았다. 편복도 선박 내에서 본 적이 있었던 것이다.

다우는 멀뚱히 바라볼 뿐 아무런 대답도 하지 않았다.

그는 대답이 없자 눈살을 찌푸렸지만 더 이상 말을 걸지는 않았다.

다시 동료들에게로 시선을 돌리며 외쳤다.

"어쨌든… 검진을 지킨다!"

백몽추가 딱딱한 음성으로 말했다.

"지금 일… 정말 이상하지 않아?"

제갈소혜 역시 딱딱한 음성으로 대꾸했다.

"지금 생각해 보면 여기까지 오는 동안 내내 이상했지. 왜 그냥 넘어갔는지 더 이상할 정도야."

백몽추가 더듬거리며 말했다.

"그, 그럼… 우리가 옷을 말릴 때… 우리 앞에 눈이 이상하게 쌓여 있었던 그것이 설마……."

말이 이어지면서 모두의 안색이 함께 창백해졌다.

초영영이 와락 소리쳤다.

"닥쳐! 더 이상 말하지 마!"

세 여인의 매서운 눈길이 다우에게로 향했다. 진실을 알고자 하는 강렬한 열망과 누군가에게로 향한 살기가 함께 깃들어 있었다.

다우는 아무 말도 해줄 것이 없다는 듯 눈만 끔뻑거리다 구석으로 가 살며시 앉았다.

"전… 졸려요. 잠 좀 잘게요."

그리곤 정말로 눈을 감고 자는 척했다.

"……!"

세 여인은 더 이상 다우를 다그치지 않았다. 그녀의 그 정도 반응만
으로도 충분히 심증을 굳힐 수 있었던 것이다.

세 여인은 침묵을 지키고 있었지만 보이지 않는 살기가 무럭무럭 피
어오르고 있었다.

세 여인의 모습이 암흑 속에 동화되는 것 같았다. 어둠 속에서 세 쌍
의 날카로운 눈빛만 매섭게 반짝거리고 있었다.

말없이 지켜보고 있던 유검은 식은땀을 뚝뚝 흘렸다. 이마와 관자놀
이에서 무차별로 식은땀이 턱으로 흘러내려 마치 바닥으로 물줄기가
떨어지는 것 같았다.

살을 베일 듯한 저 살기가 누구에게로 향해 있는지 당연히 알고 있
었던 것이다.

'그래도 생명의 은인인데… 그걸 봐서 그냥 넘어가 주면 안 될까?'

물론 그러한 뻔뻔스런 요구를 입 밖으로 소리 낼 만큼 어리석진 않
았다.

다우에게로 구원의 눈길을 보내다 마른침을 꿀꺽 삼켰다. 새근거리
는 숨소리를 보아 그녀는 잠이 든 척하다가 정말로 잠이 들어버린 것
같았다.

'…너무하군.'

유검은 크게 심호흡을 했다.

망연한 시선을 허공에 두었다. 자신의 인생을 반추해 보았다. 이 정
도면 제법 괜찮은 삶이었다고 생각했다.

유검은 드디어 결심한 듯 굳게 입술을 다물고 여인들 앞으로 걸어나
갔다.

그리고 모습을 드러내고 당당히 소리쳤다.

"난 파천신마. 하늘도 땅도 두려워 않는……."

말을 끝내기도 전에 날아온 백몽추의 첫 번째 주먹은 조용히 콧등으로 받아쳤다. 초영영의 돌려차기가 턱을 걷어찼을 때도 조용히 고개만 돌렸다.

하지만 그 뒤를 이어 셀 수 없는 무차별 구타가 이어지자 조용히 그 자리에 가부좌를 틀고 앉아 참선에 든 고승처럼 눈을 감았다.

'삶은 고해(苦海)라더니… 그 노인의 말이 맞는 것도 같구나.'

때리는 것은 견딜 만했지만 꼬집고 할퀴고 머리를 쥐어뜯는 것은 정말 곤역스럽기 그지없었다. 심지어 귀와 코를 물어뜯기까지 했다.

마치 세 마리의 야수에게 뜯어먹히는 기분이었지만, 현명하게도 그녀들의 행동에 의의를 제기하진 않았다. 한순간 맛본 행복의 대가로써 그 정도 인내는 당연한 것이다.

모처럼 산적 복장을 했는데 삽시간에 너덜너덜해지고 말았다. 옷자락은 찢어져 넝마가 되어버렸다.

공격이 멈춰졌다. 어느 정도 화풀이가 끝났는가 생각했는데 그것은 오산이었다. 타격이 끝나자 이번에는 금나술(擒拿術)과 함께 귀를 찢는 듯한 음공(音功)을 펼쳤던 것이다.

네가 인간이냐! 해삼, 멍게, 말미잘! 파렴치한 색마! 고자로 만들어버릴 테다! 창자를 꺼내어 네 목을 감아버리마! 등등의 대체 여인의 입에서 나온 것이라고 볼 수 없는 심한 욕설까지 마구 튀어나왔다.

온화하던 백몽추가 악귀 같은 얼굴로 두 팔로 유검의 목을 감아 졸랐다. 냉정 침착하던 제갈소혜도 피 맛을 알게 된 맹수처럼 사악한 미소를 지은 채 유검의 왼쪽 팔을 뒤로 꺾어 부러뜨리기 위해 용을 썼다.

그리고 본래 이런 쪽에 소질이 있었던 초영영은 유검의 한쪽 다리를 움켜쥐고 역시 부러뜨리기 위해 안간힘을 썼다.

유검은 어떤 반항도 못하고 얌전히 체벌을 받아들였는데, 심중에는 혹시 단순한 화풀이가 아니라 자기를 괴롭히는 것을 즐기는 게 아닌가 하는 의혹이 들었다.

얼마나 시간이 지났을까.

드디어 지쳤는지 세 여인은 유검에게서 떨어져 나와 제각기 주저앉은 채로 숨을 거칠게 몰아쉬었다.

"헉헉… 뭔지는 몰라도 속은 후련한 거 같아."

"헉헉… 아냐, 난 아직도 부족해."

"헉헉… 조금 쉬었다 다시 하자."

봉두난발에 거지 꼴이 되어 있던 유검은 쉬었다 다시 하자는 말에 섬뜩해졌다.

'혹시… 평생 따라다니며 날 패려는 건 아닐까?'

이때 다우의 잠꼬대 소리가 들려왔다.

"나빠… 오라버닌 정말……."

위이잉— 퍽!

불의의 일격이 갑자기 유검의 명치를 격타했다. 피하기엔 너무 가까운 거리였고 게다가 너무 빨랐다.

주먹에는 엄청난 경력이 실려 있어 유검의 허리가 꺾였다. 하늘이 빙글빙글 도는 와중에 진짜 아프다는 게 어떤 느낌인지 확실히 체험할 수 있었다.

또다시 거대한 기운이 움직이는 것을 감지하자 유검은 황급히 왼팔을 뻗었다. 재차 공격을 시도하는 자기 오른팔의 두 번째 공격을 가까스로 막을 수 있었다.

유검은 얼굴을 일그러뜨리며 잠꼬대 중인 다우에게로 고개를 돌렸다.

"또… 이상한 꿈을 꾸는 거냐?"

"나빠… 오라버니는……."

다우는 그렇게 잠꼬대로 중얼거릴 뿐이었다.

퍼억—!

수박 깨지는 소리와 함께 유검은 머리를 바닥에 처박았다. 그 힘이 얼마나 강렬했는지 목까지 바위를 파고 들어가 있었다.

홀쩍 위로 날아오르더니 오른발로 스스로의 머리를 찼다. 왼팔로 그 공격을 막는데 오른팔이 방해를 했다.

쿵 콰광— 거리며 유검은 위로 아래로 정신없이 왔다 갔다 했다.

그렇게 계속 스스로를 공격하고 막고 하며 난리를 피우는 유검의 모습에 멀뚱히 지켜보던 백몽추가 의아한 듯 중얼거렸다.

"왜… 저래?"

초영영이 씨익 웃었다.

"모르지 뭐. 어쨌거나… 재밌네!"

제갈소혜가 동의한다는 듯 웃으며 고개를 끄덕였다.

유검은 전력을 다해 스스로를 공격하고 또 막았다.

아무리 금강불괴나 다름없는 몸이라지만 전력을 다한 자신의 공격은 실로 무시무시하기 그지없어 제대로 맞으면 목숨까지 위험할지도 몰랐다.

유검은 정신없는 와중에서도 의문이 일었다.

아무리 영향을 받는다지만 자기 마음속에 스스로를 죽이고 싶은 마음이 한 푼도 없다면 이렇게까지 될 리는 없다.

'설마 하니 나 스스로를 죽이고 싶은 마음이 있다는 건가? 왜? 무엇 때문에?'

드디어 다우의 잠꼬대가 멈추었다.

유검은 거칠게 숨을 몰아쉬며 중얼거렸다.

"헉헉… 힘이 더 강해진 것 같군……."

어쨌거나 얻어맞고 두들겨 맞고 꼬집히고 할퀴고 물어뜯기고 목이 졸리고 게다가 자기 스스로 죽일 듯 공격하기도 했다.

스스로의 잘못을 인정하기에 얌전히 당해줬지만, 부글부글 뭔가 끓어오르는 게 없을 리 없었다.

탈출구가 필요했다.

유검의 시선은 꼼짝 않고 반자 허공에 뜬 채 앉아 있는 열두 명의 사내들에게로 옮겨졌다.

그들에게로 천천히 걸어가며 씁쓸히 중얼거렸다.

"미안하다. 나도 화풀이 대상이 필요해. 그것도 지금 당장……!"

그들 가까이 다가서자 마치 폭포수 속으로 들어간 듯 자신을 밖으로 밀쳐 내는 거대한 압력이 느껴졌다.

쥐 가면을 쓴 자가 조소하며 말했다.

"훗, 호 장로로부터 얼마 전 네 녀석의 일을 들었지. 그래서 네놈의 약점은 이미 알고 있다."

다른 자들도 굳게 닫혀 있던 입을 열어 한마디씩 하기 시작했다.

"우리 열두 명의 내공이 서로 합쳐져 만들어진 철벽검진이다. 우리가 움직이지 않는다면 내공이 약한 너로서는 어찌할 방도가 없다."

"애당초 우린 무림맹의 떨거지를 위해 온 것이 아니다. 오로지 너를 위해서 여기 있다. 영광으로 알아라."

"네 녀석이 갑자기 나타나는 바람에 조금 놀라긴 했지만 그렇다고 달라질 것은 없지."

유검의 미간이 찌푸려졌다.

"수다쟁이들이군."

"흥, 제법 쓸 만한 미녀들을 데리고 다니는군. 하지만 그렇게 매여 살 바엔 그냥 혀 깨물고 죽는 게 낫지 않은가?"

"크크크… 한심한 인생이로군."

"수치도 모르는 놈. 널 그렇게 쥐 팬 년들을 위해 우릴 대적하겠다는 건가? 너 스스로도 이상하다고 생각지 않은가?"

유검은 머리를 긁적거렸다.

세 여인의 음공에서 아직 회복 못했는지 그들의 말은 아픈 상처를 자극했다.

유검은 한숨 쉬며 말했다.

"못 들었나 보군. 난 화풀이 대상이 필요할 뿐이라구."

말과 함께 오른 손바닥을 앞으로 내밀었다.

잠시간의 정적이 있었고, 그 후에 폭발하듯 충격파가 사방으로 퍼져 나갔다.

쩌정―!

극한 기운들이 충돌을 일으키며 뭔가 갈라지는 소리가 광장 안에 메아리쳤다.

광풍이 일고 천장의 종유석들이 와르르 떨어져 내렸다.

열두 명의 사내들은 사시나무 떨듯 부르르 몸을 떨고 있었다.

유검이 일 장을 다시 내밀자 또다시 거대한 충격파가 일었고, 사내들은 크윽! 하는 신음 소리와 함께 땅으로 떨어졌다.

그들은 자신들의 철벽진이 너무도 어이없이 쉽게 깨어진 것을 보고 한순간 멍하니 있었다.

유검은 뒷짐을 지고 서 있었는데, 봉두난발에 여기저기 찢겨져 넝마나 다름없는 옷을 걸치고 있는 모습이었기에 선비 같은 우아함은 없었다.

열두 사내들의 공격이 시작되었다.

위이잉—!

호랑이 가면을 쓴 자가 가장 먼저 일장을 날려왔다. 일견 초식은 평범해 보였다. 그러나 장이 중도에 이르자 약간 변화를 일으키더니 삽시간에 일 장이 이 장으로 변하고, 이 장이 사 장으로, 사 장이 다시 팔장, 팔 장은 십육 장으로 변하였다.

순식간에 손바닥 그림자가 허공을 뒤덮었다.

'소림사의 천수여래장(千手如來掌)을 닮았군.'

유검은 내심 그렇게 생각하며 손을 쭉 내밀어 수많은 손바닥 그림자를 단숨에 뚫고 그의 좌측 어깨를 잡아챘다. 동시에 그의 옆구리를 발로 쳤다.

퍼억—!

그의 신형이 일직선으로 퉁겨져 나가 천장에 부딪혔다가 다시 떨어졌다. 우수수 부서진 돌가루들이 함께 떨어졌다.

이때 웅후한 장력이 밀려왔다.

소 가면을 쓴 자가 쌍장을 뻗어내며 무식하게 돌격해 오고 있었다. 동시에 용 가면을 쓴 자가 두 개의 낫을 꺼내 들고 크고 작은 두 개의 원을 그리며 아랫도리를 베어왔고, 염소 가면을 쓴 자가 쇠사슬을 휘둘러 양손을 묶으려 들었다.

뻗어 나간 유검의 오른발이 허공을 횡으로 선회했다.

쨍그랑거리며 낫이 산산조각 났고, 횡선 안에 있던 소 가면 사내의 쌍장이 부러져 덜렁거렸다.

촤르르르—

은빛 쇠사슬이 유검의 오른팔을 휘 감았다.

유검은 쇠사슬을 잡은 채 무식하게 휘둘렀다. 염소 가면을 쓴 사내는 차마 병기를 놓지 못하고 허공에서 맴맴 돌 수밖에 없었다.

유검이 한 걸음을 내딛을 때 상대의 병기 하나는 박살이 났으며 한 손을 내 뻗을 때 어김없이 한 사람이 뒤로 퉁겨 날아갔다.

마치 양 떼 사이로 늑대가 들어와 마음껏 휘젓는 것 같았다.

열두 명의 사내가 사방으로 처참하게 널브러지는 데는 그리 오랜 시간이 걸리지 않았다.

유검은 불만스러운 얼굴로 자신의 두 주먹을 내려다보았다. 아직 제대로 손맛도 보지 못한 기분이었던 것이다.

쌓여진 울분도 전혀 풀리지 않은 것 같았다.

멍하니 보고 있던 초영영이 한숨 쉬며 말했다.

"휴, 가끔은 저 녀석이 진짜 멋있어 보이긴 해."

"항상 밉기만 하겠어?"

백몽추가 동감을 표시하다 아미를 찌푸리며 철문 밖으로 시선을 돌렸다.

화섭자를 들고 바깥을 살폈다.

저벅저벅—

마치 군대처럼 규칙적인 발걸음 소리가 저 멀리서 들려오고 있었다.

"으음……!"
다우가 몸을 약간 뒤척이며 잠꼬대를 했다.
"바보… 오라버니 정말 미워…….."
유검의 귀가 쫑긋거렸다.
천천히 다우에게로 시선을 돌리는 그의 얼굴은 식은땀이 물 흐르듯
흐르고 있었다.
'어쩌면… 난 정말로 용서받지 못할 짓을 저지른 게 아닐까?
순간 그런 생각이 스쳤다.

『무상검』 제10권으로…